中公文庫

おいしい給食

チリコンカンと北の友達

紙吹みつ葉

中央公論新社

目次

目次

おいしい給食

チリコンカンと北の友達

メニュー一

チリコンカンと北の友達

一九八八年――秋。

太平洋側に面したとある漁港。防波堤《ぼうはてい》が海の一部を切り取っているように見えるその内側には、中型や小型の漁船《ぎょせん》が波に揺れていた。函館《はこだて》という場所は、一一月くらいから晴れの日が減っていく。雪が降る日もあるくらいで、すでに冬の気配が迫るこの日の朝も薄曇《うすぐも》りだ。船が浮かぶ海は寒々《さむざむ》しい。

「……」

そんな海を前に、男が一人立っていた。刈《か》り込《こ》まれた短い黒髪の男は端整《たんせい》な顔立ちをしているが、黒縁《くろぶち》のメガネの奥から放たれる鋭《するど》い眼光《がんこう》のせいで、親しみやすさよりもキツイ印象を与える。灰色のジャケットに、ベージュのマフラーを巻いた三〇代の男性――中学校の数学教師・甘利田幸男《あまりだゆきお》である。

常節《とこぶし》中学校、黍名子《きびなご》中学校と勤めてきた彼は現在、函館市立忍川《おしかわ》中学校に身を置いている。赴任《ふにん》して一年以上が過ぎた今でも、通勤途中にあるこの港に立ち寄る。

今日も一日が始まる。多くの漁船が浮かぶ港を見て気合いを入れ、学校に向かおうとしたとき――ふと、一際強い風が、駆《か》け抜けていった。

「……さむっ」

冷《つめ》たい風に震《ふる》えながら思わず呟《つぶや》くと、甘利田は歩き出した。

教師の朝は、登校してくる生徒たちを校門前で出迎えることから始まる。

「おはよう！」

元気な声と共に手を上げるのは、上下ジャージ姿に、ホイッスルとストップウォッチを首にかけた、見るからに体育教師といった三〇代くらいの男性・木戸《きど》四郎《しろう》だ。長身で体格の良い彼の近くを通った男子生徒は、ハイタッチを交わす。秋とはいえ冷え込んできた空気などまったく気にした様子はなく、元気に挨拶《あいさつ》している。

その隣には、肩《かた》にかかるくらいの黒髪に、ピンクのカーディガンとベージュのロングスカートの、大人《おとな》しそうな二〇代前半ほどの若い女性が立っている。木戸と違い、時折寒さに身を縮こまらせていた。

「……おはようございます」

英語教師・比《ひ》留《る》川《かわ》愛《あい》だ。生徒たちに挨拶をする声は優《やさ》しくやわらかだが、どこか控《ひか》えめで、ぎこちない。

この二人の教師から少し離れたところで、マフラーを外した甘利田は立っていた。

「前、ちゃんと閉じろ」

詰襟《つめえり》の学生服の前を全開にしていた男子生徒に、すかさず指示棒を突きつける。注意された生徒は「すいません」と軽く返して校門を抜けていくと、甘利田は腕時計を確認して「おい、急げ」とやってくる生徒たちに一際《ひときわ》大きな声で呼びかける。

（私は給食《きゅうしょく》が好きだ。給食のために学校に来ているといっても、過言《かごん》ではない）

こんな厳《きび》しい態度を見せる甘利田の頭の中は、常に給食のことでいっぱいだった。

（その歴史は子供の頃から。なぜなら、母の作るご飯がまずかったからだ。が、故《ゆえ》に給食は、私にとって一日で最も充実《じゅうじつ》した食事だ）

母親の作った食事を、父親と一緒になって「おいしい」と笑顔で食べ続けていた。そういった気遣《きづか》いを必要とせずに心から食事を楽しめる。それが甘利田にとっての給食だ。

（だがそんなことは、決して周りに知られてはならない。教師が生徒以上に給食を楽しみにしているなどと知れたら、私の威厳《いげん》は失墜《しっつい》する。なのでただ、心の奥底で給食を愛するだけ……）

遠く北海道の地までやってきた甘利田のポリシーは、未《いま》だ変わらないのだが――以前勤めた二つの中学校では、彼の給食好きを隠せていなかった。

「先生も一緒にやりましょう！」

張り切った声が聞こえてふと振り返ると、木戸が手を上げ「ここ、九〇度！」と肘《ひじ》の角度を比留川に示しているところだった。

「生徒、来る。受け入れる。いいっすか」

身振り手振りでハイタッチの手順を説明する木戸に対し、比留川はおずおずと手を上げる。だが木戸がやってきた生徒たちに「おはよう！」とハイタッチをする姿を見ると、サッと手を下ろし「おはようございます……」と笑顔で挨拶をするだけだった。

「あれ？　九〇度ですよ！　聞いてました？」

張り切る木戸に対し、比留川の反応が悪いのを察した甘利田は、二人に歩み寄る。

「木戸先生」

「はい」

「何してるんですか」

「比留川先生に、ハイタッチの指導《しどう》をしています」

「ハイタッチとは、称賛や祝勝《しゅくしょう》を分かち合う行為です。朝の校門でやることではない」

「でも、元気が出ます。生徒たちも、喜んでます」

確かに、木戸が手を上げると、全員とは言わずとも、特に男子生徒は喜んでハイタッチをしていた。前の中学校で同じように生徒とハイタッチをする教師がいたことを、甘利田も記憶《きおく》している。その経験から、甘利田から「やめろ」という言葉は出なかった。

「では、ご勝手に。ただ、人に強要するべきではない」

代わりに甘利田はそう続けていた。比留川の様子から、「やりたいわけではない」と判断したのだ。その証拠《しょうこ》に、比留川は明らかにホッとした顔をしていた。

反面、甘利田の発言が気に食わないのか、木戸はムスッとしながらも、生徒たちへのハイタッチを再開した。甘利田も話は終わったと判断し、元の位置へ戻る。ちょうど、生徒の流れが途切れていた。

（忍川中学に転勤して一年以上。幸いにして、私の給食好きは、誰一人として気づいていない。我《われ》ながら完璧《かんぺき》な一年だったと言わざるを得な――）

甘利田が思わずほくそ笑もうとしていたそのとき、寒風が校門を通り抜けた。甘利田の背筋《せすじ》に寒気が走り、思わず身を竦《すく》める。同時に、別のことを考え始めた。

（――ここに来て思い出したことがある）

港にいた時とは違い、周りには生徒たちの目がある。すぐに背筋を伸ばし、何事もなかったかのように振舞う。

（私は、極端《きょくたん》に寒がりだった）

北海道という地に来て、甘利田は自分の弱点を思い知らされていた。

朝の校門での指導を終え、昇降口から職員室へ向かおうとしていた甘利田。その耳に、ポコンッ、ポコッ、と気の抜けた金属音が聞こえてきた。

振り返ると、廊下の向こうに、男子生徒の姿が見える。目が大きく丸顔で、穏《おだ》やかそうな顔つきだ。その両足は紐《ひも》のついた空き缶の上に乗っていた。

「……」

男子生徒はふと足を止めると、目を輝《かがや》かせて辺りを見回している。普段と違う視線の位置が新鮮なのだろう。

「粒来《つぶらい》、何をしている」

男子生徒の名前は、粒来ケン。甘利田が担任を務める、一年一組の生徒だ。

「缶ポックリを、マスターしてます」

厳しい声音にも物怖《ものお》じすることなく答える粒来の元に、甘利田は歩み寄った。缶ポックリに乗っている粒来の視線の高さが、甘利田と同じくらいになっている。

「缶ポックリ……」

「これで通学しようと思いまして」

「なぜそれで通学したいと思う？」

紐のついた空き缶のこと、もしくはそれに乗って歩行する遊びを「缶ポックリ」と呼ぶ。

缶ポックリは、小学生やそれ以下の幼い子供の遊びのはずだ。それを中学生である粒来がマスターしたい理由に、甘利田は心当たりがなかった。

「世界が、変わるから」

真剣《しんけん》に言い切る粒来に、甘利田は思わず「あ？」と戸惑《とまど》いの声を上げた。

缶ポックリで、世界が変わる。この因果関係が、甘利田には理解できない。

「そんな気がして」

「……ポカパカうるさい。校内でやるな」

切って捨てるような厳しい甘利田の言葉だったが、粒来は「テヘヘ」と笑うと缶ポックリから降りた。

「次見かけたら没収する」

念を押すように言うと、粒来はペコリと頭を下げ「失礼します」と去って行った。


授業の準備で慌《あわ》ただしい職員室に戻って来た甘利田は、自席に戻ると早速デスクの引き出しから「一月献立表《こんだてひょう》」と書かれた紙を取り出した。正確には、大事にＡ４サイズのハードカードケースに入れた献立表である。

（今日のメインは、給食界のスパイシークイーン、チリコンカン。メキシコ生まれのピリ辛《から》料理を、この北の大地で味わうことの面白《おもしろ》さ。冷えた身体《からだ》には絶大なインパクトが期待できる）

ハードカードケースの表面を、取り出したハンカチで念入りに磨《みが》く。汚《よご》れなどついていないのだが、給食に意識が向くと、手が勝手に動くのである。

「……」

隣の席に座る比留川が、そんな甘利田をじっと見ているが本人は気づいていない。

(私がこの土地に来るきっかけになった、あの憧《あこが》れのメニューは未だに登場していない。当初は出ないことに苛《いら》立《だ》ちを覚えたが……今となっては、永遠の楽しみとして取っておきたい気持ちに変わりつつある)

磨く動きが苛立ちに呼応して速くなるが、徐々に気持ちが落ち着いてくると止まった。

「憧れのメニュー」とは以前いた中学校で聞いた料理だ。その際に色々あったのだが、甘利田にとってはすでに過ぎたこと。今も出会えていないメニューの存在のほうが、重要なのだった。

(そう……いつも心には、アレがある……)

「……イカメシ」

「イカメシ？」

憧れの気持ちが溢《あふ》れすぎて口に出てしまった瞬間《しゅんかん》、ずっと甘利田を見ていた比留川が復唱した。我に返った甘利田の前には、不思議そうな表情の比留川の顔がある。甘利田は慌ててデスクの引き出しに献立表をしまった。あまりの勢いに比留川は目を見開いている。

「……なんですか」

声を上ずらせた甘利田は、誤魔化《ごまか》すように教科書を手に取り授業の準備を始めた。比留川はそれを見ながら、愛想《あいそ》よく笑って言う。

「甘利田先生は、いつも献立の確認をしますね」

「してません」

甘利田が即答すると、比留川は身体《からだ》ごと甘利田のほうを向いて、真剣な表情で続けた。

「教えてください。私もそれ、やったほうがいいですか？」

「だからしてません」

「だって甘利田先生は、私の教育係だと校長に言われています」

甘利田の行動について知りたい比留川と、その行動そのものを否定《ひてい》する甘利田で、微妙《びみょう》に会話が嚙《か》み合っていない。

「比留川先生は、帰国子女でしたね」

「そうですけど」

「自由の国アメリカで育ってたら、いくら教師一年目でも、もう少し自主性があってもいいんじゃないですか」

甘利田としては、比留川に関する情報から思ったことを述べただけなのだが、比留川はだんだん口がへの字に曲がり、今にも泣きだしそうな顔になっていた。

反応がなくなったことで顔を上げた甘利田が、比留川の様子に気づいた直後、「すみませんみなさーん」と職員室全体に呼びかける声が聞こえてきた。甘利田と比留川、他の教師たちも、予定などが書かれた黒板の前に現れた人物に目を向ける。

刈り込まれた白髪《しらが》と広い額《ひたい》、丸顔なのもあって柔和《にゅうわ》な印象を与える六〇代の男性だ。校長の坂爪勲《さかづめいさお》である。隣には、校長室に続く扉から一緒に出てきた木戸の姿もあった。

「えー、木戸先生のほうから、お話があるそうなので、皆さん聞いてあげてください」

坂爪の言葉と同時に、木戸は「はい」と頷《うなず》いて話を引《ひ》き継《つ》いだ。

「最近、生徒たちの給食の残食が目に余ります。『モリモリ食べて健康に』を合言葉に、残さず食べるように、皆さん、生徒たちにご指導よろしくお願いします」

明るい調子で木戸が頭を下げると、甘利田を除いた教師たちはそれぞれ会釈《えしゃく》して応える。その様子を確認した坂爪は手を叩《たた》き「じゃあ、今日も一日よろしくお願いします！」と声をかけた。教員たちからも応える声がパラパラ聞こえる。

坂爪が校長室に戻っていき、教師たちも準備を始めた。木戸も甘利田の後ろである自席に戻るが――実は、引き出しの上を教科書で隠しながら、献立表をじっと見ている甘利田なのであった。

「完食って、そんなに大事なんですね」

比留川がこっそり話しかけてきたので、甘利田は再びドタバタと引き出しを閉め、教科書に視線を向けた。何事もなかったように「そのようですね」と付け加えるのも忘れない。比留川から泣き出しそうだった表情が消え、先ほどまでのことを気にした様子もなかった。

「私、給食って教師になって初めて食べたんです」

なんの気なしの比留川の言葉で、甘利田は目を丸くした。

「マジですか」

「マジです」

あまりの驚きに、普段使わない言葉を使ってしまう甘利田。比留川はコクリと頷いた。

甘利田にとって日々の充実した食事そのものである給食を、教師になるまで食べたことがない。そんなことがあり得るのか、と常人では計り知れない衝撃《しょうげき》を受けていた。

「それまでは……何を？」

その衝撃が、甘利田に「給食を食べていないなら何を食べていたのか」「他に食べるものなどあるのか」とでも言うようなことを口走らせた。

「何って、普通にご飯を」

比留川が当然の回答をしたところで、始業のチャイムが鳴った。周りの教師たちが立ち上がるのに合わせて、甘利田も席を立つのだった。

一年一組の黒板には「席替えデー」の文字があった。教壇《きょうだん》には甘利田ではなく、代わりに学級委員の国生《こくしょう》道《みち》子《こ》が立っている。長い黒髪の上部分を後ろで結んだ髪型をしており、利発そうな目鼻立ちをした女子生徒だ。

「それでは、クジで引いた席に荷物を持って移動してください。机の中は空にしてくださいね」

呼びかけると、ガヤガヤと騒《さわ》ぎながら生徒たちの移動が始まった。このクラスの席替えは、机はそのままで座る生徒が移動する。

騒がしい中、甘利田は自分の席で背もたれに背中を預けていた。ストーブは甘利田の席の前にあるため、その暖《あたた》かさを前にうたた寝しているのだ。

「先生、席替え終わりました」

しばらくして、生徒たちの移動が終わると、国生が甘利田に声をかけた。

呼びかけられたのと同時に、甘利田は目を開けた。「……そうか」と応えるとゆっくり立ち上がり、席に着いた生徒たちの様子をぐるりと眺《なが》めた。

「浅葉《あさば》、同じ列の一番後ろと交代しろ」

「なんで」

甘利田に指名されたのは、教室のど真ん中に座っていた男子生徒・浅葉浩二《こうじ》だ。不満というより不思議そうに返す。

「お前みたいなタイプは最後列が定番だからだ。文句あるか」

短い髪をオールバックにしたヤンチャそうな顔つきの浅葉は、不良というほど素行《そこう》が悪いというわけでもないが、そういう雰囲気《ふんいき》なのである。

「ラッキーっす」

浅葉はむしろ嬉《うれ》しそうにニヤリと笑うと、最後列に移動した。

「国生、浅葉の前だ」

甘利田がさらに指示すると、移動中の浅葉が「えー」と不満げな声を上げた。教壇から席替え後の席に移動していた国生は「何よ」と同じような声で返す。ちょっとヤンチャな男子の前に、学級委員だからこそ口うるさい女子を置く。甘利田なりにバランスを考えた配置である。

二人が揉《も》めながら移動する中、甘利田は窓際、ストーブを前にした男子生徒に目を向けた。

「磯貝《いそがい》、同じ列の廊下側に移動だ」

「窓際がいいんですけど」

指示を受けた丸刈りの男子生徒・磯貝太郎《たろう》は、不服そうにして立とうとしない。

「お前は窓際だと必ず寝る。ストーブが近いと尚更《なおさら》だ。早くしろ」

今の席が気に入っていたらしい磯貝は、「マジかよ……」と不満を隠そうともしないが、移動を始めた。廊下側にいた粒来は、入れ替わりに窓際のストーブを前にした席へ移動する。

席に着いた粒来は、目の前のストーブをじっと見つめた。

後ろから突き出た煙突《えんとつ》が教室の壁《かべ》に空けられた専用の穴に嵌《は》まっている。ストーブの上には鉄板があり、稼働中《かどうちゅう》に水の入った金属の大鍋《おおなべ》を乗せれば、水は熱湯《ねっとう》になる。それほど高温になるため、不用意に近づかないよう簡易的《かんいてき》な柵《さく》で囲《かこ》われていた。

以前から存在しているはずの、ストーブ。粒来も初めて見るわけではない。それなのに、ストーブを目の前にした粒来の目は――

「粒来」

何かある。そんな違和感が、甘利田に名前を呼ばせた。すると粒来は素直に「はい」と返事をし、甘利田を見上げる。

「……いや……いい」

何か言いたいことがあったわけではない。ただその視線が、妙に気になっただけだ。そんなことを言えるはずもなく、甘利田は視線をそらした。

すると、ガタッと勢いよく椅子《いす》が動く音が聞こえた。音の主は、大きな黒縁メガネに長い髪を高い位置でツインテールにした丸本米子《まるもとよねこ》。

「先生、磯貝くんの後ろは嫌《いや》です」

「なぜだ」

「磯貝くんは、授業中寝ていて、激しく痙攣《けいれん》するからです」

瞬間、教室が笑い声で沸《わ》いた。男子生徒から「磯貝ケイレン君」とヤジが飛んでくる。だが本人はそんなに嫌そうではなかった。話題になるのが嬉しいのか、天然なのか。

「痙攣でいつも後ろの席に椅子が当たっています」

「いいから、早く代われ」

出席簿に書き込んでいた甘利田が面倒そうに許可すると、丸本は「はい！」と嬉しそうに席を立ち、磯貝と交代した。二人が席に着くのを見計らって、甘利田は改めて教室を見渡した。

「いいか。今決まった席で三学期までいく。したがって、今後一組の席替えはない」

そう宣言した瞬間、教室中から「えー」とブーイングの嵐《あらし》が巻き起こった。収まる気配のない生徒たちに、甘利田は出席簿を教壇にバンバンと何度も叩きつけ「静かにしろ！」と怒号を飛ばす。瞬間、教室はシーンと静まり返る。

「お前たち、席替えが何のためにあるかわかるか？」

直前の怒号もあって、生徒たちからの返事はない。周りを見渡し、浅葉が口を開く。

「そりゃ、ずっと同じ席じゃつまんないからだろ」

不満げに言うと、前の席になった国生が窘《たしな》めようと「ちょっと」と口を挟《はさ》んだ。

「その通りだ。いつも同じ目線、同じ距離感では人間は息が詰まる。人には刺激《しげき》が必要だ。ただ、それが過ぎると……人は自分のポジションを見失う。例えば給食の班だ。班が変わっただけで人格が豹変《ひょうへん》する生徒を、私は何度も見てきた」

同じ班に早食い競争を仕掛《しか》けてくるような生徒がいたことで、つられて早食いを始めた生徒。苦手《にがて》なおかずを交換し合う様子から、男女交際していることに気づかされた生徒もいた——それはまた、別の話だが。

「もう二学期も中盤《ちゅうばん》だ。一組の人間関係はこの辺りで仕上げにかかる。自分のポジションを全うしてみろ」

生徒たちからは「はい」と力ない声が返ってくる。

そんな中、粒来だけは——キラキラ輝かせた目を、甘利田に向けていた。

とある休み時間、甘利田は配膳室《はいぜんしつ》の近くを通りかかると、スパイスやトマトの混ざった香《かお》りに思わず足を止めた。

(ん、おー……これは、チリのかぐわい。ピリ辛感が鼻孔《びこう》をくすぐる)

朝から抱えていた期待が、ここにきてまた、大きく膨《ふく》らむ。

そんな思いで香りを楽しんでいると、開け放たれた配膳室の中から、給食用の白衣《はくい》にマスク姿の女性が笑顔で手を振っているのに気づく。

甘利田は表情を引き締め、いつもの厳《いか》めしい表情に戻した。

(私の本性を唯一知る人物、給食のおばさん、牧野文枝《まきのふみえ》)

彼女は常節中学校、黍名子中学校の給食のおばさんでもあった女性だ。「唯一」というのは語弊《ごへい》があるのだが、少なくとも甘利田にとっては「給食好きがバレている」と自覚している唯一の相手ではあった。

「先生、おはようございます」

笑顔で挨拶してくる牧野に、甘利田は会釈して「おはようございます」と返す。

（まさかの函館出身者にして、よりによってこの地に転職してきた……）

甘利田が忍川中学校に転勤してしばらくして、牧野も給食のおばさんとしてやってきたのである。「なぜここに」という戸惑いは、黍名子中学で経験済みな甘利田なのだが。

（もはやストーカー感すら否《いな》めない）

一九八〇年代の「ストーカー」という言葉は、有名人のファンの執拗《しつよう》なつきまといをさすものだ。だがこうも連続して転勤先に同じ人物がいれば、そう思いたくもなる。牧野はつきまとっているわけではないのだが。

「一年一組でーす！」

すると、給食にはまだ早い時間だが、給食委員である丸本が配膳室にやってきた。給食着姿でもなく、制服のままだ。牧野は用件を把握《はあく》しているようで、牛乳瓶《びん》の入ったケースを抱えると配膳室から出てきて、「はい、どうぞ」と渡した。受け取った丸本が「失礼します」と廊下を進もうとしたところを、甘利田は呼び止める。

「丸本、俺のも頼む」

丸本は振り返ると「はい！」と元気よく返事をすると、ペコリと頭を下げて立ち去った。

「甘利田先生って……もしかして寒がり？」

「何を、バカな」

牧野から言われた瞬間、甘利田はドキリとした。

甘利田が丸本に頼んだこと――それは、自分の分の牛乳瓶も温めてもらうことだった。教室のストーブの熱くなった鉄板の上に水を入れた大鍋を置き、その中に牛乳瓶を入れることで、牛乳を温めるのだ。

「結構早くから牛乳、温めてたもんね」

甘利田が否定するのも聞かず、牧野は「お見通しだ」とばかりにニヤニヤ笑う。ストーブが稼働してすぐの頃から、甘利田が牛乳を温め始めていることまで把握しているらしい。

(この人は……色々危険《きけん》だ)

ただでさえ給食好きがバレているのに、自分でも最近気づいた弱点にまで感づかれた甘利田は気が気ではないまま、逃げるように配膳室の前から立ち去った。

その後、校長室に呼び出された甘利田は、応接セットのソファに座っていた。砂糖《さとう》が半分ほど入った容器を手に取ると、目の前のコーヒーカップにすべてぶち込む。コーヒーを飲む際は、かなりの甘党となる甘利田だった。

「いつでも補充《ほじゅう》できますからね」

そう言いながら砂糖の袋を持って来たのは、校長室の主である坂爪だった。

甘利田が「どうも」とぶっきらぼうに返すと、その向かいに坂爪は腰を下ろした。

「ところで、最近比留川先生はどうですか？」

「どうと言いますと？」

そう返すと、甘利田は砂糖たっぷりのコーヒーに口をつけた。

「もうすぐ半年になりますからね。教師としてどうかなって」

「ああ……向いてないんじゃないですか」

バッサリ切って捨てる甘利田に対し、坂爪は「またまた」と苦笑する。甘利田はカップを置くと、砂糖の袋の封《ふう》をしたクリップを外し、再び大量に砂糖を注ぐ。

「彼女は消極的すぎます。あれでは子供に舐《な》められる」

「そこを教育してもらいたいわけじゃないですか」

「性格は変えられません。向いている職業に就《つ》くべきです」

「彼女のお父さん、アメリカの教師だって言いましたっけ」

意見を変える気のない甘利田に、坂爪は強引に話を進める。

「一〇〇万回聞きました。校長の親友だということも」

「頼まれちゃったんですよ。厳しい人でね」

「……なんで、私なんですか」

「だって、甘利田先生は……うちの校訓にピッタリな人じゃないですか」

そう答えた坂爪は立ち上がって、後ろの壁にかかった額縁《がくぶち》を示した。

そこに書かれているのは、「無我夢中《むがむちゅう》」の四文字。

「我を忘れて物事に熱中する精神。比留川先生に、その辺りをね……」

坂爪が腰を下ろしたとき、ちょうどチャイムが鳴った。甘利田は勢いよく立ち上がると「ごちそうさまでした」と言い捨て、足早に校長室を立ち去るのだった。

給食に無我夢中な数学教師、甘利田幸男。気づかれていないと思っているのは、またも本人ばかりなようである。

四時間目終了を告げるチャイムが鳴り響《ひび》くと、どこの教室も途端に騒がしくなった。給食係は白衣を着て配膳室に急ぎ、教室では給食の班分けの配置に机を動かしていく。

配膳が始まれば生徒たちの列ができ、当然甘利田もその中に並ぶ。生徒たちは各々《おのおの》給食係に注文をつけるので列の進みが滞《とどこお》り、甘利田はイライラした様子でそれを見ていた。

配膳台の横の教卓《きょうたく》には、ストーブで温められた牛乳が入った大鍋が置かれている。配膳を終えた甘利田は、フィルムに「甘」印のシールが貼られた牛乳瓶を取り上げながら、指先に感じる瓶の温かさに、思わず微笑《ほほえ》んだ。

全員が席に着いた頃、校内放送で忍川中学校の校歌が流れてきた。この学校でも、給食で校歌斉唱《せいしょう》を行う。

相変わらず、甘利田はノリノリで校歌を歌っていた。歌うというより、踊《おど》っている。一日の充実した食事への感謝と迸《ほとばし》る喜びを、一心不乱《いっしんふらん》に校歌にぶつけていた。

校歌斉唱をしている生徒たちは、甘利田の姿など目に入っていないように、平然と歌っている。両方の拳《こぶし》を握り、曲に合わせて身体を揺らし——曲が終わると同時に、拳がデスクに当たってガンッと大きな音を立てた。これにも、生徒たちは無反応だった。

教卓前に立っている日直たちが「手を合わせてください」と声を揃《そろ》える。直後に、パンッと手を合わせる音が響いた。

「いただきます」

日直が同時に言うと、「いただきます」と教室中の声が重なる。甘利田も例外ではない。こうして、給食の時間が始まりを告げた。

甘利田は汚れたときのためのハンカチを準備してから、ゆっくり給食との対面を楽しむように、メガネを外した。レンズを通さず、真剣な目で給食を見つめる——これが、彼が給食を食べる際の儀式《ぎしき》であった。

（今日のメニューは、異国から来た辛口の刺客《しかく》、チリコンカン）

器に入った大豆、レッドビーンズ、牛ひき肉、ピーマンが、チリパウダーとトマトによって赤く染め上げられている。トマトの酸味《さんみ》とスパイスの香りが、食欲をそそる。

（キラキラの海藻《かいそう》が野菜とコラボしたミネラルの宝庫、海藻サラダ。給食界の汁物代表、玉子スープ）

わかめと、色鮮やかなツノマタといった海藻、ツナ、コーンと細切りの大根の入った海藻サラダの器に、たっぷりの玉子と長ネギが浮いたスープの器が並ぶ。

（そして、いつもの食パンにイチゴジャム、瓶牛乳。プロセスチーズを棒状《ぼうじょう》に食べやすくしたコクの塊《かたまり》、棒チーズ。デザート的に食べるか、それとも道中で食べるか……ううん、悩ましいところだ）

トレイ全体を見渡してから、目を閉じる。給食を食べる前の、精神統一だ。

ひと息ついたところでカッと目を見開き、先割《さきわ》れスプーンを手に取った。

（……刮目《かつもく》！　日本全国どこに行こうと、お前はいつも一緒だ。さあ、今日も行こうぜ、完全無欠の匙《さじ》、先割れスプーン）

　給食を愛しすぎて食器にまで愛着を持つ甘利田は、スプーンに話しかけてから、まずは海藻サラダに手をつけた。豪快《ごうかい》に掬《すく》い上げ、口に含む。酢《す》の酸味を砂糖の甘みが中和し、塩が味をまとめ上げる中で、一際存在感のある味がある。

（おお、ゴマ風味か。カラフルな海藻たちのモニュモニュ感と、大根のシャクシャク感。まとめあげるのがゴマというのが趣深い。さらにこの……ツナが嬉しい）

　カラフルな海藻の中に隠れた、ほぐれたツナを拾い上げるとまた口に入れる。マグロを油《あぶら》漬《づ》けしたうまみが、サッパリとした海藻や大根によく合う。

（ああ、ミネラルを感じる。海の栄養素で、身体が浄化されていく……）

　咀嚼《そしゃく》するごとに、なんだか身体中にミネラルが広がる気がしてくる。その果てに、自分自身が海藻のように揺れ動き――ふと我に返った。

（しょっぱなからテンションが上がり過ぎた！　落ち着け甘利田幸男！　私は……大人だ）

　どうにか息を整えて落ち着きを取り戻すと、今度はチリコンカンの器を手に取った。

（では……メキシコ生まれにして、アメリカ人の国民食。刑事コロンボも愛したこの味を、東アジアの北の地で味わう。へい！　いってみようぜ、変な名前のチリコンカン）

　語源は「チリコンカルネ」、スペイン語で「肉入りの唐辛子《とうがらし》」を意味する料理を一口。モグモグと口を動かす甘利田の頬《ほお》は、至福で緩《ゆる》んでいた。

（うまい。なんという、うまさ。本来はチリの辛みが効いたスパイシーな料理だが、給食ではトマトケチャップの甘みが効いて、とても食べやすい。やはり日本人は食のアレンジにおいて世界一だ）

トマトケチャップのおかげで辛みは抑えられつつも、ほんのりとスパイスの香りが鼻を抜ける。牛ひき肉の旨味《うまみ》、煮込まれてやわらかくなった大豆やレッドビーンズの旨味も相まって、満足感のある食べ応えだった。

もう一口食べようとしたところで、「おいおいおい」と騒いでいる生徒の声が聞こえてきて、甘利田は手を止めた。

「チリコンカンを、パンに塗《ぬ》って、それを……挟んで食べると……」

声の主である浅葉は、説明しながら実行に移していた。それを近くの男子生徒たちが「すげー」「発明だ」「俺もやろー」と反応を返すのを、浅葉は自慢《じまん》げに見ている。

（けっ。バカなガキはすーぐそういうことをする。誰でも思いつくんだよ、そんなこと。その程度で発明とは片腹《かたはら》痛いわ。なんでもパンに挟めばいいという発想が幼稚《ようち》だ）

かつては、甘利田も「おかずをパンで挟む」という行為を楽しんでいたことがあった。だがそうしたいと強く願うような環境からしばらく遠ざかっていた甘利田は、「大人として給食と向き合うこと」を優先させるようになっていた。

とある生徒と出会う前に、戻ったかのように。

（牛ひき肉、豆、トマト、ピーマン、チリパウダーなどを煮込んだ全米の家庭料理。一九三〇年代の世界恐慌《きょうこう》がきっかけで普及《ふきゅう》した）

後の第二次世界大戦では肉が手に入りにくくなり、豆やトマトなどを使ってボリュームを出せる料理として広がったとされている。

（そういえば……当時もパンに挟んで食うのは定番だったと聞いたな）

ふとそんなことを思い出した甘利田は、少し考えてから食パンを手に取り、チリコンカンを掬い上げる。

（すこーしだけ）

言い訳するように内心で呟きながら、食パンの端に少しだけチリコンカンを乗せ、パクリ。瞬間、甘利田は輝かんばかりの笑顔になっていた。

（んまーい……が、しかし、ここまでにしておこう）

幼稚だとバカにしてしまった手前、定番の食べ方という歴史にあやかる以上のことはできない。大人としての妙なプライドが制止するのだった。

気を取り直し、甘利田は瓶牛乳に手を伸ばした。一瞬《いっしゅん》その熱さに驚くも、最後には両手で包み込んだ。

（あったけー）

頬ずりし、抱きしめ、牛乳瓶のぬくもりに、甘利田はしばしほっこりした。

（この地に来て、初めて味わった給食のホットミルク。なんとも嬉しい。火力はこの地にとって、幸福感をもたらす魔法だ）

函館に来るまで、給食でホットミルクを飲むという経験がなかった甘利田。寒がりだと自覚した彼にとって、それは心強い味方となった。

「甘」印のシールが貼られたフィルムとフタを外し、温かな牛乳を一口。冷たいものよりも甘みが増して感じられ意識を切り替える。

（では……いざ！）

拳を握って脇を締めることで気合いを入れ直した甘利田は、先割れスプーンとチリコンカンの器を手にして食べ始めた。

（口の中がナメーリカでいっぱいだ。ここはメキシコとの国境テキサスの酪農《らくのう》一家。腹をすかせた子供たちと労働に削られた大人たちが共に腹を満たす晩餐《ばんさん》）

現在時刻は真っ昼間だが、甘利田の妄想《もうそう》では晩餐が適切だと判断したらしい。

（母の手料理を夢中でかっ込む子供たちの笑顔に両親は癒《い》やされ、明日また頑張《がんば》ろうと思う。見事な生活循環《じゅんかん》。これを食べて私も思う。明日もまた、頑張ろうと）

一口食べる毎《ごと》に、そのおいしさと嬉しさで拳を握って振り回し、「明日も頑張る」の決意表明として、拳を突き上げた。

母親のメシがまずく、しかもそれに不満を見せることなく「おいしい」と言って食べていた甘利田からすれば、本当に理想の晩餐かもしれない。そういった夢を見せてくれるのが、甘利田にとっての給食だ。はしゃがずには、いられない。

妄想でテンションが上がった自分の口をハンカチで拭《ふ》いて落ち着かせると、玉子スープを静かにいただく。味の濃いチリコンカンのあとに飲む玉子スープは、口当たりから出汁《だし》の味わいまですべてが優しく、癒やされる。

海藻サラダを再び口にすれば、先ほど同様、自分が海藻になった気分となり、手を伸ばし身体を揺らす。口の中になくなれば、また海藻サラダを頬張った。

その後、食パンの端を千切《ちぎ》りイチゴジャムを大量に塗って食べる。人工的な甘ったるいイチゴジャムにも、甘利田は笑顔だ。

次に、周囲の目を気にしながら、残った食パンにチリコンカンをたっぷり塗った。その食べ方を幼稚と言いながらも「定番な食べ方だ」と言い訳しながら、端に少しつけて食べ、我慢《がまん》していたはずだったが——結局、おいしそうな食べ方に屈《くっ》したのだ。

最後に瓶牛乳で締めようとするも棒チーズのことを思い出し、包装を外すと一口で食べる。こうして、ようやく瓶牛乳の残りを飲み干《ほ》した。

甘利田は満足げに目を閉じると背もたれに倒れ、食べ終えた給食の余韻《よいん》を楽しむ。

（今日も仕上がった……ごちそうさまでした）

幸福の時間を噛み締めていると——ふと、今のこの場で嗅《か》ぐはずのない匂《にお》いがしてきた。

（ん？　なんか……いい匂い、が……している……）

目を開けた甘利田はメガネをかけると周りを見渡した。匂いの元はストーブだった。鉄板にはどこから準備したのか金網《かなあみ》が乗っており、その上にアルミ箔《はく》、さらに食パンが置かれる。ストーブのそばに座る粒来が、それを見ていた。

（あいつ、なんてことをしている。ストーブで遊ぶとは言語道断《ごんごどうだん》！　火力の魔法の使い方を間違えやがって）

鉄板の上に水を入れた大鍋を置くことで蒸気《じょうき》を発生させ、加湿する。ホットミルクは、その副産物だ。最低限の範囲《はんい》で活用してこその「火力の魔法」だと甘利田は考えていた。

甘利田が注意しようと立ち上がると同時に、食パンの全貌《ぜんぼう》を知ることになった。食パンは赤く染まり、その上には白いものが溶けて広がっている。

（そ、それは……ピザトースト！　食パンの上にチリコンカンを塗って、その上に棒チーズをほぐしてトッピングしたのか！）

　チリチリ、という焼ける音が甘利田の耳にまで届く。ほぐした棒チーズの塊が、熱でやわらかくなっているのだ。

（それ……めちゃくちゃうまそげじゃないかー！）

　羨《うらや》ましさが込み上げた甘利田は、思わずデスクから身を乗り出し、手を伸ばす。同時に、この感覚に懐《なつ》かしさを覚えていた。

　そんな甘利田を尻目《しりめ》に、クリップと箸《はし》を合体させたトングのようなものを使って、ピザトーストが乗った金網を取り上げる。

（おい粒来……お前、そんなことする奴《やつ》だったか？　今日だけ思いついたのか。おかしな奴だとは思っていたが……昨日まで普通に食べてただろうが）

　なぜ今日、ストーブを使って焼くといった行動に出たのか。昨日と今日では何が違うのか——甘利田が答えを出す前に、粒来はピザトーストを持ち上げ、自慢げに甘利田に見せつけてきた。

（やめろ……それは、やめろ……）

　内心で呟きながら、手で粒来の姿を隠したり、でも気になるから覗《のぞ》き込《こ》んだりをくり返す甘利田を前に、粒来はトーストにかぶりついた。

（やめてくれー！）

　カリッと香ばしい焼けたパンをかじる音が聞こえ、チーズが伸びた——ように甘利田には思えた。棒チーズのようなプロセスチーズは、加熱しても溶けず伸びもしない。特に給食に出る棒チーズとなれば、加熱して溶かすことなど想定されていない。

だが甘利田の目には、確かに粒来のピザトーストのチーズは、しっかり伸びて見えていた。チリコンカンをトマトソースに見立て、そこにチーズを乗せて温めたらどうなるか。それは確かに、ピザトーストの様相を呈するに違いない。

そんな粒来の挑戦《ちょうせん》が、甘利田の目に完璧なピザトーストの姿を見せていた。

（ケチャップ風味のチリソースの上に、とろけたチーズだと。そんなの……そんなの、うまいに決まってるだろうがこの野郎！）

悔《くや》しさと内心の叫びを押し殺して粒来を睨《にら》む甘利田を尻目に、粒来は夢中で食べている。

（こいつ、確信犯だな。なぜだ。なぜ急にそんなことを始めた……）

本来「確信犯」は「悪いとわかっていることをわざとやる人」をさす言葉ではない。だが甘利田は数学教師なので、正しい言葉よりも使いやすい言葉が出てきたのだった。

ただ、粒来のこの笑顔は果たして、本当に「（甘利田に見せつけることを）悪いと思ってやっている」のだろうか。むしろ「思想的に正しいと思ったことをやっている」ようにも、見えなくもない。それはともかく――ここでふと、甘利田はあることを思い出した。

（はっ。席替えか？）

今朝《けさ》のホームルームでくじ引きによる席替えを行い、その後甘利田が調整をした。

（今日たまたまストーブの近くの席に移動してきたことで、今まで妄想してきた給食アレンジ欲に、文字通り火をつけてしまったというのか）

勢いよく給食を平らげていく粒来から、甘利田は目を離せなかった。蘇《よみがえ》ってきた懐かしさが、ますます強まっていくのを感じていた。

（かつて、私に給食勝負を挑んできた生徒がいた）

その生徒の名は——神野《かみの》ゴウ。毎回、甘利田が羨ましがるような創意工夫《そういくふう》で、給食をおいしく食べていた男子生徒。彼はすでに中学校を卒業し、甘利田も遠く函館の地にやってきた。それから甘利田は、かつてのように自分の給食に集中していたのだが。

（あんな奴は二度と現れないと、高を括《くく》っていた……）

そして今日、平穏《へいおん》そのものだった給食に新たな旋風《せんぷう》が巻き起こされた。満足そうな粒来の笑みを見て、甘利田は思った。

（負けた……そして、再び……このストレスを感じている……）

自分の思うおいしい給食の食べ方の、斜《なな》め上の食べ方をする生徒の存在。「おいしそうだ」「羨ましい」という感情自体は悪いものではないものの——自分の不甲斐《ふがい》なさを思い知らされるきっかけにもなる。

生徒たちがワイワイと楽しそうに給食を食べる教室で、甘利田は敗北感を抱いて床に倒れるのだった。

甘利田が、久しぶりの感情に打ちひしがれる中——職員室では、デスクで給食を食べている比留川の姿があった。彼女はまだ新人で担当のクラスもないため、給食の時間は一人で過ごしていた。比留川はふと、甘利田と給食の話をしていたときのことを思い出した。

『マジですか』

『それまでは……何を？』

給食を食べないことのように戸惑う甘利田に、比留川もまた戸惑っていた。

給食。教室で生徒たちと、まったく同じメニューの食事をとること。忍川中学校では給食の前に校歌斉唱もする。どれも経験のない比留川にとっては、甘利田があんな反応をする理由がわからない。

「比留川先生は、いつもデスクで給食？」

いつの間にか隣に立っていた坂爪からの問いに、比留川は「はい」と答える。

「それは寂《さび》しいですね。どうですか、明日から校長室で一緒に」

「あ、結構です」

なぜ寂しいのか、比留川にはわからない。食事を一人ですることは、そんなにおかしいことなのだろうか。そんな心境から、比留川は即答した。坂爪が嫌いなわけではないが、父の親友であり、校長という目上の立場の人間と食事をするのは気疲《きづか》れするに違いない。

比留川の反応を気にした様子もなく、坂爪は笑って続ける。

「給食は、みんなで食べると、よりおいしいんですよ」

言われていることがよくわからず、「はあ」と気のない返事しかできない比留川だったが、坂爪はそれ以上誘《さそ》うことなく、立ち去って行った。

放課後、昇降口から出ていく生徒たちの中に、甘利田の姿もあった。下校する生徒たちを眺めていると、缶ポックリに乗った粒来の姿が見えた。

「学校でやるなと言っただろう」

声をかけると、粒来は素直に缶から降りた。それを見て「それと」と甘利田は続ける。

「ストーブは……焼き場では、ない」

きつく断言《だんげん》するが、粒来は特に堪《こた》えた様子もなく続けた。

「……自分のポジションを、全うしてみました」

その言葉で、甘利田は今朝の自分の言葉を思い出した。


『一組の人間関係はこの辺りで仕上げにかかる。自分のポジションを全うしてみろ』

粒来は、甘利田の言葉を遂行しようとして、あの行動に出たのだ。ストーブ近くの席という、ポジションを全うするために。甘利田はある意味では納得し、立ち去ろうとした。

「先生」

「なんだ」

「あの……僕と、友達になってくれませんか」

眉間《みけん》に皺《しわ》を寄せた甘利田は粒来に歩み寄ると、額がぶつかりそうな距離で止まった。

「教師と生徒が友達になれるわけがないだろう。バカ言ってないで早く帰れ」

圧の強い甘利田に対し、粒来は気にした様子もなく「失礼します」と言うと、缶ポックリを持って校門へ歩み去って行った。

粒来と別れたあと、甘利田は学校から帰る途中、ある場所に足を運んでいた。

瓦屋根《かわらやね》の下はトタンの壁で囲われていて、「服部《はっとり》商店」と書かれた看板がかけられている。ポストや自販機が設置される中、一部には立てかけるタイプのすだれが置かれ、人が立ち入らないようにされていた。

（以前の職場で覚えた私の唯一の趣味《しゅみ》を、この地でも継続している）

甘利田の趣味、それは駄菓子《だがし》である。外から中が見えづらいため、ぱっと見は駄菓子屋と断じづらい店構えではあるが、中にはおもちゃや駄菓子があるのを甘利田は知っている。

（そして駄菓子屋の店番は、ババアと相場は決まっている）

この駄菓子屋の店主は、以前どこかで「サキ婆《ばあ》さん」と呼ばれているのを甘利田は聞いた記憶があった。ニットの帽子《ぼうし》をかぶり、銀縁《ぎんぶち》メガネが無表情の顔に乗っている六〇代の女性だ。

サキは、片腕を前に出し、もう片方の腕を後ろに伸ばし、片足を前、もう片方の足を後ろに伸ばす。出していた片腕を後ろに動かすと、出していた足も後ろに下げる。太極拳《たいきょくけん》の真似事《まねごと》のような動きをしている。

辺りを見回して生徒たちの姿がないのを確認すると、甘利田は出入り口を封じるようなこのサキの動きを見切って、店内に足を踏《ふ》み入れた。

（今日は久々のストレスで腹が減った。少し早いが、ここで夕食としよう）

カップ麺《めん》、そして木箱に入った卵を一つ取ると、店の外へ出る。太極拳（？）を終えたサキに支払いをし、許可を取ってから店の中にあったポットのお湯をもらう。その後店先のベンチと箱にクロスをかけた簡易的なテーブルに移動すると、カップ麺が出来上がるのを待つ。

（私はあることに気づいた。母親のメシマズのDNAが、私にも宿《やど》っていたのだ）

フタをしたカップ麺の隙間《すきま》から出る湯気を見つめながら、物思いにふける。

（こっちに移り住んだ初めの頃、自ら調理を試《こころ》みたが、ありえないまずさだった。それ以来、私の夕飯はもっぱらこれだ）

腕時計を見て時間を確認すると、フタを開ける。もわっと湯気が立ち上り、醤油《しょうゆ》風味のスープの匂いが鼻をくすぐる。

（カップ麺。奥深き、日本発祥《はっしょう》にして、世界で愛されている日常食。今日はこれに生卵を落とそうという寸法だ）

テーブルに当ててヒビを入れた卵を割って落とすと――甘利田は目を見開いた。

（これは！　黄身が二つ！）

「……」

歓喜で思わず立ち上がると、いつの間にかサキが後ろに立っていた。気配がなかったため驚きつつも、甘利田は自然と二つの黄身をサキに見せる。

普段から不機嫌そうな顔をしているサキだが、表情に変化がない代わりに親指をグッと立てた。彼女なりの祝福の態度なのだろう。

（なんか元気出てきた）

店の出入り口前へ去っていくサキを見ながら甘利田も嬉しくなって、勢いよく二つの黄身をほぐし始めた。

(私は給食を愛する中学教師。長らく味わってこなかった感覚を思い出した)

黄身が絡んだ麺をたっぷり箸で取り、ズズッと啜《すす》る。

(粒来ケン。奴が本物の「給食道」を歩む者なのかは、まだ……わからない。しかし予感がする。奴との戦いの幕が今日、開《ひら》いた)

給食道とは、「自分がおいしいと思う食べ方で給食を楽しむ者の道」と考える甘利田が、勝手に作った言葉である。この言葉を知るのは甘利田だけであり、そもそも戦っていると思っていたのも甘利田だけなのだが――独自のおいしそうな食べ方を見せつけられるというのは、「自分が思うおいしい食べ方」をしようとする甘利田の平穏を脅《おびや》かす、と言えなくもない。だから、甘利田は戦うのである。

口いっぱいのラーメンをもぐもぐ咀嚼していると、突然《とつぜん》甲高《かんだか》い声が上がり、甘利田は驚きでビクついた。声の正体は、店の出入り口前に戻ったサキだった。気合いを入れて太極拳を再開したらしい。

そして甘利田は、ビクついた拍子にカップ麺のスープを手にこぼし、奇《く》しくもサキと同じような甲高い声を上げてしまうのだった。

メニュー 二

肉じゃがサバ味噌タコ社長

「立て！」

一年一組の、朝のホームルーム。甘利田の声と共に、生徒全員が起立する。

ストーブによって暖められた教室内を、甘利田はゆっくり練《ね》り歩く。すでに嗅ぎなれた灯油《とうゆ》の匂いの中、生徒一人ひとりを睨みつけるように上から下まで確認して、「ボタン閉じろ」「踵《かかと》踏むな」と、服装の乱れがあれば指示して回っている。ふと、浅葉の前で甘利田は足を止めた。

「なんだこのブカブカズボン。ボンタンか」

「サイズ間違えて買いました」

少し緊張した面持ちで答える浅葉。ここで言う「ボンタン」は、学生服を改造したものの一種だ。太もも辺りが大きく膨らみ、裾《すそ》にかけて細く絞り込んだようなデザインで、大工や工事現場で働く人が穿《は》いているものにも似ている。

次に浅葉の隣の席で、前髪を流して額を出し、肩にかかる長さの黒髪を持つ女子生徒・溝渕《みぞぶち》泰葉《やすは》を見る。女子の中でも背が高く、気が強そうな印象だ。そんな長身であるにもかかわらず、彼女のスカートの裾は足首近くまであった。

「お前もサイズ間違いか？」

「姉貴《あねき》のお下がりなんで」

いつの時代も、同じ学校に通う兄弟姉妹《きょうだい》同士で制服を共有することはよくある。それもあって溝渕は「しょうがないだろう」とでも言いたげな様子だ。

「二人とも、明日穿き替えて来い」

有無《うむ》を言わさぬ語気に、浅葉と溝渕はビクリとしたあと、俯《うつむ》いた。甘利田は振り返り、今度は全員に向けて声をかける。

「男子全員、制服を開いて見せろ」

甘利田の指示に、男子生徒たちは「はい」と従って制服のボタンを外していく。その様子を、甘利田は歩きながら確認していく。

「裏地に模様《もよう》がついている者はいないな」

そう声をかけていくと、またも甘利田の目に留まる生徒がいた。

「おい磯貝、それなんだ」

名指しされた磯貝は「あ、やべっ」と何かに気づいたような声を上げた。甘利田はすかさず磯貝のところまで歩み寄る。

「なんだ、この裏ボタン」

しっかり確認すると、磯貝の裏ボタンは七宝焼《しっぽうや》きだった。裏ボタンに「恋」「人」「募」「集」「中」と一文字ずつ書かれている。

「裏ボタンで恋人を募集しても、誰にも伝わらんぞ」

甘利田が切り捨てると、生徒たちが爆笑した。磯貝の行動の謎《なぞ》と、甘利田の当然のツッコミがツボに入ったらしい。ウケて悪い気がしないのか、磯貝も照れ笑いをしている。

「笑うな！」

しかし甘利田が一喝《いっかつ》すると、シーンと静まり返った。威圧感の強い声に、生徒たちは恐怖で下を向く。その間を通り、甘利田は教卓に戻った。

「いいか。服装の乱れは、心の乱れだ。心が乱れたらどうなる。言ってみろ国生」

「え……と、勉強が」

苦笑した国生が最後まで言う前に、「世戸口《せとぐち》」と別の女子生徒を名指しする。

「反抗期《はんこうき》を迎えます」

目鼻立ちのハッキリした世戸口望《のぞみ》は堂々と答える。飾りのついたゴムで髪をツインテールに結び、その毛先を縦に巻いているのを見るに、注意を受けない範囲でおしゃれを楽しむタイプのようだ。

そんな世戸口の答えも無視し、甘利田は「磯貝」と別の生徒を指名する。

「眠くなる？」

甘利田の厳しい態度と今までの流れをまったく汲《く》まない磯貝。一瞬また生徒たちから笑いが起きるが、甘利田はすぐに拳で黒板を強く叩いた。静かな教室にガンッ、と重い音が響く。

「心が乱れた人間は、食が細くなる」

力強い甘利田の言葉のあとも、教室はシーンと静まり返ったままだ。甘利田は続ける。

「毎日規則正しく整った生活をしている人間は、しかるべきタイミングでしかるべき量の食事を身体が欲しがる。心の乱れが邪魔《じゃま》をして満足に食を摂れない者は、どんどん弱っていく。いいか。弱りたくなかったら、身だしなみに気をつけろ」

威圧感ある甘利田の声に対し、生徒たちは弱々しい声で「はい」と返事をした。甘利田はなんでも食べることに結びつけるところがあるが、案外見当違いでもない。だから生徒たちも威圧的な態度に畏縮《いしゅく》はしても、不満そうにはしないのだろう。

話に一区切りつけた甘利田は、この状況でもまだ制服の前を開けたままの粒来に目を向けた。内ポケットには畳まれた紙片が入っている。甘利田にとって身近な存在だったため、遠目でもその紙片が何かすぐに悟《さと》った。

（こいつ……懐《ふところ》に献立表を仕込んでやがる）

同時に、粒来と目が合う。甘利田を見て微笑むと、粒来はおもむろに制服の前を閉じた。

（粒来ケン。私はこの生徒が、急激に気になっている）

そんな気持ちを振り払うように、甘利田は教室を出た。ホームルームの用件は済んだので問題はない。直後、裏ボタンに興味津々《きょうみしんしん》な生徒たちが磯貝に群がり、緊張していた空気はぶち壊された。そのことを、甘利田は知る由《よし》もないのだった。

ホームルームを終えて職員室に舞い戻って来た甘利田は、自席で献立表の入ったＡ４サイズのハードカードケースを引き出しから取り出した。

（今日は待ちに待った肉じゃがの日だ。いつでもどこでも定番給食の肉じゃが。この北の地でのじゃがは、本土のじゃがとは一味違う）

その違いに思いを馳《は》せるように、一一月九日の献立が書かれた部分を念入りに磨く。

（肉じゃがに加えてサイドメニューがサバの味噌煮《みそに》というのが嬉しい。サバといえばサバ味噌。肉とイモとサバ。黄金のトライアングルだ。王道和食なのにコッペパンというデタラメさ。さ

らにミルメークもついてくるとは……早くもほっぺたが落ちそうだ）

気が済むまで磨くと、今度は献立表そのものを抱きしめる。内心の言葉通りすでにほっぺたが落ちているのではないかというぐらい、頬が緩んでいた。

「……」

その横で、比留川も甘利田の動きを真似して献立表を眺めていた。献立表を抱きしめた頃から「わけがわからない」という顔をしながらも、真似をし続ける。

ここで校長室の扉が開き、坂爪が出てきた。

「甘利田先生」

坂爪が声をかけるが、本人は妄想に夢中で気づかない。比留川が先に気づいたが、声をかけようかどうしようか迷うようにアワアワと甘利田と坂爪を交互に見る。

そのとき、さらに大きな声で「甘利田先生」と呼んだ。それでようやく気づいた甘利田は慌てて献立表を引き出しにしまい、いつもの仏頂面《ぶっちょうづら》で坂爪のほうを振り返る。

「ちょっといいですか」

呼びかけに応え、甘利田は立ち上がった。

校長室に入ると、応接セットにはすでに先客がいた。一人は木戸。その隣には、禿頭《とくとう》の赤ら顔、強面《こわもて》なのもあって迫力のある六〇代後半くらいの男が座っている。

「ＰＴＡで役員をされてる白根澤《しらねざわ》さん」

甘利田を連れてきた坂爪が、恰幅《かっぷく》のいい男——白根澤仁《ひとし》を紹介する。

白根澤は「どうも」という挨拶と同時に、手で座るよう促《うなが》す。甘利田は「甘利田です」と名乗って頭を下げ、腰を下ろした。まず、木戸が口を開く。

「白根澤さんは、漁港で水産会社を経営されているんです」

「今日、給食にサバが出るんですよ。サバ味噌。あれ、うちであげた奴だから。うまいですよ」

「そうですか」

自慢する白根澤に対し、甘利田は素っ気ない。木戸が続ける。

「子供たちの健康のために、一緒に給食完食の勉強会をやっているんです」

「昔は給食を残すなんてバチ当たりなことだったんだけど、最近の子はすぐ嫌なものから逃げるからねぇ」

白根澤の言葉に同調するように頷く木戸。二人を見ながら、甘利田は要領を得ないとばかりに「はあ」と曖昧《あいまい》に返すと、坂爪を見た。

「で、なぜ私を？」

「ああ、この学校で、一番給食に関心を持っている先生だってお話ししたら、ぜひご挨拶をってことで」

「よかったら、甘利田先生も勉強会に入れてあげてもいいかと思いまして」

「私は、給食になど関心はありません」

坂爪の説明から継いで口を開いた木戸の上から目線の物言いに対し、甘利田はキッパリ言い切った。それを聞いた坂爪は「またまた」と笑う。甘利田の給食好きを疑《うたが》う余地などないとすら言いたげな態度だ。

場の空気が不穏になるが、甘利田は素早く立ち上がる。

「何か誤解をされているようですが、私は給食にも完食にも興味はありませんので、辞退します」

三人に向けて会釈すると、職員室に続く扉に向かう。すると白根澤が立ち上がった。

「話が違うじゃねぇか！」

眉間に皺を寄せ、甘利田の背中に吐き捨てる。木戸は発言を撤回させたいのか「甘利田先生！」と圧をかけた声を発した。

「給食に興味なしってのはべつにいいが、完食に興味なしというのは教育者としてどうなのかね」

ますます雲行きが怪しくなってきて、坂爪が「まあまあ白根澤さん」と宥《なだ》めようとするが、止まる気配はない。

「俺は毎日魚と戦っているからわかる。甘利田先生は、魚に感謝して食べてないね」

責めるように言い切る白根澤に、甘利田は振り返った。鋭い眼光を放ちながら、白根澤に歩み寄る。

「お言葉ですが、自分が捕った魚だから残さず食えというのは、自分が書いた本だから最後まで読めと言っているのと同じです」

「なんだと」

「人には、好みが、ある」

低い声で睨むことで威圧する白根澤に対し、甘利田は無表情で淡々《たんたん》と言い切る。少しも揺らがない甘利田に当てられたのか、白根澤は白目を剝《む》いて倒れ込んだ。木戸が慌てて支えるが、甘利田は気を失った白根澤に会釈すると今度こそ校長室を出ていった。

忍川中学校の校庭の隅には、トタン造りの用務員室が存在する。用務員とは、生徒たちが担当しない場所の清掃や、備品の補充、ストーブの管理といった環境整備を行う職員だ。

そこに、缶ポックリを持った粒来がやってきた。

「竹本《たけもと》さん、これ、ここで練習してもいいですか」

「ああ、いいよ。じゃあその辺、片して」

そう答えたのは、用務員の竹本豊《ゆたか》だった。穏やかな顔つきの五〇歳くらいの男性で、キャップに作業着、その上にベストを着て、アームカバー、軍手《ぐんて》をしている。

粒来は礼を言うと、近くに乱雑に置かれていた椅子を端に寄せ、缶ポックリに乗って歩き始めた。コンクリートの床にポクッパカッ、と気の抜けた音が響く。

竹本はその間、四角錐《しかくすい》を逆さにしたような箱の先端に車輪のついたもの——ライン引きに、柄杓《ひしゃく》を使って白い粉を補充していた。その作業が気になり、粒来は声をかける。

「そうやって粉、入れるんですね」

「ん？　そうなんだけど、これやったあと、粉だらけになるんだよ」

言われて粒来がライン引きの周りを見てみると、確かに粉が散らばっている。

「これ、何かと混ぜてしっとりできないもんかね。そうしたほうが入れやすいし、白線も引きやすいよね」

「……しっとり」

竹本の言葉を復唱した粒来は、突然カッと目を見開いた。雷《かみなり》にでも打たれたように身体が跳《は》ね、頭に走った想像に思わず笑いが起きる。異様《いよう》な様子に、竹本は思わず「どうした？」と心配そうに声をかけたが、応えない。

何か思いついたらしい粒来は、缶ポックリに乗ったまま、しばらく恍惚《こうこつ》としていた。

授業を終え、職員室へ戻るため廊下を進んでいた甘利田は、配膳室の前で足を止める。

（ん、これは……味噌の香り）

嗅覚に全集中するために目を閉じ、鼻をヒクつかせながら頬を緩める。この香りはサバ味噌のものであり、一瞬校長室でひと悶着《もんちゃく》あった白根澤のことを思い出し――そうなものだが、甘利田の脳裏に蘇ったのは朝のホームルームでのことだった。

（今朝、奴は明らかに献立表を見せつけてきた。あれは私への本格的な宣戦布告なのか……）

完食主義の白根澤の存在よりも、甘利田は粒来の動向のほうが気になっていた。自分の思うおいしい食べ方で楽しむ給食の時間を、脅かす存在――そう認識しているからだ。

そこまで考えたところで、配膳室から牧野が現れ「あら、先生」と声をかけてきた。廊下に出されていたワゴンの上に給食缶の一つを載せると、珍しく不機嫌そうに続ける。

「さっきアレ来てたでしょ、ＰＴＡのタコ社長」

予想外の呼び名に甘利田が「タコ？」とくり返すも、牧野は頷いて続ける。

「配膳室にもズカズカ入ってきて、俺の魚はうまいんだから、生徒が残したら私たちのせいだって言うのよ」

「言わせておけばいいじゃないですか」

「そうよね。私あの人キラーイ。なんか威張ってて」

「まだ、近くにいますから」

歯に衣《きぬ》着せぬ物言いを甘利田が窘めると、牧野は人差し指を口に当てて「シーッ」と言って笑った。

一方、休み時間の一年一組の教室。粒来は自席で、配付されている献立表を眺めていた。そこに丸本がやってくると、ストーブの横に立って話しかけてくる。

「粒来くんって……用務員のおじさんと仲いいの？」

「竹本さんは友達だよ」

「はぁ？　友達って。だって大人の人だよ」

「大人でも子供でも、友達は友達だよ」

言っていることが理解できないからか、丸本の言葉はキツい声音だったが、粒来は気にした様子もなく言い切る。

「……粒来くんって、変わってるね」

呆《あき》れた声の丸本は、粒来の横まで歩み寄って来ると、献立表を覗き込んだ。

「今日の給食も、何かするの？」

丸本は、先日粒来がストーブでピザトーストを作った場面を目撃していた。彼女も甘利田同様、先日まで普通に食べていた粒来に戸惑っていたのだ。

そんな丸本に対し、粒来は「考え中」とだけ答える。

「給食は、普通に食べたら」

「普通って何？」

何の気なしといった様子で放った丸本の言葉に、粒来は不思議そうにそう返した。丸本は「えっと……」と答えに窮していた。今まで、「普通」という言葉について、あまり考えてきたことがなかったのかもしれない。

「粒来がマルヨネから告白されてるー！」

丸本――クラスではマルヨネとも呼ばれている――の背後から、浅葉が声を上げた。同時に、彼の座席周辺にいる、いつもつるんでいる男子たちも手を叩いて騒ぎ始める。からかうような笑い声につられて、他の生徒たちまで粒来と丸本に注目した。

「そんなんじゃないから」

鬱陶《うっとう》しそうに否定した丸本は、逃げるように教室を出て行った。「え～」とか「あ～」と残念そうな声が上がる。邪魔をしたという自覚はあるのか、浅葉は教室を出る丸本に向けて手を合わせて「ごめん」と声をかけていた。

丸本がいなくなると、浅葉は「え、で、ちなみに、結果はＯＫ？」と言って粒来を見た。

その問いに対して、粒来はただニコニコ笑うだけで何も言わない。浅葉たちは「いやナニソレー！」とさらに勝手に盛り上がるのだった。

チャイムが鳴り響き、四時間目の終了を知らせる。弛緩《しかん》した空気が漂う教室では、生徒たちの騒がしい声が聞こえてくる。

比留川は今日も職員室で給食を食べる予定だが、所用があって廊下を歩いていた。その頃には各教室では配膳が済んだようで、校内放送で流れる校歌を歌う生徒たちの声が響く。

ふと、一年一組の教室の前で足を止めた。自分の教育係である、甘利田の担任のクラス。彼のことを知るためにもなると思った比留川は、廊下側の窓から教室を覗き込んだ。

給食のグループ席に座る生徒たち。大きく口を開けて歌う生徒もいれば、もごもごと口を動かす生徒など、様々だ。

だがその中で一番目立っていたのは――ストーブ近くにある教師用の席に座る、甘利田だった。

腕をぶんぶん振って身体を揺らし、時々「フゥ！」と合いの手（？）を入れてノリノリで校歌を歌う甘利田。朝、校門で生徒たちに喝を入れ、比留川が気の弱いことを言えば厳しい言葉を返す彼が、笑顔で、謎の踊りをしながら、全力で校歌を歌っている。

「！」

校歌の最後に、振り回していた甘利田の拳が机にぶつかり、ガンッと豪快な音を立てる。慌てて辺りを見回す様子を、比留川はしっかり目撃していた。

廊下から比留川に見られていることなど知る由もない甘利田は、「いただきます」の挨拶のあと、いつもの儀式に入っていた。メガネを外し、真剣な目でトレイを眺める。

(今日のメニューは、日本最強の家庭料理、肉じゃが。青魚と味噌のコラボという離《はな》れ業《わざ》を体現するサバ味噌)

醤油と出汁の香りと、ふっくら煮込まれたジャガイモの甘い香りが湯気に乗って鼻をくすぐる。飴色《あめいろ》になった玉ねぎに、糸こんにゃく。ニンジンとインゲンが彩《いろどり》を添《そ》える。

隣の器では、青く輝くサバを茶色の味噌ダレが覆い、食べる前からヨダレが出そうである。

(和食なのにあえて当ててくる、いつものコッペパン、マーガリンに瓶牛乳。あると嬉しいカットリンゴ)

器から視線を外し、トレイの端を見る。

(そして毎日でもいいのに、たまに出て特別感を演出するミルメーク。しかもストローつきだ。こいつのおかげで、溶かし残しが極端に減った。なんとも嬉しいホスピタリティ)

トレイの上にあるものすべての存在を確認すると、甘利田は精神統一のために目を閉じる。息を吸って、吐いて——刮目。準備してあった箸箱に手を伸ばして、フタを開ける。そこには、「甘利田」と刻印《こくいん》のされた漆黒《しっこく》の箸が収められていた。

(さあ、今日も行こうぜ相棒《あいぼう》。輪島漆塗《わじまうるしぬ》りの一品にして、こだわりのオンネーム!)

以前の中学校で、給食で米が出ることになった際、自分へのご褒美《ほうび》として買ったものだ。良い素材が使われている上、甘利田自身も大事に使っているためか、未だに黒光りしている。

(今日はなんか複雑な気持ちだ。明らかに箸で食すべきメニューなのだが、目の前にパンが置いてある矛盾《むじゅん》。和食とパン。だがこれが給食なんだ。合う合わないではない。面白ければい

いのだよ）

愛《いと》おしそうに箸を愛《め》でると、その前向きな勢いに乗り、早速甘利田はサバ味噌に箸をつけた。身を大きく割り、口に運ぶ。

（ああ、うまい。あのタコ社長からの仕入れだと思うと若干萎《な》えるが、サバに罪はない。今日の味噌ブレンドは格別だ。味噌と砂糖、酒、みりん、生姜《しょうが》が絶妙なアンサンブルを奏《かな》でている）

　砂糖とみりんが味噌の甘みをさらに引き出し、生姜の爽《さわ》やかな辛みが絶妙の塩味を引き出す。そこにサバの脂《あぶら》から出る旨味が合わされば、ただただ口の中が幸せで満たされる。

（思わず白飯！　と思ってしまうが、そこはそこ。今日はコッペパンだ）

　給食の妙を楽しみながらもう一口食べていると、粒来が食器を持って立ち上がるのが見えた。そのまま配膳台に移動し、何やら覗き込んでいる。

「どうした粒来。今日のおかずは余ってないぞ」

　今日、このクラスに欠席者はいない。おかずは全員分配膳され、残っていないはずだ。

「コッペパンが一つ」

　すると、粒来から意外な言葉が返ってきた。欠席者がいないのでコッペパンも余るはずはないのだが、今日の和食メニューでコッペパンを食べたくない生徒がいたのかもしれない。甘利田の知るところではないが。

　余りが出た場合、もらう権利を求めてジャンケンが行われるが、コッペパンはデザートや大きなおかずとは違い、人気がない。

そのため、甘利田は「勝手に持ってけ」と粒来に許可を出した。

（こいつ、あわよくば残り物をゲットして、より豪華にしようというハラか。ふん。そんなに甘くないんだよ、給食道は）

すでに粒来が給食道を歩んでいる前提で苛立つ甘利田。そもそも「おいしいと思う食べ方で給食を楽しむこと」が本来の目的なら、甘いも何もないのだが――それはともかく。甘利田は気持ちを静めるように粒来からトレイに視線を戻した。気を取り直して、肉じゃがの入った器を持ち上げる。

（もう我慢できん。まずは一口）

箸で肉とジャガイモ、糸こんにゃく、玉ねぎを一つ一つ器用につまんで頬張ると、思わず満《まん》面《めん》の笑顔になっていた。

（……これだ。肉のしっとりと、イモのほっこり、さらに玉ねぎのシャキシャキと糸こんの、ビローン）

肉を嚙んだときに出る肉汁の旨味がホクホクのジャガイモと絡まり、心もほっこりする。炒《いた》めたことで飴色になった玉ねぎの食感も健在で、それでいて煮込んで生まれる甘みもしっかり主張している。調味料と旨味の絡んだ糸こんにゃくのコリコリした食感も楽しい。

（甘辛ダレが満遍《まんべん》なく具材を包み込んでいる。日本が誇《ほこ》る伝統の一品。もうこれは、世界遺産認定だ）

勝手に認定を出したところで、甘利田の箸は止まらなくなっていた。箸は肉じゃが以外にも伸びる。

(ああ、うまい。肉、イモ、サバ。肉、イモ、サバ……)

しばらく同じ動きが続くと、ふと肉じゃがの中の糸こんにゃくをつまみ上げる。

(たまに糸コン、コンココーン、ビローン……)

テンポよく食べていく中で、最後に謎のリズムで糸こんにゃくを頭より高い位置に持ち上げると、口に落とすように食べていく。ダイナミックな動きになっていた甘利田は、ふと我に返った。

(いかんいかん。無限ループに陥るところだった。とりあえず第一部終了)

肉じゃがとサバ味噌を半分ほど食べ終えたのを確認する。

(ふう……今日は、もうこうするしかないと決めていた。和の時間から、洋の時間へ。ここからが、第二部だ)

フィルムとフタを外し、少しだけ瓶牛乳を飲む。こうすることで瓶の中に空間的な余裕《よゆう》が生まれ、ミルメークを投入しやすくなる。過去の甘利田はそういった前準備もせず粉を投入し、牛乳を溢れさせたこともあった。

ミルメークの粉を加え、ストローを瓶に差し込むと丁寧《ていねい》にかき混ぜる。

(おお……届く届く。底に溜《た》まった粉末も、残さずメルトダウンだ)

口に出すと物騒な単語は、執拗に混ぜ続けた結果ミルメークの粉がしっかり溶け込み、牛乳の上から下までしっかりピンク色に染めていく様子を、それっぽい言葉で表しただけである。本来の言葉の意味まで、考えてはいないのだった。

(では……いざ!)

脇を締めて気合いを入れると、甘利田は再び肉じゃがの器を手に取った。第一部と第二部と表現していたが、「和の時間」では和のおかずを楽しみ、「洋の時間」では洋のものを楽しむ、という意味だった。そのタイミングは甘利田次第であり、ようするに「同時には食べない」というだけで雰囲気の問題である。

肉じゃがを楽しんだあとはサバ味噌で、人目を気にしながらも味噌ダレだけを楽しむこともした。

「洋の時間」になると、コッペパンを掲げて上から下まで愛おしそうに見つめたあと、マーガリンを押し込み、大口で食らいつく。マーガリンの油分と塩分が身体に沁《し》みる。

（ミルメークがプラスされるだけで、レギュラー陣が輝きを放つ。ああ、私は今、充実している）

パンを食べ切ると、またも「和の時間」となり、サバ味噌、肉じゃがに戻って食べ尽くす。デザートのカットリンゴをシャクシャクとリズムよく平らげていく。

心から至福の時間を楽しみ、ついにミルメーク入り牛乳と相まみえる。牛乳本来の甘みとイチゴ風味の甘みが加わり、特別感のある味わいだ。贅沢《ぜいたく》にも一気に飲み干すと、思わず「うまい」の声が漏《も》れ出た。

最後に箸を箸箱に戻す。その動きはどこか、日本刀を鞘《さや》に収める様を彷彿《ほうふつ》とさせた。

（今日も仕上がった……ごちそうさまでした）

椅子の背もたれに倒れ、甘利田は恍惚の表情と共に目を閉じた。このまま、給食の時間が過ぎゆく、と思いきや——。

（ん？　なんだ、この音）

ふと、甘利田は目を開けた。サク、サク、と繊維《せんい》を裂《さ》くような音が気になり、メガネをかける。

音の元は、粒来だった。少し乾燥《かんそう》し始めたコッペパンに、箸で切れ目を入れていた。だが甘利田の意識は、コッペパンではなく箸に向いた。

（お前も……マイ箸……しかも、こだわりのフルネーム！）

自分と同じマイ箸を持っていたことで、なんとも言えない気持ちになる甘利田。親近感なのか、かぶってしまった気まずさなのか。それよりも、次の行動が気になっていた。

（なんだそれ……何を挟むつもりだ……）

甘利田の心の中の疑問に答えるように、粒来は切れ目にサバ味噌を挟んだ。

（サバドッグ！）

心の中で叫ぶ甘利田の目の前で、いつもの先割れスプーンで、サバドッグに茶色のトロリとした液状のものをかけた。

（なんだそれ。そのソースはなんだ。どっから調達した）

見た目の特徴に思いをめぐらせた甘利田は、ハッとした。

脳裏に蘇るのは、食器を持って配膳台を見ていた粒来の姿だ。

『今日のおかずは余ってないぞ』

『コッペパンが一つ』

甘利田は、単におかずの余りがないか見ていただけだと判断し、余っていたコッペパンを持っていくことを許可した。

（あいつ、あのとき……給食缶の壁面についた味噌ダレを、こそいでやがったのか！）

コッペパンを持っていく許可を出したあと、甘利田は粒来の動向を確認していない。コッペパンだけを持って行ったと思っていたが、その後、粒来は味噌ダレも入手していたのだ。

追加した味噌ダレの存在感が光るサバドッグの完成を見せつけられ、衝撃と共に立ち上がる。

（うまそげすぎるだろそれ！　お前は味の冒険《ぼうけん》家《か》か！　和の食材サバを、洋のコッペパンと融《ゆう》合《ごう》させるというのか。しかも、味噌ダレトッピング。味の想像が……ついてしまう……私が、憎い）

粒来は、笑顔でサバドッグを頬張った。幸せそうにモグモグ咀嚼し、みるみるうちにサバドッグは粒来の口の中に消える。

（絶対……絶対、うまいだろうがよぉ……この野郎）

その様子を、甘利田は憎々しげとも羨ましげともつかない複雑な表情で見《み》据《す》えていたが――

粒来が牛乳を一口飲む姿を見て、違和感を覚えた。

（ん、普通の白牛乳……ミルメークはどうした……マーガリンも、ない）

またも疑問が浮かぶと、やはり答えるように粒来はある器を手に取り、甘利田に見せた。

（なんだそのしっとりとしたクリーム。マーガリン、ではないな……ミルメークを混ぜ合わせたのか！）

自分が至った結論に、甘利田は衝撃を受けた。それを肯定するように、粒来はスプーンでクリームを掬い上げる。時間をかけて丁寧に練ったのか、ミルメークの粉と同じ綺麗《きれい》なピンク色のクリームは、滑《なめ》らかだ。

（信じられん。ミルメークは溶かすものだ。それ一択。決して他の味つけ要員として機能させるべきものではない。ましてやマーガリンとの合体など、もってのほか）

そう思う間にも、粒来はもう一つのコッペパンを取り出し、あらかじめ作っておいた切れ目にクリームを塗りつける。

（しかし……ああ……あ、味の想像が……つく！）

油分と塩分を含んだマーガリンに、甘いイチゴ味のミルメークの粉。マーガリンの塩味がミルメークの甘みを引き立て、滑らかなマーガリンの舌触りとコッペパンが融合する。

食べていないのに、ミルメークコッペパンの味が、甘利田の舌先に広がった気がした。

（次から次へとこの野郎……やりたい放題か）

かぶりついた拍子にピンクのクリームを鼻の頭につけた粒来を見ながら、甘利田は思う。

（私は、肉じゃが、サバ味噌という給食界の主役をリスペクトし、和と洋をセパレートして食べた。大人としての常識と定番を重んじたからだ）

甘利田なりの、今日のメニューに対する最大の礼儀だった。それが甘利田の思う「給食道」に則《のっと》った食べ方だったはずだが――今は、「自分の食べ方が正しい」と言い切れなくなっていた。

（しかしサバとパンは見事に融合し、ミルメークは溶かすものという定番も打ち砕《くだ》かれた）

本来なら、食べ方に正解も不正解もない。甘利田の「自分の中の常識や礼儀に従う食べ方」だって、間違ってはいないのだ。だが、粒来の「自由な発想の食べ方」は、それ以上においしそうで、羨ましかった。故に、甘利田には眩《まぶ》しく感じる。かつて覚えた敗北感と、羨ましさが甘利田の胸中で暴れ回った。

粒来は鼻についたクリームを指で拭《ぬぐ》うと、甘利田の視線にも気づいて笑いかけた。

（もはや、疑う余地はない。奴は、間違いなく……独自の給食道を歩んでいる）

今もなおワイワイ給食を楽しんでいる生徒たちがいる教室で、甘利田はデスクの上に上半身ごと倒れた。

（負けた……また、負けた……）

上半身が倒れた甘利田の顔は、自然と廊下に向いている。しかしその視線は虚空《こくう》を見ており、扉の窓に意識が向かうことはなかった。

甘利田が倒れた瞬間、一瞬屈《かが》んで隠れた比留川が、ゆっくりと扉の窓に顔を出す。比留川は結局、今日の甘利田の給食での一部始終を見ていたのだ。

校歌を全力で歌うだけでなく、デレデレした顔で黒光りする箸を愛で、給食を食べる度に満面の笑顔と、オーバーリアクション——コッペパンに頬ずりしたり、上を向いて糸こんにゃくを食べたりする甘利田の姿、そしてそれを、少しも気にしていないように見える生徒たち。すべての状況が、比留川の想像や予想を超えるものであった。

給食の時間が終わり、掃除《そうじ》の時間が始まった。廊下では箒《ほうき》で掃き掃除をしたり、お喋《しゃべ》りをしながらサボったりしている生徒たちの姿がある。

掃除は、教師も参加する。甘利田と、彼が教育係を務める比留川も、雑巾《ぞうきん》を持って窓を拭いていた。

「なんですか、さっきからチラチラ」

甘利田が指摘《してき》すると、比留川は「すみません」と謝りながら甘利田を見た。

「何か言いたいことでもあるんですか」

窓を拭く手を止めないまままたずねると、比留川はおずおずと続けた。

「あ、いや……甘利田先生って、自由だなーって」

「どういう意味ですか」

「なんか、うまく言えないですけど」

照れ笑いする比留川に、甘利田は拭き掃除の手を止めズカズカと歩み寄った。

「比留川先生、我々は生徒にモノを伝える職業です。伝える能力が常に問われている。うまく言えない、では済まないんです」

額が触れ合うスレスレまで近づき、鋭い眼光で警告する甘利田。その近すぎる距離に目を丸くしていた比留川だったが、だんだん口がへの字に曲がり、泣き出しそうな顔に変化する。それを直視した甘利田は思わず「あ、いや……」と戸惑いの声を漏らした。

「私、英語だと怒鳴れるんです」

泣きそうな顔のまま、比留川は言う。泣き出すかと思いきや予想外の言葉に、甘利田は「はい？」と疑問で返した。

「向こうで暮らしているときは、ハッキリ言わないとひどい目に遭うって父に教えられて」

「日本語だとダメで英語ならオッケーなんて、常識的にあり得ない」

甘利田は生まれも育ちも日本で、しかも数学教師だ。語学に詳しいわけではない。そういった人間にとって、話す言語によって振舞いが変わるというのは、理解しがたいことであった。

断言された比留川の口が、再びへの字に曲がる。だが泣きそうなのではなく、信じてもらえないことが悔しいように見えた。

掃除が終わり、雑巾を洗うために手洗い場へ移動してきた甘利田はハンカチを口に咥《くわ》え、石《せっ》鹸《けん》で手を洗っている。隣の比留川はすでに洗い終わり、ハンカチで手を拭いていた。

二人の背後を、「教室まで競争しようぜ～！」「ってもう走ってるじゃん！」「ずりぃ！」と生徒たちがドタバタと走って行った。浅葉たち一年一組の生徒だ。

甘利田は振り返るが、手はまだ泡《あわ》まみれで、口にはハンカチ。注意しようとしても、フガフガという音にしかならない。忌々《いまいま》しそうに顔を顰《しか》めた。

すると、比留川が廊下の真ん中に進み出ると、生徒たちの背中を見据えて言った。

「Stop right there!!（止まりなさい！）」

流暢《りゅうちょう》な英語が廊下に響き渡り、生徒たちの背中がビクリと跳ねると、足を止めた。怒鳴り声に驚いた甘利田も、思わず比留川を見ていた。

「No running in the halls!!（廊下を走るな！）」

さらに怒鳴る比留川は毅然《きぜん》とした表情で、甘利田に警告されたときとは大違いだ。浅葉たちは並んで「すみませんでした」と頭を下げて去って行った。

（英語だと怒鳴れる……）

先ほど比留川が言っていた、甘利田にとっては「常識的にあり得ないこと」が、今目の前で起こった。走るのをやめた生徒たちを見て、比留川はスッキリした顔になっている。

（この人は……ジキル比留川か）

戦慄《せんりつ》にも似た衝撃を感じながら、甘利田は比留川の顔をうかがう。目が合うと、比留川は自慢げにニコッと笑顔を見せた。「言った通りだろう」とでも言いたげに。

（人は、常識だけでは測れない……）

そんなことを考えながら、「常識を打ち壊された」という経験が、本日二回目であったことを甘利田は思い出した。

常識というのは、案外簡単に変わってしまうものなのかもしれない。

放課後、学校を出た甘利田はまっすぐ駄菓子屋へ向かった。生徒の姿が消えたタイミングを見計らい、出入り口に歩み寄る。

その前には、「フー」と息を吐きながら太極拳のような動きをしているサキがいる。重心を後ろにずらし、出入り口を塞いでいた腕も身体の前に移動した瞬間、店の中へ入った。

（今日は、朝の身だしなみチェックのときに決めていた）

その手には、手のひらに収まるほどの小さな箱。柑橘《かんきつ》系の果物《くだもの》の写真の入ったそれには、「ボンタンアメ」の文字がある。

（浅葉のボンタンを指摘した瞬間から、私の頭にはこれが焼きついていた）

学生服を改造したズボンの「ボンタン」。見た目は似ても似つかぬが、言葉だけでボンタンアメが脳裏に焼きつくとは、さすが食に貪欲《どんよく》な甘利田である。

外に出て小銭を渡そうとするが、サキはゆっくりした動きで構えを取り続ける。

「すいません」

声をかけても、動きを止める気配はない。

（何度来ても、このババアには慣れない）

内心で悪態をつきながらどうにか小銭を握らせると、ベンチまで移動した。腰を下ろすと、ボンタンアメを開封し、一粒取り出す。

（モチモチのボディに、甘さと共に柑橘の風味が味わえる逸品《いっぴん》。最初、このオブラートが包み紙だと思って剝《は》がして食べていた。考えてみればこれも包み紙ごと食べてしまえばよいのだという、常識破りの発明だ）

感慨深《かんがいぶか》くなりながら、ボンタンアメを舌に乗せる。

（口に入れたら、まずはオブラートのみ溶かしきってから本体に歯を入れる。これが正しい所《しょ》作《さ》。オブラートだけが上顎《うわあご》にくっつくのが嫌だからだ）

噛むでも舐めるのでもなく、舌を出したり入れたりして、オブラートが溶けるのを待つ。かなり異様な姿なのだが、甘利田は気づいていない。

ふと視線を感じて顔を動かすと、いつの間にか背後にいたサキの、じとっと睨んでいるような視線がそこにあった。

「あんた……変態かい」

断じるサキの言葉に、甘利田は思わず出していた舌をしまった。

「私は変態、では、ない」

強く言い切ったものの、その語調の強さに似合わず動揺《どうよう》した動きで荷物を取り、足早に駄菓子屋を後にするのだった。


駄菓子屋から逃げるように移動したあと、甘利田は港近くの道を歩いていた。船着き場が見える堤防は、自宅と学校をつなぐ途中にあった。海から吹き込む冷たい風に、思わずマフラーに顔を埋《うず》める。

テラスに上がる階段を進みながら、寒さを紛らわすように、先ほど買ったボンタンアメを味わう。酸味と甘みに至福の表情を浮かべていると、カポッと聞き覚えのある音が聞こえた。

缶ポックリでテラスを歩く粒来の姿を見つけた甘利田は、表情を引き締め、ボンタンアメの箱をカバンにしまう。

「何をしている」

甘利田に気づいた粒来が缶ポックリから足を降ろすのを見て、「外でやる分にはいい」と制した。

粒来は嬉しそうにニコッと笑って再び缶ポックリの上に立つ。その視線が海に向くと、甘利田も歩み寄って一緒に海を見た。

薄曇りの空の向こうはオレンジ色だが、もう夜の気配が近い。沈みかけた太陽の光が、辛うじてまだ夕方だと主張していた。柵の向こうには船着き場にある船や堤防、その堤防の切れ間には広い海が見えた。

「家はこっちのほうなのか」

「違いますけど、この道が好きなんで」

「だったら、道草せずに早く家に帰れ」

　いつもの甘利田らしい注意をすると、粒来は「はい」と素直に応えて缶ポックリで帰り始めた。粒来の背中に、甘利田は声をかける。

「……お前、給食が好きなのか？」

　呼び止めに応え、粒来は笑顔で振り返った。

「はい。先生と同じです。だから、友達になれるかもと思いました」

「大人を馬鹿にしているのか」

「先生みたいに、おいしそうに食べるのが僕の目標です」

　自分の言葉を拒否《きょひ》するようなことを言われても、粒来は怖《お》じ気《け》づくことなく、ハッキリ答えた。

　だからこそ何も言えなくなった甘利田を残し、粒来は「失礼します」と一礼して缶ポックリから降りた。帰っていく粒来を、甘利田は見送ることしかできない。

（私は給食が好きな中学教師。今、私は一人の生徒に翻弄《ほんろう》されている。奴は数々の常識を、いとも簡単に打ち壊していく。その様を目の当たりにして、思う）

　和のサバ味噌と洋のコッペパンを組み合わせ、溶かして使うはずのミルメークをマーガリンと混ぜて使った。いずれも、甘利田の中の常識にない行動だった。

(私は、なんとたくさんの常識に縛られて生きているのかということを)

かつて、甘利田も給食に対する常識を打ち破ろうとしたことがあった。いや、過去の甘利田を思えば打ち破ったとさえ言えるような瞬間もあったはずなのだ。

(私はいつの間にか、小さな常識に執着し、小さな変化にも躊躇《ちゅうちょ》する臆病者《おくびょうもの》になっていたのかもしれない)

だが時が経《た》ち、環境が変われば、一度打ち破り、乗り越えたと思えた大人という立場故の「常識」に、簡単に縛られてしまう。

そのことを思い出させたのが、粒来の存在だった。

(この海に誓《ちか》う。私はもう二度と、給食において変化を恐れない)

それが、再び「常識」の呪縛《じゅばく》から逃れることにつながる。甘利田は、そう信じることにして、自身も家路についた。

堤防を進む甘利田の足が、少しずつ速くなっていく。最後には、迷いを断ち切るように走り出し――

(粒来ケン――次の戦いには、必ず勝つ)

いつの間にか、大海原《おおうなばら》を目前にした砂浜を叫びながら駆け抜けていた。その叫びには、力強い決意が込められているのだった。

メニュー 三

海の全部入り、ちらし寿司

「肝油《かんゆ》ドロップを配付する」

そう宣言する甘利田が立つ教卓には、段ボール箱が置かれている。今朝の一年一組のホームルームは、この中のものを渡すことから始まった。黄色の薄い円柱型の、子供の顔写真がプリントされた缶には、「肝油ドロップ」と書かれている。

（私は給食が好きだ。給食のために学校に来ていると言っても過言ではない）

そんないつもの心境を隠しつつ、甘利田は提出されていた申込用紙の名前を読み上げる。順番に生徒たちが段ボールの前にやってくると数を確認し、肝油ドロップの缶を受け取っていく。

（申込者に渡しているこの肝油ドロップも、実は好きだ。子供の栄養補給が目的のため、大人になった今は縁遠いが、時折、あの若干ケミカルなオレンジ味を味わいたい衝動に駆られる）

肝油は、ビタミンAやビタミンDを豊富に含んだ鮫《さめ》、タラ、エイなどの肝臓《かんぞう》から抽出《ちゅうしゅつ》されたものだ。最初は独特な魚臭さがあり食べづらかったが、改良を重ね、ゼリー状のドロップに加工、甘みをつけたものが一九一一年に発売。それが甘利田の知る「ケミカルなオレンジ味」の肝油ドロップであった。

ドロップのやわらかい食感を同時に思い出しながらも、名前の読み上げは続く。

「粒来」

返事をした粒来がやってきて、甘利田は肝油ドロップを渡す。受け取った粒来は、甘利田に向かって意味ありげにニコッと笑った。

（こいつ……まさかこれを給食に使うつもりじゃないだろうな）

席に戻る粒来を見送りながら、そんなことを考える。最近の粒来の給食の様子を思い返すと、甘利田は警戒《けいかい》せずにはいられなかった。

全員に配り終えると、甘利田は気持ちを切り替え、生徒たちを見渡す。

「言ってあった通り、今日は給食後に校内一斉歯磨きを行う。各自歯ブラシは持ってきたな」

確認の声に、生徒たちは「はい」と元気に返事をする。

「いいか。歯は、大事だ。やるからにはしっかり実行しろ」

念を押す言葉に、生徒たちは「はあい」と気の抜けた返事をしたあと、すぐ近くの生徒たちとお喋りを始めた。多くは「面倒」といった消極的な言葉だった。

「お前ら――虫歯を舐めるなよ」

甘利田の重苦しい低い声に、生徒たちのお喋りが止まる。

「世の中に数多《あまた》ある痛みの中で、歯の痛みほどいたたまれないものはない。すべてのやる気を無力化し、食欲を減退させる。これはもう、ほぼこの世の終わりだ」

給食のために学校に来ている甘利田にとっては、食べるのに支障をきたす虫歯は大敵である。脅すような言葉で、歯の大事さを強調する。

「そんなことにならないように、歯はしっかり磨け。わかったな」

そんな甘利田の言葉が届いたのか、生徒たちの「はい」という返事は、やけに力がこもっていた。

ホームルームを終えた甘利田は、職員室に向かうため廊下を進む。

（今日のメインはちらし寿司《ずし》。ちらしとはいえ、お寿司が給食に出るなんて、なんという甘美《かんび》な日だ）

律しきれないちらし寿司への思いが、甘利田の頬を緩め、ニンマリとした笑みを作る。だがすぐに、その笑みは引っ込むことになる。

「！」

いつの間にか、比留川が甘利田の隣を歩いていたのだ。気配がまったくなかった上に、両手で抱えていた教科書の持ち方を、甘利田の出席簿と同じように脇に抱える持ち方に変えてきた。甘利田が驚いて足を止めると、同じように足を止める。その顔つきも、甘利田と同じように仏頂面だった。

「私、甘利田先生の真似をするって決めました」

「なんですかそれ」

「そうすれば、少しは変われるかなぁって思いまして」

そう言って明るい笑顔を見せた比留川に、ふざけている様子はない。目は真剣だった。

「それは……あまり、お勧めできません」

甘利田はそれだけ絞り出すと、一足先に職員室に足を踏み入れた。

職員室に他の教師たちも戻ってきた頃、木戸が「ちょっといいですか」と全体に声をかけた。

木戸は前方でラジカセを取り出すと、何か説明するでもなく音楽を流し始めた。

音楽と共に聞こえてくるのは、二人の男性の声。一人はメインの歌詞を歌い、もう一人は熱く語りかけるセリフを、合いの手のように入れている。合いの手は、木戸の声だ。

歌詞はいわゆる「歯磨きソング」のようなものらしい。歌の間に入る木戸の暑苦しいセリフに、教師の一人が吹き出す。

木戸は歯の模型と歯ブラシを手に、音楽に合わせて身体を揺らしている。立っていた坂爪も、木戸を応援するように歯ブラシを持って身体を動かしていた。

その間、甘利田は音楽など聞こえないとばかりに、給食の妄想に浸っている。

曲が終わると、木戸は胸を張って再び全体に声をかける。

「この曲は、こちらの米島《よねじま》先生と一緒に作りました」

意気揚々《ようよう》と紹介する木戸の態度とは対照的に、隣に立たされた音楽教師の米島は、光のない目を廊下側に向けていた。彼がメインの歌を歌っていたようだが、この様子を見るに強引に巻き込まれたのだろう。そこに、坂爪が木戸の横まで進み出た。

「歯科検診でもね、校医さんからオシ中は問題ありって言われちゃいましたんで、ここはひとつ、皆さん協力してください」

坂爪が付け加えると、突然甘利田が挙手《きょしゅ》をして立ち上がった。妄想から帰還したらしい。

「歯磨きは三分とかって教わりましたが、やけに短く感じました。その意図は？」

「あくまでも、簡易的なものですから」

甘利田の問いに、木戸が代わりに答える。

「つまり我が校は、食後の歯磨きを慣行しているという既成事実のみがほしい、と」

「そんなことは……」

「まあまあ甘利田先生、今日だけのイベントですから」

歯切れの悪い木戸に代わって、坂爪が笑顔で返す。甘利田はすぐに「そうですか」と引き下がった。

それを見ていた比留川は、気合いを入れるように頷くと立ち上がった。先ほど甘利田に宣言した「甘利田の真似をする」を実行に移すつもりらしい。

「あの……でしたら、曲に合わせず各自で三分磨いたら……」

「比留川先生。所詮《しょせん》、簡易的ですから」

甘利田が切り捨てるように言った瞬間、チャイムが鳴り響いた。かき消されるような声で「ああ……はい……」と呟いて、比留川は席に座り直す。それを聞いていた木戸は悔しそうに顔を顰めた。

「はい、とにかく、今日も一日、よろしくお願いしますよ」

その様子に苦笑しながら坂爪が言うと、各自必要なものを持って、木戸以外の教師たちは職員室を出て行った。

最初の授業が終わったタイミングで坂爪に呼ばれた甘利田は、校長室へやってきた。

応接セットのソファに座って、二人は向き合う。勧められた豆菓子の袋に釘《くぎ》づけだった甘利田は、坂爪が自分の分のコーヒーを準備する間に食べ始めた。

「いや、あれね。あの歯磨きソング。甘利田先生の向こうを張ってるわけですよ」

坂爪の言い回しがわかりづらいのもあって、甘利田は「どういうことですか？」と返す。

「甘利田先生がうちに来たとき、給食前に校歌を歌うべきだって主張したじゃないですか。それで木戸先生、対抗して今回のあの歌、って経緯《けいい》なんですよ」

常節中学、黍名子中学と来て、この忍川中学でも甘利田は「給食前に校歌を歌う」という習慣を持ち込んだ。そんな主張をしておいて「給食に興味はない」と言い張るのは無理があるが――それはさておき。

「なんだか、一方的にライバル視してるみたいで」

「何のライバルですか」

「そりゃあ、給食関係の」

木戸は給食完食主義だが、甘利田はそれを支持していない。というか興味がない。甘利田は「お門違《かどちが》いも甚《はなは》だしい」と言いながら、豆菓子を食べ続けていた。

休み時間の一年一組。浅葉たち男子三人は、机の端に「チョロＱ」と呼ばれる小さな車のおもちゃを置き、手で押さえている。「せーの」と揃えた声と同時に手を放すと、チョロＱは机の上を勢いよく走り始めた。

二つ並べた机の境に置かれた下敷きを走り切るが、一位になり損ねた浅葉は腹いせか、一位になった男子をピコピコハンマーで軽く叩いた。チョロＱレースを見守っていた溝渕や磯貝たちは、それを笑って見ている。

粒来は自分の席でその様子を眺めていた。机の横には、丸本が立っている。

「粒来くんはやらないの？」

「うん。苦手だから」

即答する粒来に、丸本は「苦手なんだ？」と返し、チョロQレースをする浅葉たちを眺める。少しバカにした表情を見るに、幼稚だとでも思っているのかもしれない。

「人と争うのが」

「え……なんで？」

チョロQレースなので、速さを競って争っていると言えばそうだろう。だがおもちゃで遊んでいるだけのことを、粒来は「人との争い」として結びつけた。予想に反して規模の大きな話になっているからか、丸本は戸惑いを見せた。

「なんか……バラバラになりそうだから」

「バラバラ……」

「まとまってる感じが好きなんだ」

そう言った瞬間、粒来の脳天に何かが閃《ひらめ》いた。自分で言ったことに、何かとてつもない意味を感じ取っているような、そんな顔つきだった。

「粒来くんって、ほんとに変わってるね……どうしたの？」

異様な様子に気づいた丸本が声をかける。だがそこで、チョロQレースを終えた浅葉が「おー、またマルヨネが粒来に接近！」と声を上げた。近くの男子も「ヒューヒュー」と囃《はや》し立《た》てると、周りにいた女子たちや他の男子も丸本を見る。

「だから、そんなんじゃないって」

否定する丸本だったが、粒来は構わず、閃きに任せて教室を飛び出していくのだった。

普段開け放たれている、配膳室の扉。甘利田はその扉の隙間から配膳室を観察していた。中で作業をしていた牧野がそれに気づくと、「甘利田先生」と言って出てきたので、素早く隙間から身を離した。

「今日は楽しみね」

ニヤニヤと楽しそうにしている牧野に、思わず「は？　何がでしょう？」と振り返った。

「だって今日はほら、お、す、し」

「まさか、給食にお寿司は出ないでしょう」

献立表を毎日チェックしている甘利田は、当然今日の献立を知っているが、知らない振りをする。しかし牧野はニヤニヤしたまま「そうよねえ」と甘利田の言葉に合わせてきた。知らない振りを悟られているように思える言動に、甘利田は居心地が悪くなる。

その状況から逃げるように動かした視線の先に、粒来の姿が見えた。配膳室の窓の向こうを歩いている。今は休み時間なので、教室の外にいても不思議ではない。だが次が体育というわけでもないのに外にいるのは不自然だ。

「あいつ何してる」

「ああ、用務員のおじさんのところね」

甘利田の疑念に、一緒に窓を見ていた牧野があっさり答えた。理由が思い浮かばないのもあって「用務員」と牧野の言葉をくり返す。

「竹本さんっているでしょ。なんか不気味な用務員さん。いつも海苔《のり》を齧《かじ》ってる」

数学教師と用務員では普段接点がないため、甘利田の記憶はおぼろげだ。用務員の存在は知っていても、名前までは覚えがない。

「粒来はよく行くんですか」

「たまに見かけるわね」

「用務員室で、奴は何を？」

甘利田のこの問いには、さすがに「さあ」としか牧野は答えなかった。代わりに、「あ、そうだ」と何か思い出したように続ける。

「今日例のタコ社長、このあと来るらしいですよ。何か持っていくから、待っとけだって。偉そうに」

憤慨《ふんがい》する牧野だったが、すでに甘利田の意識は用務員室に向かった粒来のことでいっぱいだった。


休み時間が終わり、校舎全体は緊張した空気に包まれる。授業で説明をしている教師の声や、教科書を読む生徒の声、音楽室から楽器や歌声などが聞こえてくる。

そんな中、現在授業がない甘利田は廊下を歩いていた。校内でサボっている生徒はいないか、見て回るためだ。

ふと、やけにガヤガヤとやかましい声が聞こえてきた。どこの教室か確認してみると、甘利田が担当する一年一組であった。甘利田は足を止め、中を覗き込む。近くの席の生徒同士の私語が目立ち、廊下側の席で居眠りを懸念されていた磯貝は豪快なイビキをかいて寝ている。

現在、この騒がしい教室で授業をしているのは、英語の授業を担当する比留川だった。

「この『Where did you go last week?』という質問に対して、『I went to hawaii.』が正解になります。wentはgoの過去形になります」

教科書を持ち、黒板に書いた英文をチョークで示しながら説明する比留川だが、私語で満ちた教室では、その声は今にもかき消されそうだ。

「それでは、発音してみましょう。『I went to Hawaii.』」

呼びかけると、何人かは復唱するが、ほとんどの生徒はついてこない。

「皆さん、しっかり発音してください」

もう一度呼びかけると、世戸口が「はい」と手を挙げた。比留川が「はい、世戸口さん」と発言を許可すると、世戸口はその場で立ち上がる。

「『ハワイ』の単語って、なんで最後『i』が二つつくんですか？」

「あ、それは……そういう決まり、だからかな」

世戸口からの質問に、比留川は迷った末にそう答えた。実際には、「Hawaii」の後ろの「i」の発音の仕方は複雑で、単に「ハワイー」や「ハワイイ」と発音するわけでもない。だがそこを説明しようとすると「中学生に教える英語」としてはややこしくなるので、「そういう決まり」という回答は間違っているわけでもない。

「先生、わからないんですか～」

ないのだが、明確な回答が得られない場合、このような冷やかしをする者も出てくる。発言者は浅葉だ。前の席の国生が「やめなよ」と窘めるが、「え～英語の先生なのに～？」と続ける。それに同調してか、クラスがさらにざわついてきた。

するとそこで、ここまで黙《だま》っていた甘利田が勢いよく扉を開け、教室に踏み込んだ。

寝ていた磯貝がビクリと痙攣し、椅子が後ろの席の机に当たると同時に、目を覚ます。静まり返った教室に、甘利田の鋭い声が切り込む。

「おそらくハワイは、本当はハワイーなんだろう」

「それ、本当ですか」

「適当だ。専門外だからな」

国生が不審そうに問うと、甘利田は即答した。自信満々な割に適当、という態度と発言のギャップに、緊張が緩んだ生徒たちから笑いが起きる。実際、甘利田の発言は間違っているわけだが――

「静かにしろ！」

出席簿を叩きつけながらの甘利田の怒号で、再び教室が静まり返る。

「教師に聞く前に、自分で仮説を立てろ。今のは私の仮説だ」

「だったらなんで、ハワイはハワイーって言わないんだよ」

甘利田に身体を向けた浅葉が疑問を返すと、即座に「言いやすいからだ」と答える。今度は溝渕が「そんなのハッタリだよ」と鼻で笑う。それでも甘利田の毅然とした態度は崩《くず》れない。

「では聞くが、お前らラジオのことをレイディオって言うか？」

その問いに、再び国生が「言いません」と答える。

「なぜだ？」

「えっと……」

「言いにくいからだ」

さらなる問いに答えられない国生に代わり、甘利田は教室に向けて言い放つ。

「いいか、教師に反駁《はんぱく》したければ自ら仮説を立てろ」

そう言うと、比留川を冷やかした浅葉の前に歩み寄り、座っている浅葉の額にゴツンと自分の額をぶつけて睨みつけた。

「万が一、反駁ではなく、単に授業を茶化しているというなら、私はそいつを許さない」

そこまで言い切る頃には、もう甘利田に何かを問う生徒はいなかった。

自分で考えもせず、ただ相手が答えられるかどうかだけで質問をする。その態度は、勉学に励《はげ》む者の姿勢ではない。そんな甘利田の考えが、ほんの少しでも生徒に伝わったのかもしれない。

静かになった教室を見渡すと、甘利田は比留川に向けて「失礼しました」と頭を下げた。甘利田と生徒たちのやり取りを呆然《ぼうぜん》と見ていた比留川も、少し遅《おく》れて頭を下げた。深々と、感謝の意を込めるように。

（ああ……ちらし寿司が待ち遠しい）

職員室に戻って来た甘利田は、ハードカードケースに入った献立表の、今日のメニューの文字をキュキュッと音が出るほど磨いた。

（私は酢飯が好きだ。甘酸《あまず》っぱいシャリに途方もない魅力《みりょく》を感じる。ガツンと来ない酢飯だったとき、喜びが半減してしまう。この地で初めて味わう夢の寿司給食。頼む、ガツン系酢飯であってくれ……）

　酢飯に感じるほんのりした甘さを好み、同時に酢による強い酸味を愛する甘利田にとって、申し訳程度の酢では物足りないのだろう。故に、両手を組んで祈っていた甘利田だったが、ふと隣からキュキュッと聞き覚えのある音が聞こえて我に返った。笑みが引っ込み、いつもの厳めしい顔つきに戻して、隣を見る。

　音の主は、隣席の比留川だ。甘利田とは違い、献立表全体をハンカチで磨いている。

　視線に気づき、比留川が甘利田を見た。瞬間、甘利田は慌てて献立表をしまった。

「あ……あの、さっきはありがとうございました」

　今までの流れなどなかったかのように、比留川は丁寧に頭を下げた。

「あ、いえ……かえって邪魔をしてしまって」

　甘利田にしては珍しく申し訳なさのこもった声で返すが、比留川は苦笑して「ダメですね、私……」と言って深いため息をついた。だがすぐに、まっすぐ甘利田を見て続ける。

「あ、でも、甘利田先生の真似をするって決めたので」

「なので、それはやめたほうが……」

「いえ、決めたことです」

　気が弱いところがある反面、比留川には頑固な面も備わっているらしい。甘利田はテストの採点のため赤ペンを持ちつつ、話を別の方向へ切り替えることにした。

「みんな、先生と仲良くしたいんです」

先ほどの生徒たちの様子を思い出したのか、比留川は「そうでしょうか」と露骨《ろこつ》に疑念の視線を甘利田に向けた。

「だからちょっかいをかけて、騒いでいる」

「どうしてそうなるんですか」

「それは、先生が美人だからじゃないですか」

瞬間、甘利田の後ろ、木戸の席からドンッと大きな音が響いた。甘利田の言葉が比留川を口説いているようにでも聞こえて、動揺したのかもしれない。

だが甘利田も比留川もお互いの会話に集中していて、気づかない。

「な、何を言ってるんですか」

淡々と言った甘利田に対し、比留川は驚きと戸惑いで目を見開いた。

「美人の大人に、子供は浮かれる」

甘利田としては、長年の教師生活による経験則だった。かつていた中学校でも、甘利田が美人と感じた教師を前に騒ぐ生徒を何人も見てきた。

だが比留川は知る由もないので、珍しく怒りを含んだ表情で続ける。

「馬鹿にしてるんですか」

「だから……私の真似など、やめたほうがいい」

比留川の言葉を無視するように、甘利田は自分の考えを口にする。

それぞれが持つ「らしさ」を曲げてまで他人の真似をしても、本人の良いところを潰《つぶ》すことになりかねない。比留川は英語で怒鳴ることで、甘利田と同じように振舞うことができるかもしれない。でも、その分近寄りがたい存在になってしまう可能性がある。

甘利田が比留川を表した「美人」は気づかいの言葉ではなく、甘利田の思う「事実」を言っているだけであった。

「無理して履《は》けない靴を履くより、裸足《はだし》のほうが楽です」

比留川の顔は一切見ずに採点を続けながら、淡々と言う甘利田。その言葉の意味をなんとなく理解したのか、比留川はそれ以上返さない。ただまだ納得はしきれていないのか、代わりに、口をへの字にして甘利田をじっと見つめていた。

四時間目の授業が終わると、給食の時間独特の慌ただしくも和やかな空気が校舎を包む。

配膳が済み、校内放送で流れる校歌を生徒たちが粛々《しゆくしゆく》と、甘利田はノリノリで拳を振り回しながら歌う。そして今日も、曲の終わりに勢い余って拳をデスクにぶつけた。

校歌が終わり、日直に合わせて「いただきます」と声を揃えると、待ちに待った給食の時間の始まりだ。

いつも通りメガネを外すと、トレイを見つめる甘利田。

(今日のメニューは、給食としては神がかり的、全人類の祝い飯、ちらし寿司。和食の王者、寿司に合わせたイワシのハンバーグ。肉ではなく魚という演出がニクい)

椎茸《しいたけ》とかんぴょうの茶色、レンコンの白、錦《きん》糸《し》卵《たまご》が黄色、緑のインゲン、そしてエビの赤。

カラフルなちらし寿司は、見た目にも楽しい。その隣に、茶色のソースがかかったイワシのハンバーグが並ぶ。

（そして和のテイストをさらに彩る吸い物と、これまた和なデザートのフルーツみつ豆。なんにでも合う瓶牛乳。今日はあえて冷やでいただく）

透き通った黄金色の汁に浮かぶ麩《ふ》と、三つ葉の緑が眩しいお吸い物。隣の器にはミカン、黄《おう》桃《とう》、パイナップル、さくらんぼの間を、シロップを纏《まと》い輝く透明《とうめい》な寒天《かんてん》が埋めている。赤えんどう豆がアクセントを添えていた。今日の瓶牛乳に「甘」印のシールはない。

トレイの上を見ていた甘利田は目を閉じ、精神統一。心の準備ができると刮目し、箸箱からマイ箸を取り出した。箸の先は、いきなりちらし寿司へ向く。

ゆっくり掬い上げ、酢飯と具材を一気に頬張った。最初にやってきたのは、しっかりした酢の酸味と、嚙んで溢れ出る白米の甘みのコラボレーションだった。

（ああ、至福……酢飯、完璧！　ガツンときた）

さらによく嚙み締めて、他の具材の存在感も確かめる。

（具材もよく調理されている。椎茸とかんぴょうの甘辛煮、酢レンコン、錦糸卵、インゲン、そしてエビ。ただ土地柄的にもう少し海の幸に軸足《じくあし》を置いてもいいとは思うが、さすがに給食に生食《せいしょく》は難しい。仕方ないだろう）

せっかく函館という海の幸に恵まれた場所ではあるが、調理を給食の時間に間に合わせ、かつ安全に生の食材を扱《あつか》うのは難しい。給食は安全第一である。

そんなことを考えながらちらし寿司を食べていた甘利田だが、ふとイワシのハンバーグに視線が向いた。

（海の幸と言えば……イワシバーグがあったな。これを細かく切って、混ぜて食べれば一気に海感が出るんじゃないのか）

出されたもので楽しむのが、給食。そこに工夫をすることで、さらにおいしく食べられる可能性を甘利田は知っている。イワシのハンバーグの器を取り、ハンバーグを割ろうと箸が動くが、直前で思い留まった。

（……いやいや、そんなことは邪道《じゃどう》だ。仮にもハンバーグだといって出してきてるんだ。単体で食べるのが礼儀というもの）

器に向けて頭を下げて礼儀を見せ、甘利田の中に住む理性が創意工夫の誘惑を振り払う。

すると、「お前ら見てろ」という浅葉の声が聞こえてきて、甘利田の視線を引きつけた。

そこには、イワシのハンバーグを丸ごとちらし寿司の器に乗せ、「これで全部入り！」と騒ぐ浅葉の姿があった。周りの生徒たちもそれを見て盛り上がっている。

（バカめ。何が全部入りだ。イワシバーグ乗っけただけだろう。ちぎって入れるならまだしも、酢飯オンザバーグをしてどうする。それでは丼物と変わらんではないか。やめだやめだ。大人はやはり、王道を行くべし）

目が覚めたようにスッキリとした気持ちで、甘利田はイワシのハンバーグの器を置いて、代わりにちらし寿司を持った。

（ちらし寿司は祝い飯。縁起のいい具材を彩りよく散らして作り、子供の成長を願うもの）

ちらし寿司について考えながら、エビをつまみ上げる。

（たとえばこのエビ。腰が曲がるまで長生きするようにと「長寿《ちょうじゅ》」を願い、レンコンは穴が

空いていることから将来《しょうらい》の見通しが利くように。錦糸卵は、お金がたまるようにという願いが込められている。まさに祈りの献立)

　具材に込められた願いを暗唱しながら、丁寧に一つずつ口に運ぶ。

(魚へんに弱いと書くイワシの出番は、ない)

　一見イワシを貶《おとし》めるようなことを考えつつも、ちらし寿司を一通り味わった甘利田は、イワシのハンバーグに箸を伸ばした。

(とはいえ、こちらもうまいのだ。フワフワの生地《きじ》に、コリコリの歯ごたえ。照り焼きソースが控えめにかかっているのも、ありがたい)

　イワシのハンバーグ自体にも味つけがされており、イワシの味わいが引き出されているが、照り焼きソースの甘みはまた良い味変になる。

　イワシのハンバーグを楽しんでいると、ふと思い出したように粒来を盗み見る。彼はちらし寿司の具材をそれぞれ分けていた。

(何チマチマやってるんだ。子供だったら、もっと豪快に食いやがれ)

　意図を汲むようなことはせず、甘利田は気を取り直すように瓶牛乳に手を伸ばした。ゴクリと喉《のど》を潤《うるお》してひと息。気合いを入れるため、拳を握り、両脇を締める。

(では……いざ！)

　マイ箸を構え、笑顔でちらし寿司を一口。ガツンと来る酢飯と具材の味わいに、幸福感を強める。咀嚼する間、器を置くと、ちらし寿司に向けて囁《ささや》くように口元に手を添えた。

(んまい。んまい。おめでとう。なんかわからないけど、おめでとう……)

ちらし寿司のおいしさと食材の縁起の良さが重なり、口の中だけでなく心までおめでたい気持ちになっていた。拍手《はくしゅ》をし、万歳《ばんざい》をし、テンションが上がっていく。

次に、イワシのハンバーグ。照り焼きソースの香りを楽しみ、一口。途中、イワシバーグをちらし寿司に乗せたい衝動に駆られるが、耐《た》えて口に入れた。お吸い物を啜り、さっぱりした出汁で口内を整える。残りのちらし寿司をリズムよく食べ切ると、牛乳を一気に飲んで喉を潤した。

デザートのフルーツみつ豆で、仕上げに入る。寒天に箸を伸ばすが、ツルツル滑《すべ》ってなかなかつまめない。つまもうとすればその隙間から逃げていく寒天に、だんだん甘利田もイラついてきた。気を取り直してフルーツを先にいくつか食べる。

最後に器ごと持ち上げると、寒天、フルーツ、赤えんどう豆を、シロップと共に流し込む。寒天のプルッとした食感と赤えんどう豆のやわらかな食感、そこにフルーツの酸味と甘いシロップが絡まり、ちらし寿司たちとは違う幸せに口の中が満たされていった。

モグモグとしてまた流し込み――食べ終わった。器をトレイに置き、箸を箸箱に収め、背もたれに倒れて目を閉じる。

(今日も仕上がった……ごちそうさまでした)

恍惚とした幸福感に身を委ねていると、ふと甘利田の耳に小気味いい音が聞こえてきた。乾《かわ》いたものをハサミで切るような音。気になって身体を起こしてメガネをかけると、その向こうで粒来が海苔に酢飯を乗せていた。

(海苔だと!)

給食にない食材に驚愕《きょうがく》する間に、先ほど丁寧に分けていたちらし寿司の具材を、酢飯に乗せている。先ほどの音は、海苔を適切な大きさに切っている音だったようだ。

　ふと甘利田は、「海苔」という言葉をどこかで聞いたような気がした。

（そうか。あいつ、用務員のおっさんから海苔をくすねたか）

　聞いたのは、配膳室だった。その窓から、校庭を横切る粒来の姿を思い出し、海苔の出所を把握した。だが今は、そんなことはどうでもいい。

（お前……まさか……それ……）

　甘利田の視線が釘づけになった先では、粒来が縦長に切ったイワシのハンバーグも乗せていた。そのまま海苔ごと持ち上げ、器用に酢飯や具材を巻いていく。

（手巻き寿司ー！）

　エビと錦糸卵、そして細長く切ったイワシのハンバーグが顔を出した、見事な手巻き寿司が誕生していた。

（今日はちらし寿司だぞ！　まとめてどうする！）

　驚愕と戸惑いの視線を甘利田が向けても、粒来は気にせず手巻き寿司にかぶりついた。モグモグと口を動かした直後、粒来は目を見開いた。おいしいのだと、その顔でわかる。

（なんたるうまそげ。こいつ、ちらし寿司をまとめ寿司にしやがった！　しかもハンバーグの食材がイワシなのをいいことに、寿司の具材にしやがった！）

　粒来の手巻き寿司が衝撃すぎて、その場で悶絶《もんぜつ》する甘利田。

　手巻き寿司を食べ終えると、粒来は再び海苔を手に取る。もう一つ手巻き寿司を作る気らしい。そんなときに、教室の扉が開いた。

「皆さーん、今日は配膳室から特別プレゼントがありまーす」

入って来たのは牧野と、ボウルを隠すように抱えた同じ白衣を着た職員、それにタコ社長こと白根澤である。

（何？）

明るい声で教室に向けて声をかける牧野に、甘利田は戸惑う。

「配膳室からじゃなくて、俺からだろ」

自慢げに親指を立ててアピールする白根澤。牧野は構わず続けた。

「皆さんには、本日作りたてのこちらをご用意しました！」

牧野の陰に隠れていた職員が、満を持してボウルを白日の下に晒《さら》す。

ボウルには、オレンジ色も鮮やかな粒状の物体――イクラがびっしり入っており、電灯の光に照らされ輝いていた。

（イクラー！）

生徒たちが沸き立つと同時に、甘利田も心の中で大絶叫していた。声が出ていないだけで、あまりの衝撃に大口を開けている。

「今日は、ちらし寿司だって聞いたからね。みんなにはもっと、北海道産のイクラのおいしさを知ってほしいなあと思って、おじさん頑張ったから」

鼻高々で言う白根澤に、生徒たちからは自然と拍手が起きる。牧野がさらに続けた。

「はい、欲しい子は、このスプーンで二杯ずつ、お皿に盛って行ってね」

最後に牧野が「ここに、置いておきまーす」と述べると、職員から受け取ったボウルを教卓に置く。同時に飛び出したのは粒来だった。あとを追うように、他の生徒たちも教卓に殺到した。

　そんな生徒たちを見ながら、この状況に対する己の感情を爆発させないように、必死に耐えている。なぜなら、もう甘利田は給食を食べ終えていたからだ。

（イクラはありがたい。ありがたいのだが……おせえんだよこのタコ！）

　この内心を口に出すわけにはいかない。しかし白根澤は、勝ち誇ったような笑みを浮かべて甘利田に近づいてきた。

「甘利田先生は、給食に関心がない割りには、早メシだね」

　白根澤がそこまで言った瞬間、甘利田は顔の血管を浮かび上がらせ、鬼《おに》の形相《ぎょうそう》で睨む。からかい混じりだった白根澤だったが、その顔を見て先日校長室で自分が倒れたときのことを思い出したのか、オドオドしながら甘利田から離れる。

「文枝ちゃん……次のクラス行こう……」

　気弱な声で縋《すが》るように言う白根澤に、牧野は「はいはい」と雑に応え、職員も連れて教室を出て行った。

（そういえばあのとき、今日タコ社長が来ると情報を得ていた。なぜもう少し考えなかったんだ……）

　自分の所業を悔いる甘利田は、そのとき気になっていた粒来に目を向ける。

　今度は手巻き寿司ではなく、軍艦《ぐんかん》巻きが二つできていた。ちょうどイクラを、酢飯の上に置くところだ。

(イイイ、イクラの、ぐぐ、軍艦⁉)

出来栄えに満足そうに笑うと、惜しげもなくイクラの軍艦巻きを一口で頬張る。

(それはまさに……海の全部入りじゃないか……)

函館という土地の給食にしては、ちらし寿司に海の幸が少ないと考えていた甘利田。しかし後からやってきたイクラを軍艦巻きとしたことで、その印象を見事に払拭《ふっしょく》した。海の幸代表の一つであるイクラには、そう思わせる力があった。

(今日、私は何を失敗した……ちらし寿司は散らしてあるのが当然と思い、酢飯の質ばかりを気にしてそれ以外に目が行っていなかった。イワシバーグはバーグとして食うべきだと決めつけた。用務員室からの調達物件も、タコ社長の来訪も、深く想像すれば気づけたはずだ……想像力の欠如《けつじょ》だ)

粒来が目を細め、幸福そうな笑顔で食べ終える様子を見つめながら、甘利田は自ら敗因にたどり着いた。奇しくも、生徒に説いた「質問をする前に、まず仮説を立てる」という行為で重要な、想像力が足りなかったが故の敗北だった。

普段は問題なくできることでも、好きなものが絡んで視野が狭《せば》まると――意外と難しいものである。そのことを、甘利田は改めて思い知らされたのだ。

イクラの登場で大盛り上がりの生徒たちの騒がしさの中、甘利田は静かに床に倒れた。

(負けた……また、負けた……)

その後、机の配置を戻し歯磨きタイムが始まった。各々歯磨きをする中、給食の終盤から倒れたままの甘利田のことを、誰一人気にしていない。一年一組にとって、給食中に甘利田がおかしくなるのは、日常茶飯事だったからだ。

給食、歯磨きタイムも終わり、掃除の時間。甘利田は用務員室へやってきた。竹本が、用務員室用のだるまストーブで海苔を焙《あぶ》って、食べようとしたところで声をかける。

「あいつに海苔をあげたのは、あなたでしたか」

食べる直前に声をかけられ驚いた竹本は、目を見開いた。

「あいつ？　ああ、粒来くんですか」

「学校は勉強をするところです。それ以外のことに大人が手を貸してはならない」

「そうなんでしょうけど。あの子は友達なんで」

竹本が笑って答えると、甘利田は眉間の皺を深めて歩み寄り、「友達？」と聞き返す。

「ええ、なんかすいません」

「学校で生徒と大人が友達になっていいとお思いですか？」

甘利田は竹本にずいっと顔を近づけると、淡々とした声で圧をかける。

「先生はそうなんでしょうけど、私、用務員なんで」

「今後は慎《つつし》んでいただきたい」

有無を言わさず竹本に言い放った甘利田の視線が、ふと用具が入った棚《たな》の上に向く。

缶ポックリ。その持ち主は、おそらく粒来だ。それを甘利田は手に取る。

「彼、それの練習をここでやってまして」

「これの学内使用は禁止しています。ここも学校です。したがって、没収します」

「それは殺生《せっしょう》でしょう」

「殺生？　殺生とは、残酷《ざんこく》なことやむごいことだ。ルールを破ったら没収。残酷でもなければ、むごくもない」

　押し黙る竹本に、甘利田は「失礼」と声をかけると、缶ポックリを持って用務員室を出て行く。食べそびれていた海苔を齧って、竹本は甘利田を見送った。

　その日の業務が終わり、甘利田は今日も駄菓子屋へ来ていた。サキは店先で、おもちゃのヌンチャクを振り回している。

（このババアは、一体何と戦ってるんだ）

　周りにサキ以外いないのを確認すると、足早に店に近づく。左右に素早くヌンチャクを振り回すサキの隙を突き、入店する。迷わず目的のものがある棚の前で足を止める。

（今日はこれだ。その名もズバリ、ビッグカツ！）

　手袋越しにパッケージを撫《な》で、支払いを済ませるために店外へ。ヌンチャクが止まった隙に、無理やり小銭を握らせて、離れたところにあるベンチに座る。手袋を外し、待ちきれないとばかりに封を切る。

（想像力のトレーニングに最適な、ビッグカツ。原材料は、スケトウダラなどの魚肉のすり身だが、甘辛い味つけと衣の食感が独特な逸品。これを、本当のトンカツだと思えるかが勝負だ）

現れたのは細長く茶色の衣の粒がハッキリ見える物体。実際にはしっとりしているが、ザクザクした食感を期待できる見た目である。

いきなり齧りつかずに、刃物でトンカツを切り分ける動作を真似る。ザクザクと衣に刃物が入る音が甘利田の脳内で響く。切り終わると、その欠片《かけら》を持ってビッグカツに重ね、齧りついた。目を閉じて、じっくり味わう。

魚肉のすり身で作られた生地は薄いが、噛み応えがある。淡泊だが確かに旨味を感じさせ、衣の香ばしさがさらに満足度を底上げする。

（これ……トンカツだ）

本物のトンカツとは違うところが多々あっても、大事なのは想像力。ゆっくり味わい、おいしく感じ、それがトンカツだと思えるのなら――甘利田の中では、トンカツなのだ。

勝負に勝ったと確信した甘利田は、思わずフフフと変な笑いを漏らしながら身体を揺らす。その満足感のまま目を開けると、サキがしっかり甘利田を見ていた。

瞬間、ビッグカツを楽しむ姿を見られたという驚きと動揺で、甘利田はベンチから転げ落ちた。

するとサキはヌンチャクを肩にかけ、もう片方の手を突き出すと「ハァー！」と甲高い声を上げた。まるで、甘利田を自分のヌンチャク捌《さば》きで倒したとでもいうように。

（想像力は、現実を超える。さしずめ、あのババアも今、ブルース・リーになっていることだろう）

内心での呼び方は悪いが、どこか親近感のようなものを思わせる心境と共に甘利田は起き上がる。

粒来に敗北感を与えられたが故に、甘利田はまた一つ「自分の中の常識」を打ち破った。想像をした上で行動しなければ、現実は変わらない。現実にあるものを、超えてはいけない。そんなことを考えながら、駄菓子屋を後にした。

帰り道、海が見える堤防を歩く甘利田は、堤防に併設されたテラスで足を止めた。夕焼けの向こうに夜の気配を感じながら、ふと先ほど没収してきた缶ポックリを取り出す。

『なぜそれで通学したいと思う？』

『世界が、変わるから……そんな気がして』

缶ポックリに乗っていた粒来に、初めて声をかけたときのことを思い出した。

今の甘利田には、このときの粒来の言葉の意味が少しだけわかった気がした。想像力は、現実を超える——缶ポックリの上から世界を見たら、どう変わるだろうか。

甘利田は、缶ポックリを地面に置くと、足を乗せた。

缶ポックリの上から海を眺めると、まるで見計らったように海風が吹いた。一瞬、肌を刺すような寒さに身が縮む。

だが潮の香りが鼻をくすぐり、顔を上げると——夕日の色で染まった海辺が目に飛び込んできた。普段と違う視界の高さのせいか、自分がこの景色《けしき》と一体化したかのような感覚に襲《おそ》われる。寒がりの甘利田は、このとき寒さを忘れた。

　これが偶然なのか、缶ポックリが見せてくれた世界なのか。その答えは誰にもわからないが——甘利田は自然と、缶ポックリに乗ったままテラスを歩き始めた。

（私は給食が好きな中学教師。私に友達になってくれと言った生徒、粒来ケン。奴は私に認められたいのだろうか。だから毎回あの手この手をくり出してくるのか）

　歩くうちに、甘利田はだんだん笑顔になっていく。違う目線と、歩く度にカポッと不思議な音が出ることが、妙に甘利田の心をくすぐった。

　こんな気持ちをくれたのは、間違いなく粒来だ。それは、甘利田も認めている。

（だとしたら、まったくもって逆効果だ。なぜなら私は、こと給食にかけては絶対に負けたくないからだ）

　内心では闘志《とうし》を燃やす一方で、甘利田は缶ポックリで前に進むだけでなく、片足を軸にして回転したり、後ろを向いて歩いたりと、自在に缶ポックリを操り始めている。完全に楽しくなっているように見えるが、意識はまだ、粒来に向けられていた。

（粒来ケン、残念ながら、お前とは友達になれない。今私は、お前を倒すことにこそ、関心がある。奴との闘いは、まだまだ続く）

　どうすれば倒せることになるのかはともかく——甘利田の缶ポックリも、もうしばらく続きそうだ。

メニュー 四

進化する白米

珍しく晴天に恵まれた空の下には、青々と茂《しげ》った牧草が広がる大地があった。柵で仕切られた内側には、黒と白の模様が特徴的なホルスタインの姿がところどころにある。

近くに作業場や牛舎といった背の低い建物はあるが、住宅は見当たらない。見える山が遠いこともあって、この場所の広さが際立った。

この日、忍川中学一年一組の生徒たちは、酪農体験のためとある牧場にやって来ていた。

作業小屋や牛舎の屋根が見える中、上下青色のジャージに身を包んだ生徒たちは、建物の前にある、柵で囲われた広場の前に集まっている。本来はジャージだけでは寒いだろうが、太陽が出ているおかげか、もしくは慣れているのか、生徒たちは特に寒がっている様子はない。柵の内側は土で、二頭のホルスタインがいる。酪農体験用に一時的に移動させてきたのだろう。

「では、説明をはじめまーす。もうちょっと前に来てー」

ピンクのツナギ姿の快活そうな女性スタッフ・佐藤良子《さとうりょうこ》が、横に並ぶ生徒たちを誘導する。

生徒たちは柵の近くの牛を見て「大きい！」とか「本物だ！」とはしゃいでいた。

「はい、その辺で大丈夫でーす」

佐藤が柵に近づきすぎないよう誘導する後ろでは、甘利田がホルスタインを凝視していた。

酪農体験の引率で来た甘利田は、普段着ているジャケットの代わりに、作業用のジャンパーを身につけている。生徒たちを前にマフラーは巻けないので、寒くても我慢だ。それよりも今は、ホルスタインに興味津々だ。

以前の学校でも、甘利田は牛乳工場の見学の引率をしたことはあった。だが函館の中学校ともなると、工場よりも前の段階である酪農体験ができる。初めての酪農体験の引率で、甘利田は改めて遠くまで来たことを実感していた。

「この子の体重は五〇〇キロで、毎日大体、四〇キロのご飯を食べています」

佐藤が説明を始める中、甘利田は目を輝かせて牛たちを見ていた。その間も、佐藤の説明は続く。

「牛のおっぱいの周りには、太い血管が走っていて、たくさんの血液が豊富な栄養を運びながら、おっぱいの中でお乳の成分になります」

（初めて間近で牛を見る。こいつの乳を毎日給食でいただいていると思うと、まるで育ての母に会ったような感慨を覚える）

甘利田は視線を牛に向けながらも、説明に聞き入っている。それほどまでに、甘利田にとっての牛乳は身近で、重要な存在だった。毎日飲んでいるからといってここまでの感慨を持てる人間はそうそういない。

すると、学級委員の国生が挙手をした。佐藤がそれに気づき、「どうぞ」と声をかける。

「一頭から、一日どのくらいの牛乳ができるんですか？」

「大体二五から三〇リットルくらいです」

回答を聞き、生徒たちは「へえー」と感心するような声を上げる。その反応に気を良くした様子の佐藤は、続けて言う。

「ではこれから、何人かに乳搾《ちちしぼ》りを体験してもらおうと思いますが、やってみたい人！」

　明るく声をかけられて、何人かの生徒たちの手が挙がった。その中には粒来の姿もある。

　そして密《ひそ》かに、甘利田も手を挙げかけたが――なんとかこらえた。

　佐藤の案内でやってきた建物では、牛の一頭が鉄製の棒をつなぎ合わせたような装置の中に収まっていた。佐藤が希望者を近くに並ばせる間、一歩下がったところから他の生徒たちが佐藤たちに注目する。

「やり方は、中指、薬指、小指の順番で、握るだけ」

　準備を整えたあと、佐藤は乳搾りを実践《じっせん》して見せた。小さなバケツの中に、白い液体が勢いよく飛び出す。

　一九八〇年代頃には、搾乳《さくにゅう》を手搾りではなく機械に頼る方法が普及し始めているが、それでも現役の職員の手さばきは見事なものであった。

「これさえできれば、勢いよくお乳が飛び出してきます」

　生徒たちから歓声《かんせい》が上がり、言われた通りに握り方の練習をしている生徒もいた。甘利田も生徒たちの後ろで、こっそり握り方をシミュレーションしている。

「では、早速始めてみましょう」

　佐藤が声かけをすると、一人ずつ搾乳体験が始まった。甘利田は体験している生徒の近くにさりげなく移動し、その様子をじっと見ていた。生徒たちは特に物怖じすることなく、順調に乳搾りを体験していく。

（こいつら、みんなうまいな。さすが地元民。巨大な牛にも動じず、よくそんなシャーシャー

やれるもんだ）

地元民だからといって牛に慣れているとは限らないのだが、外から来た甘利田にとってはそう思うのが自然だった。

粒来の番がやってきた。好奇心に満ちた顔で手を伸ばし、教えられた通り乳を搾ると、勢いよく白い液体が飛び出した。嬉しそうに笑うと、粒来は甘利田に顔を向けた。それを見た佐藤が、穏やかに声をかける。

「先生も、どうですか？」

せっかくの誘いに甘利田が「いえ、結構」と即答すると、粒来が立ち上がる。

「なんでも、やってみるといいですよ」

「……」

「自分のやり方でいいんです」

諭すような粒来の言葉が、やけに甘利田の胸にストンと落ちた。素直に粒来と場所を交替し、先ほど説明された搾乳のやり方を思い出す。

ドキドキしながら握り込むと——シャー、と勢いよく白い液体がバケツに飛び出した。無表情で乳搾りを続ける甘利田に対し、「お上手《じょうず》です」と佐藤は明るく声をかける。

甘利田が一通り乳搾りを終えると、佐藤は待機している生徒たちに向けて語りかけた。

「このお乳はすごいんですよ。ここから色々加工されて、バターやチーズや、ヨーグルトに進化していくんです」

「！」

瞬間、甘利田の隣にいた粒来が目を見開いた。佐藤の話に衝撃を受けたかのように。

（こいつ……このタイミングで、何を思いつきやがったんだ？）

甘利田が警戒するようにじっと睨む粒来の目は、キラキラと輝いていた。


酪農体験を終えた生徒たちを忍川中学校に連れ帰った甘利田は、職員室へ戻って来た。献立表を顔に寄せ、凝視。朝から酪農体験だったため、じっくり見る暇《ひま》がなかったのだ。

念入りに見ているのは、一一月一八日、金曜日の献立だ。

（今日のメニューは、ここ函館ならではのご当地給食、「くじら汁」。初めて食べたときは衝撃を受けたが、今やそのクセになる味を待ち望むようになった。鯨《くじら》といえば竜田《たつた》揚《あ》げだった給食の常識を覆《くつがえ》す逸品だ。そして地味に見逃されがちなこれ……サイドメニューの、たくあんのゴマ和《あ》え）

その文字を見て、甘利田は愛おしそうに目を細めた。

（これの楽しみ方を知っている人間は、おそらく私ただ一人。このメソッドは、たくあんを進化させる発明だと、私は……密かに確信している）

献立表を両手で持ち、喜びで身体を揺らす甘利田。だがふと、視界の端に見えた比留川が同じ動きをしているのに気づき、慌てて献立表を引き出しに押し込んだ。

「……何をしているんですか」

「あ、献立を見ています」

甘利田がヒソヒソ声をかけると返事はするものの、比留川は献立表をまだ見ている。

「そんなものを見続けて、何かあるんですか」

「それを探ろうと思いまして」

なお献立表を見続ける比留川に、甘利田は複雑な心境だった。どんなに見続けたところで、献立表は献立表でしかないのだが、今の彼女に言ったところで聞きはしないだろう。

「甘利田先生、ちょっと」

すると、校長室からやってきた坂爪が声をかけてきた。甘利田が立ち上がると、「あ、あと比留川先生もいいですか？」と名指しされ、献立表を引き出しにしまった比留川も甘利田に続いた。

校長室に入ると、甘利田と比留川を見て、ソファから立ち上がる人物の姿があった。

鮮やかな茶色の短髪が、眉の上で切り揃えられている。薄く青みがかった瞳と、白い肌を持つ少年だ。横には、保護者らしき女性が立っている。緊張した様子の少年の肩を叩く気安さを見た感じでは、見た目は似ていないが母親なのだろう。

「今日転校してきた、峰岸《みねぎし》マルコくん。甘利田先生のクラスでお願いしようと思いまして」

少年はマルコというらしい。甘利田が端的に「わかりました」と返事をすると、坂爪は甘利田と比留川を見ながら「さ、掛けて」とマルコたちの向かいを勧める。

二人が座る間、坂爪は後ろでコーヒーを淹《い》れていた。

「峰岸くんは、生まれてからずっとアメリカだったんだけど、お父さんの転勤で初めて日本に来たそうです。なので、まだ日本に慣れてないみたいで」

坂爪が説明する間に、甘利田はマルコの母の前に置かれていた手つかずのコーヒーを引き寄せ、砂糖を入れ始めた。しかも容器にあった砂糖すべてを。坂爪が自分の分を淹れてくれるのを待っていられなかったらしい。平然と飲み始める様子を、比留川も峰岸親子もギョッとした顔で見ている。

その様子に気づいているのかいないのか、坂爪は平然とコーヒーをマルコの母と比留川の前に置いて続けた。

「甘利田先生なら生徒をよく見てくれていますしね、何かトラブルがあっても大丈夫かなって」

やけに信頼の厚い坂爪の言葉に、甘利田は気のない様子で「はあ」と返す。ついでにお茶菓子の封まで開け始めた甘利田を尻目に、坂爪はさらに続けた。

「あと、言葉の問題なんですが……」

「あ……幼少の頃から日本語は教えていたので、聞くことはできるんですけど、まだうまく喋れなくて」

坂爪の言葉をマルコの母が継ぐ。

「では、この際、比留川先生に一組の副担任になってほしいと思うんです」

自分に矛先《ほこさき》が向くと思わなかったのか、坂爪の言葉に比留川は「え」と短く声を上げた。

「峰岸くんとのコミュニケーションも必要だし、適任かと思うんですが……いかがでしょうか？」

坂爪から問われたとき、甘利田は茶菓子を頬張った状態で返事をした。フガフガしていて聞き取りづらいが、甘利田の普段の態度を知る人物ならなんとなく「私は構いませんが」と言っていると判断するだろう。

「じゃあ決定」

「それと……この子、いつまで経っても、日本の食べ物に慣れてくれなくって。なので、給食ではご迷惑《めいわく》をかけるかもしれません」

坂爪が話をまとめようとしたとき、マルコの母はそう付け加えた。茶菓子をまた頬張る甘利田は答えようとしない。

「あ……はい。わかりました」

代わりに、副担任を任命された比留川が頷いた。

早速、甘利田は比留川とマルコを連れて、一年一組の教室にやってきた。

教卓の前に、甘利田とマルコが並んで立つ。と、生徒たちは興味津々といった様子でマルコに注目している。

「峰岸マルコ……でス。よろしク」

甘利田が校長室で聞いた話を交えて簡単に紹介したあと、マルコはおずおずと挨拶をしてからお辞儀《じぎ》した。

「峰岸は、ヒアリングはできるが、話すのはまだ不慣れだそうだ。みんな協力してやってくれ」

そう付け加えると、「はい!」といい返事をする生徒たち。さらに「それと……」と続けて、甘利田は扉の前を見た。緊張した様子で縮こまっている比留川が立っている。

「今日から比留川先生に、一組の副担任をお願いすることになった」

一斉に拍手が起こった。歓喜の声まで上がるのが予想外の反応だったのか、比留川はビクついていた。「では、比留川先生、一言」と促されるとおずおずと歩き出し、甘利田が横に動いて空けてくれた教卓の前までやってくる。

「あの、今日から英語の授業だけじゃなく、ホームルームとかも一組に入ることになりましたので……改めて、よろしくお願いします」

緊張しながらも笑顔で言うと、比留川は頭を下げた。拍手と共に「よろしくねー」とか「かわいいー」という声が上がり、以前比留川を冷やかしていた浅葉も「愛ちゃーん」と馴《な》れ馴《な》れしい。甘利田が言っていた通り、比留川と仲良くしたいように思える反応だった。

受け入れムードの明るい雰囲気は、突然甘利田が比留川を押しのけてバンバン教卓を叩いたことでぶち壊された。一瞬で生徒たちは黙る。

「親しき中にも礼儀あり。教師にちゃんづけなど言語道断だ」

シーンと静まり返った教室の中、甘利田はマルコの隣へ歩み寄ると、「峰岸」と声をかけた。マルコの表情も固まっている。

「おまえの席は決めてある。あそこだ」

「……Yes」

怯《おび》えた目で、マルコは甘利田が指示した場所——世戸口の隣の席に座った。甘利田の怒号に表情を強張《こわば》らせていた世戸口だったが、彼が隣に来るとうっとりした目で見つめる。

甘利田は改めて、生徒たちを見渡した。

「いいか、今日は言ってあった通り、雑巾提出日だ。忘れた者はいないな」

そう声をかけると、生徒たちはそれぞれカバンから雑巾を出し、見えるように掲げる。当然マルコは初めて聞いた話なので、座ったままその様子を見ていた。

その中で、溝渕だけが雑巾を出さなかった。気づいた甘利田は「どうした溝渕」と声をかける。気まずそうに溝渕は口を開いた。

「うちの母親、裁縫《さいほう》できないんで」

「裁縫って、雑巾だぞ。ちゃんとお願いしたのか」

そこに浅葉が「自分でやれよ」とヤジを飛ばした。

「やったことねえもん」

「やればできる。ちなみに、私も一枚作ってみた」

そう言うと、甘利田は自分が作った雑巾を掲げた。真っ赤なタオル生地で作ったもので、かなり目立つ。そのあまりの派手さに、「なんで赤？」と生徒たちが笑う。だが甘利田は気にする様子もなく続けた。

「雑巾は毎日の清掃に欠かせない。一年に一枚、各家庭から集めるルールだ。例外は認めん」

甘利田も作っていたからか、溝渕は「……やってみます」と素直に頷いた。

「手拭《てぬぐ》い、タオル、ボロきれも、重ねて縫《ぬ》えば進化する。掃除の時間に活躍《かつやく》する雑巾となって、第二の人生を送る。感謝して活用しろ」

そう付け加えると、生徒たちは「はい」と素直に返事をした。その中で、粒来はニコニコ笑って自分を見ていることに気づいていたが、甘利田は気に留めなかった。

ホームルームを終えた甘利田は廊下に出た。そのまま足を止めていると、あとから出てきた比留川がぶつかりそうになる。

（そうだ。一度役目を終えたと思ったら、その後思わず実力を発揮《はっき》するケースはある）

粒来の様子に気づいていながら、甘利田が気にしなかったことには理由があった。

（今日のたくあんも、白米の付け合わせとしての香の物という役目を全うしつつ、第二の人生がある。それを、私は広く全国に言いたいが、あえて黙っている）

たくあんについて考えていたのだ。比留川が後ろにいるのに気づかないまま歩き出す甘利田の頰は、緩み始めていた。

（あれは……私だけの、特別な秘め事）

目の前に誰もいないのをいいことに、フフフと笑う甘利田。その頭には、粒来の様子より、ましてや密かに後ろにいる比留川よりも、「秘め事」でいっぱいなのだった。

その後、休み時間になった一年一組では、マルコが女子生徒たちに囲まれていた。外国人にしか見えない上に、整った顔立ちが女子の興味を引いたのだろう。

「ねね、峰岸くんって何ジンなの？」

「アメリカって先生言ってたよ」

「アメリカのどこ」

「どうして日本に来たの」

「……」

質問攻めにあったマルコは、眉を下げて困《こま》った表情になっている。それを察したのか、クラス委員の国生が女子たちに「ねえ」と声をかける。

「峰岸くん、喋るのはまだ苦手なんだから」

「マルコってさ、『母をたずねて三千里』だよな」

国生が窘める横から、浅葉が口を挟んでくる。近くにいた男子たちも「あ、やっぱり」「俺も思った」と盛り上がる。浅葉の言う「母をたずねて三千里」は、一九七六年に放映されたアニメ作品のことだ。再放送などで触れる機会がある浅葉たちと違い、最近日本に来たマルコにこのアニメの存在を知る機会はなかっただろう。

「じゃあ、マルコって呼んでいい？」

何が「じゃあ」なのかはともかく、浅葉は律儀にも呼び方の許可を取った。

「ハイ、オッケイです」

マルコも浅葉の言葉に悪気がないのを察してか、素直に答える。なぜか男子たちは「おおー」と盛り上がった。アニメで見ていたキャラクターの名前を、リアルで呼ぶことになることへの楽しさからかもしれない。

男子の盛り上がりを機に、女子からの質問攻めが止んだ。女子たちが各々お喋りを始めているので、マルコは席を立って教室内を見て回る。

マルコの目についたのは、献立表が貼られた掲示板だった。そこに粒来が横に並び、気づいたマルコが文字を読み上げる。

「クジラ……？」

「くじら汁」

「……ホエール？」

首を傾《かし》げるマルコに、粒来は続けて「うん。ホエール」と答える。そう聞いた瞬間、マルコの顔から血の気が引いた。

「ホエールを、食べるノ？」

「うん。おいしいよ」

笑顔で答える粒来の言葉の意味を理解したらしいマルコは、首を横に振って「I don’t eat it（僕は食べない）」と呟いていた。

四時間目が終わり、給食の時間がやってきた。転校生のマルコに対し、隣の席になった世戸口は甲斐甲斐しく配膳の仕方を教えていた。それを比留川が微笑ましそうに眺める。

配膳が終わり、校内放送で校歌が流れてくる。食事の前に歌うという習慣がなかっただろうマルコは、校歌斉唱の間不思議そうに教室を見渡していた。そんな彼が一番奇異な目で見ていたのは、当然甘利田だ。

いつも通り甘利田は拳を握って振り回し、元気いっぱい歌っている。机の上、トレイの外には水と氷の入ったコーヒーカップが置いてあるため、甘利田が動くたびに水が波打っている。ちなみにこのコーヒーカップは、校長室から拝借《はいしゃく》したものである。

今日から比留川も給食を一年一組で食べる。マルコと挟む形で世戸口の隣に座る彼女は、甘利田の真似をすると決めているためか、両方の拳を握って、少し身体を揺らしながら歌っていた。

甘利田がまたもガンッとデスクに拳をぶつけると同時に、校歌が終わる。いつも通り日直を追う形で「いただきます」の声が教室に響き渡った。

メガネを外し、ハンカチを勢いよく広げて膝《ひざ》にかけると、甘利田は真剣な目でトレイに視線を落とした。

（ご当地給食というものを、私はこの地で初めて体験した。地産地消を味わうことで、人はくるおしいまでの郷土《きょうど》愛を育む）

普段当たり前に飲んでいる牛乳を、甘利田は今日、実際に搾り出すという経験をした。搾ったお乳《ちち》がそのまま給食に出ているわけではないが、これも地産地消の一つと言える。

（今日のメニューは、この地のたんぱく源を長年支え続けた鯨をふんだんに使ったくじら汁に、白身魚のフライ）

湯気の立ったくじら汁の表面は、鯨の脂が浮いて光っている。醤油の茶色に染まった豆腐《とうふ》、ネギ、椎茸に里芋《さといも》、緑色の山菜、しっかり煮込まれて透明になった大根が浮かぶ。汁が透き通っているので、見た目は具沢山《ぐだくさん》な吸い物に近い。

脂の浮いたくじら汁に対し、白身魚は脂肪が少ないあっさりしたたんぱく源。フライになっていることで子供も食べやすい。千切りキャベツとプチトマトも添えられていた。

（白米、牛乳、茹《ゆ》で卵という白モノトリオ。そして、嬉しいたくあんのゴマ和え。今日私は、これをデザートとして位置づけている）

今回、くじら汁と同じくらい甘利田が注目している、たくあんのゴマ和え。黄金色に輝くたくあんが、白いゴマを纏っていた。

メニューを改めて確認すると、甘利田は目を閉じて精神統一に入る。息を整え、給食を食べる心の準備を終えると——刮目。箸箱からマイ箸を取り出した。

くじら汁の器を手に取ると、まずは汁だけ味わう。

(ああ、うまい。この地に来てよかったと、実感する。鯨から出る旨味と野菜から染み出た甘みの相性が素晴らしい)

透き通った汁の見た目とは対照的に、鯨の脂の存在感は強い。鶏《にわとり》や豚《ぶた》、牛とも違う、独特な甘みに、醤油の香りがよく合う。

温かい汁で口内を満たすと、今度は箸で鯨の身をつまみ上げる。

(そして、くじら汁に使用する鯨は、これだ)

端の皮の部分が黒く、見た目は細く切られたエリンギのようなキノコ類に似ている。

(保存食用に塩漬けした鯨の身。本皮と呼ばれる鯨の背中部分の脂身だ)

すでに味わったことがあるが故の期待感を胸に、甘利田は鯨肉を口に放り込む。

(う〜ん、まさに至福。噛めば噛むほど旨味が溢れ出る。最初食べたときは、ゴムを噛んでいるようだったが、染み出る脂の深みあるコクの虜《とりこ》になってからは、このプルップル、コリッコリした食感がたまらなくなった)

思う存分咀嚼して、脂を出し切ってから鯨肉を飲み込む。

(これは、厳しい冬を乗り切るために地元民が編み出した、貴重《きちょう》な養分なのだ。豆腐、山菜、

大根、ネギ、椎茸、里芋などの野菜と合わせて醤油味で煮込んでいる）

くじら汁自体は他の地方にも存在し、味噌で煮ることもあれば、塩ベースで煮るところもある。函館では、醤油で煮るのが一般的だった。

甘利田は白米の器を手に、くじら汁の野菜を頬張って咀嚼してから、白米と交互に口にする。

（汁物でメシが進むというのがなんとも嬉しいではないか）

「お前ら、今日の給食普通に食おうとしてるだろ。見とけよ」

そんな声が聞こえ、甘利田は思わず視線を向けた。「やっぱこうだよなぁ」と言いながら、浅葉が白米の器にくじら汁をかけている姿が目に入る。そのままかき込んだ浅葉は、周りから「うまい？」と聞かれて「うまー！」と頬を緩めていた。

（まあ……それは、アリだな。アリだが、そんな風にかっ込むのは失礼だ。地元民としての地産食材への尊敬の念に欠けている。あいつらに、敬意というものを教えてやろう）

給食好きを隠しているという建前の甘利田だが、そんなことは関係ない。これは心意気の問題である。

（今日は若干早いが……いざ！）

脇を締めて気合いを入れ直すと、白米の器を手にくじら汁、白米と口に運ぶ。おいしさを表すように拳を握って上げたり下げたり。白身のフライに大口で齧りついて、カリカリ食感と白身魚の淡白故に衣と合う味わいを楽しむ。

途中プチトマトを楽しみ、千切りキャベツも豪快に頬張る。茹で卵の皮剝きに苦戦し、だがキレイに剝き終われば、満足げにしばらく見つめてから半分ずつ食べた。

それから残しておいたくじら汁に戻り、残った鯨の身の欠片を大事に食べ切ってから、汁を味わう。フタを開けて瓶牛乳を飲み干すと、「ふう」とひと息ついた。

(さて……そして、これだ)

たくあんのゴマ和えの器を、トレイの外、甘利田の最前線に置いた。その隣には、氷を浮かべた水の入ったコーヒーカップを並べる。

箸でたくあんを豪快につまんで口に運ぶ。カリコリといい音を立てながら咀嚼していくと、たくあんの塩辛さとゴマの香ばしい風味が口内に広がる。

用意していたコーヒーカップに手を伸ばし、中の水をゴクリと飲む——直後、甘利田は満面の笑みを浮かべた。

(あま——い)

幸福の絶頂とばかりの笑顔のまま、甘利田は固まる。

(これに気づいている人類は、おそらくいない。私だけが発見したスペシャルメソッド。たくあんを食べたあとに水を飲むと、なぜか甘いのだ。それもたくあんのしょっぱさがありつつの甘みなので、不思議な幸福感をもたらす。これはまさに、給食を締めるにふさわしいデザートだ)

カリコリとたくあんを食べては、ゴクリと水を飲む。その動きをしばらくくり返す。

至福の時間も、あっという間だ。たくあんの最後の一切れを食べ終えると、カップの水を一気に飲み干す。すべてを食べ終えた甘利田は箸箱に箸を収めると、恍惚とした表情で背もたれに倒れ、目を閉じた。

(今日も仕上がった……ごちそうさまでした)

余韻を楽しんでいた甘利田だったが、ふと「ゴトゴト」という音が聞こえ、目を開いた。慌ててメガネをかけて、音のする方を見ると、粒来が器を重ねて振っていた。

(あれは……また米をまとめやがったか)

しばらく振ったあと、パカッと開けると、中では丸いおにぎりができあがっていた。粒来は嬉しそうに甘利田に見せた。

ちらし寿司の具材をまとめて手巻き寿司にしたときのことが、甘利田の脳裏に蘇る。さらによく見ると、ただの白米おにぎりではないことに気づく。

(それは……鯨の身を混ぜ込んだのか。混ぜご飯風おにぎり……)

そこまで思って、甘利田はハッとした。

『ここから色々加工されて、バターやチーズや、ヨーグルトに進化していくんです』

酪農体験でスタッフがそう話していたときの、粒来の反応を思い出した。目を輝かせ、何か衝撃を受けたような様子だった。

(進化か……こいつ、米を進化させていくつもりか)

そう確信しながら粒来のトレイを見ると、くじら汁の器には汁しか残っていなかった。

(あいつ、具材だけ全部先に平らげたのか。汁だけそんなに残してどうするというんだ)

そんなことを思っていたところで、「先生」と国生が声をかけてきた。甘利田は面倒くさそうな態度を隠しもせず、雑に「なんだ」と返す。

「峰岸くんが、全然食べてません」

言われて見てみると、給食のトレイをげんなりした表情で見ているマルコの姿があった。給食には、まったく手を付けた様子がない。

　甘利田は今、粒来が何をしようとしているのかが気になって仕方がない。自然と副担任として教室にいる比留川に視線が行き、比留川もそれに気づいた。

　甘利田が目で「なんとかしろ」と示すと、察した比留川は世戸口の隣からマルコに声をかけた。

「食べられるものだけ食べてみようか」

「……」

　マルコは反応しない。すると世戸口が、マルコのトレイにある茹で卵を手に取って手早く剝くと、マルコに差し出した。マルコは受け取ると会釈したが、茹で卵を見つめたまま、食べようとはしなかった。

　そこまで見届けた甘利田の鼻が、何やら香ばしい匂いを嗅ぎつけた。香りの元をたどると、ストーブの上に、アルミホイルと網、そして先ほど粒来が作ったおにぎりが置かれていた。

（いつの間にか、焼きおにぎりー！）

　すでに両面がこんがり焼き上がっており、粒来は手製のトングで網を持ち上げた。

（あいつ、またストーブをコンロ代わりにして、混ぜご飯で焼きおにぎりを作りやがった！

なんて奴だ……混ぜご飯にしただけで、充分な進化だというのに……あいつは、さらに第二形態を……）

甘利田が衝撃を受けている間に席に戻った粒来は、熱そうにしながら焼きおにぎりを指の先で持ち上げると、汁だけになったくじら汁の器に投入した。

（焼きおにぎり茶漬けー！）

さらなる衝撃に、甘利田は思わず立ち上がった。焼き目に食欲がそそられるおにぎりが、鯨や野菜の出汁がたっぷりの汁に浸《つ》かる姿に、想像だけで涎《よだれ》が出そうになる。

（あんのガキ……どこまで米を進化させようというんだ）

これで終わりかと思いきや、最後に粒来はたくあんを焼きおにぎりの上に置く。

（たくあん添えたー！　なんったる趣《おもむき》！）

脂の輝く透明な汁に、香ばしい茶色の焼きおにぎり、そして鮮やかな黄色のたくあん。見た目にも上品な焼きおにぎり茶漬けの完成である。

完成すると、すぐに粒来は焼きおにぎりをほぐし、汁と一緒にかき込む。

（米が鯨と野菜エキスを吸って、自らを染め上げていく。こいつ……与えられた献立を一度バラバラに分解して、自ら再構築し、完成された独自の逸品を作り出した）

粒来が食べる姿を見て、甘利田は給食における己の行動を振り返り始めた。

（自分のやり方でよかったんだ。私はくじら汁への尊敬の念に縛られ過ぎていたのかもしれない。地産地消の概念に敬意を払い、自由な発想を見失っていた。白米にぶっかけたり、具材だけ先に食べたりするような非礼は許せないと勝手に決めつけた。それでも地元民かと意識の低さをなじった）

見ているうちに、粒来は焼きおにぎりを食べ切り、最後の汁を豪快に啜っていた。

(だが、奴らは地元民だからこそ、その献立のストロングポイントを知っていたのではないか。こうするとうまいという、自分のセオリーを編み出したのではないか……そう、私のたくあんのセオリーと、同じように)

敗北感から力が抜けた甘利田は、横から床に倒れ込む。自分にとってのたくあんの食べ方が、粒来たちのくじら汁の食べ方であると考えれば、非難するのはお門違いというもの。そのことに気づいた甘利田は、言い知れぬ思いに苛《さいな》まれた。

(私は所詮、この地にとってはよそ者だ)

過剰な敬意は、むしろ距離を作る。地産地消に敬意を払い過ぎたが故に、甘利田は自身がよそ者であることを再認識せざるを得なかったのだ。

(負けた……また、負けた……)

甘利田が敗北感に打ちのめされる間も――教室は生徒たちの談笑で騒がしい。だがその中で、マルコは渡された茹で卵をトレイに置き、結局何も口にすることはなかった。

　掃除の時間となり、この日の甘利田と比留川は、校舎と校庭をつなぐ外階段の清掃をしていた。コンクリートの階段の左右は川で見る土手のような作りになっていて、土の合間に下草が生えている。二人は竹箒を持って、色づいた枯れ葉を階段の下へ移動させていた。

　マフラーや手袋もなしなので寒いのだが、甘利田は常にキビキビ動き続けることで、冷気に耐えることができていた。

「峰岸くん、大丈夫ですかね。給食も食べてなかったですし」

比留川が浮かない顔で、甘利田に声をかけた。それには答えず、甘利田は黙々と竹箒を動かし続ける。

「無理に合わせようとしないで、彼の個性を尊重してあげたほうがいいんでしょうか」

「郷《ごう》に入《い》っては、郷《ごう》に従え」

突然口を開いた甘利田に、比留川は「ご、ゴー？」と戸惑うような声を漏らす。比留川にとっては、馴染《なじ》みのない言葉のようだ。

「土地に馴染むには、その土地のルールを守れという意味です。それは、個人の個性とは別次元の問題です」

「でも、自分らしく生きたほうが」

「やりたいことだけやるのが自分らしい生き方じゃない。嫌なことを押しつけられても自分なりの方法で片付けるのが、自分らしく生きるということです」

マルコに関しての話だが、甘利田は自分にも通じることだと思っていた。地産地消に敬意を払うことで、郷に従ったつもりだった。だが敬意を払う気持ちが強すぎたことで、地元民の「自由な発想の食べ方」を否定した。この否定は、「自分が敬意を払うこと」を優先させ、「郷に従うこと」を拒否したのと、何も変わらない。

そしてマルコは、「給食そのもの」を拒否している。「郷に従う」よりも、自分のしたいことを優先させていた甘利田と、同じだ。「郷に従う」ことそのものは大事だと思うが故に、甘利田はマルコの「個人の個性とは別次元の問題」としていた。

だが比留川は納得がいっていないようで、引かなかった。

「でも、言葉もままならないですし」

「だから、比留川先生が副担任になった。個性を殺さず、土地に馴染ませる。しっかりやってください」

比留川は、マルコのサポートをする目的もあって副担任に任命された。そのことを、甘利田に言われて思い出したように頷いた。

「……わかりました」

甘利田に強く言われるとすぐ泣きそうになっていた比留川だったが——このときの彼女の目は、強い意思を感じさせた。


掃除を終えた甘利田は、用務員室の前を通りかかった。開いていた窓からふと中を見ると、竹本が何かを齧っていた。それが気になり、甘利田は足を止める。

（……たくあん？）

甘利田に気づいていない竹本は、もう片方の手にあった水の入ったコップに口をつける。

（それって……もしかして……）

全世界に教えたいが、誰にも教えたくない。そう思っていたたくあんの食べ方で、自分以外の誰かが食べている光景に甘利田は呆然としていた。すると、竹本が甘利田に気づく。

「こうすると、面白い味になるんですよ。甘いっていうか」

（わ……私メソッド……）

「先生も食べます？」

心の中で愕然《がくぜん》としていることなど露知らず、竹本は興味を持ったと思ったのか、たくあんの入った容器とコップを持ってくる。我に返った甘利田は「結構」と短く断ると、足早にその場をあとにした。

この日の業務を終えた甘利田は、生徒たちに交じって帰宅するため、先ほど比留川と掃除をした階段の前までやってきた。

（世の中に、自分だけしか知らないことなど、ない）

用務員室での出来事を、このときの甘利田は冷静に受け止めていた。よく考えれば当たり前のことでも、実際にその場に出くわさなければわからないこともある。

ふと、校庭の鉄棒に粒来の姿が見えたため、甘利田は足を止める。彼を見て、今日の給食のことを思い返す。

（今日私は、郷に従うがあまり、個性を見失った。給食は、自由に食べていい）

自分がおいしいと思う食べ方で給食を食べる——それが、給食道。そう思っていたはずなのに。「自由に食べること」こそが、「郷に従うこと」だったのだ。今日の給食を通し、改めて甘利田は「自分の常識に縛られていたこと」を痛感した。

そんなことを考えている間に、粒来が鉄棒で逆上がりの練習をしていることに気づいた。何度やってもうまくいかない様子だが、それでも粒来は笑っていた。

甘利田は粒来のいる鉄棒まで歩み寄ると、先日没収した缶ポックリをカバンから取り出してから声をかけた。

「学校でやるなと言っただろう」

甘利田に気づいた粒来は逆上がりをする動きを止めると、「はい」と静かに答えた。だがすぐに、逆上がりの練習を再開する。

「できないのか、逆上がり」

「……難しいです」

「なんで今練習をしている？」

「さっき浅葉くんたちが、逆上がりが初めてできたら、人生が変わるって言ってたから」

「なんだそれ。そんなわけないだろう」

大げさな言い分を、甘利田は即座に否定する。だが粒来は気にした様子もなく続ける。

「そうかもしれないけど、やってみます」

そう言って、粒来は逆上がりの練習に戻る。甘利田は手を出して練習を制すると、気になっていたことを口にした。

「お前……いつもああしてるのか」

甘利田の言葉の意味がわからなかったのか、「はい？」と粒来は首を傾げた。すると甘利田は、顔を近づけてとぼけるなとばかりに、圧をかけて続ける。

「くじら汁で、お茶漬け」

それを聞いた粒来は、嬉しそうに笑って答えた。

「あ、あれは初めてやってみました」

「そうなのか」

「思ったよりもうまくいきました。今度先生もやってみてください」

笑顔の粒来に、甘利田は複雑な気持ちを誤魔化すように「早く帰れ」と言うと、缶ポックリを鉄棒にかけて背を向けた。その背中に「失礼します」という粒来の声が聞こえる。

（私は給食が好きだ。おいしい給食を食べる為なら、なんだってする。だが……食のライバルからの施《ほどこ》しは受けない）

自分だけのオリジナルの食べ方――などというものは、存在しない。だがここで大事なのは、「食のライバルと同じ食べ方をすることを良しとしない」ということだった。

（毎度忌々しい真似をくり出す食の冒険家、粒来ケン。奴との闘いは、まだまだ続く）

忌々しいと思いつつも、今の甘利田は、粒来のことで頭がいっぱいだった。

メニュー 五

プリンは落下せしもの

一月も後半に入った、とある朝の忍川中学校会議室。教員たちの他に、ＰＴＡ役員と思《おぼ》しき人々の姿もある。

校長である坂爪と、進行を務める木戸は黒板の前に座っている。二人がいるところからコの字型に長机が並べられていて、甘利田と比留川は坂爪側の椅子に腰を下ろしていた。

ストーブで暖められた会議室の空気は緊張しており、皆、真剣な表情で木戸に注目している――甘利田以外は。

「朝から集まっていただいたのは、最近校内で盗難被害が相次いでいる件について、白根澤さんはじめ、ＰＴＡの皆さんも大変心配されているということで、改めて状況を確認します」

そう促すと、教員たちからは次々と手が挙がり、自分のクラスの被害品を報告し始める。木戸は内容を聞き取ると、書記として立っていた教員に指示をして、黒板に書き出させた。

（私は給食が好きだ。給食のために学校に来ていると言っても、過言ではない。だが、そんなことは、生徒たちはおろか、ここに集う教師たちにも悟られてはならない）

緊張した空気の中、甘利田は相変わらず今日の給食に思いを馳せていた。それでもなんとなく話は聞いているのが恐ろしいところである。

（今日のメニューには、アレが登場する。アレを、ああするのは……躊躇《ためら》われるのが現実。ああ、アレをああしたい……）

「ああ……」

悶々《もんもん》としていた甘利田が思わず出した声に、真面目《まじめ》に会議に参加していた比留川は目を見開いて甘利田の顔を見る。もちろん本人は気づくわけもなかった。

「ちょっとちょっと、なんでこれ全部、一部分だけなのよ」

木戸の近くに座っていた白根澤が、わけがわからないとばかりに声を上げる。

黒板には、箸一本、上履きの右、リコーダーの中部管、ルービックキューブの一ブロック、のりの内ブタ部分、などと一緒に、盗まれた生徒の名前が書かれている。

木戸は白根澤に身体を寄せて「イタズラなんじゃないかと」と即答すると、白根澤は忌々しそうに続ける。

「悪質だね。一部分だけ欠けると使えなくなるものだらけなんて」

「そうですね……箸も上履きも、片方じゃ使い物になりませんからね」

「思うに、これは……愉快犯の仕業《しわざ》ですね」

坂爪が白根澤に相槌《あいづち》を打つと、木戸は自信満々に付け加えた。白根澤は不思議そうに近くの人と顔を見合わせてから「愉快犯？」と先を促す。

「わざと一部分なくすことで、あえて犯行に気づかせるんです」

「なんのために？」

「困っている姿を見たいからです」

木戸は怒りを表すようにバンッと机を叩くと、「それこそが、愉快犯」と続ける。

「けっ。最近の子供はどうなってんだよ」

木戸の推理を聞いた白根澤は、忌々しそうに吐き捨てる。そこで、黒板を眺めていた坂爪が口を開いた。

「一年で盗難がないのは一組だけですが、何か報告はないですか」

　話を振られているが、甘利田はまだ妄想の中に引きこもっていた。隣で比留川が「甘利田先生」と小声で声をかけてようやく甘利田は我に返る。比留川の視線で察して、木戸たちのほうを向いた。

「会議、参加してもらえませんか」

　木戸が窘めるように言うと、甘利田は即座に口を開いた。

「愉快犯と決めつけるのは、どうでしょう」

　急に反論された木戸は「は？」と間の抜けた声を上げるが、甘利田は続ける。

「困っているのを見て愉快に思う相手というのは、どんな相手ですか？」

「そりゃあ、嫌いな奴とかいけ好かない奴でしょ」

「あと、強欲な奴ね。欲張りが困ってると愉快だわな」

　当然とばかりに返す木戸に、白根澤が笑って乗ってくる。

「被害者は、そういう生徒なんですか？」

「そんなこと、人それぞれ何を思ってるかなんて……」

「被害者側の共通点はないんですか」

　戸惑う様子の木戸に、容赦《ようしゃ》なく詰めてくる甘利田。しばらく会議室内の空気が停滞《ていたい》していたが、突然比留川が挙手した。皆の注目を受けたのと同時に、比留川は言う。

「それ、全員男子です」

途端に、教師やＰＴＡ役員たちからは「ああ、確かに」といった声が上がる。

「まあ……そう、ですね」

木戸も同意すると、甘利田は「男子……」と呟いて何事か考え込んだ。

「甘利田先生は、何が引っかかっているんですか」

「いや、自分に置き換えてみたとき、嫌いな奴の箸を一本だけ盗むなんて面倒くさいこと、しないと思いまして」

甘利田が答えると、質問した坂爪も納得したように「確かに」と頷く。

「愉快犯と決めつけて、イタズラ好きの男子あたりに目をつけて監視するのは危険かと思ったまでです」

そこまで言った直後、始業のチャイムが鳴った。同時に甘利田は立ち上がる。

「授業なんで、失礼します」

まっすぐ会議室を出ていくと、比留川も「失礼します」と頭を下げてあとを追った。


会議室を出て、一年一組の教室まで移動してきた甘利田と比留川。廊下では、スーパーボールを持って構える浅葉たち男子や、それを見ている溝渕たち女子の姿があった。

「せーの！」

浅葉たちが声を揃えてスーパーボールを床に投げると、勢いよく跳ね上がり、天井にぶつかる。床に落ちる度にカウントしているところを見ると、床と天井を往復する回数を競っているらしい。往復するほどの勢いを失うと、それでも跳ね続けるスーパーボールを捕まえにいく。

もう一度「せーの」と聞こえたとき、比留川が浅葉たちのほうへ歩き出そうとした。廊下を走るなと注意して以降《いこう》、多少自信がついたらしい。

だがそれを、甘利田が手を出して制した。比留川は「え？」と戸惑う。

甘利田は、スーパーボールが跳ねる動きに魅《み》せられていた。その目には、スーパーボールの動きがスローモーションのように見えている。床で弾《はず》んで飛び上がるスーパーボールが、落下の速度で球体の形を歪《ゆが》ませる。

そんな甘利田の状況など知る由もない比留川は、再び進み出た。

「Hey stop messing around and get to classroom!（君たち、遊んでないで教室に入りなさい！）」

声を荒らげて言い放つと、浅葉たちは「やべっ」と声を上げて退散していく。慌てたせいかスーパーボールを一つ拾いそびれたようで、コロコロと甘利田の足元まで転がってくる。

甘利田は拾うと、床に落とした。スーパーボールがゆっくり床を跳ねる。その動きに思わずニンマリする。会議室でも妄想していたあることが、脳裏をよぎったからであった。

甘利田の隣でじっと見ていた比留川が手を伸ばした。まだ跳ねている様子を見ていたかった甘利田が制止しようとするが——間に合わず、スーパーボールは比留川の手に収まった。

授業が始まり、甘利田は一年一組にいた。黒板には数学の設問が書き連ねられており、数名の生徒が前に出て問題を解いている。

（今日の給食に、プリンが出る。今、私にとってプリンは特別なものだ。先日、ついにプッチ

ンプリンに出会ってしまったから）

甘利田は自分の席で、先ほど拾ったスーパーボールを手にして、じっと見つめていた。

（容器底のトリガーを折ることによって、プリンを見事に落下させる……アレ。あのアレを、給食のプリンでも実現できないものかと朝から悩んでいる。そう、あれは落下の美学）

プリンのことを考え過ぎて、スーパーボールが跳ねる姿とつなげるとは、甘利田の妄想力は逞《たくま》しい。

「――オーマイガッ！」

すると、マルコが突然声を上げた。現実に引き戻された甘利田は「どうした、峰岸」と声をかける。立ち上がったマルコは、その手にロケット鉛筆を持っていた。

「ロケットが、一個、ない」

途端に、近くの生徒たちがざわついた。甘利田もマルコの席まで歩み寄る。

ロケット鉛筆とは、押し出し式の鉛筆だ。軸に鉛筆の芯《しん》が複数収納されており、芯先を外して後ろに入れると、次の芯が出てくるという仕組みの筆記用具。その芯が一つなくなれば、筆記用具としての機能を果たせなくなる。

甘利田はロケット鉛筆を受け取って先端を指に当てると、芯が中に押し込まれた。芯の数が少ない証拠だ。

「ロケット鉛筆の芯を、一個だけ盗まれたということか」

マルコに確認するように言うと、それを聞いていた生徒たちから「えー」とか「なんでなんで」といった、驚きの声と笑い声が聞こえてきた。その中で、浅葉が一際大きな声を上げる。

「そんなセコい真似する奴なんていねえよ」

「浅葉、なぜそう思う？」

「俺ならもっと、大胆なことやるから」

　浅葉はニヤリと笑うと、堂々と言ってのけた。その瞬間、甘利田は何かの気配を察した。その気配の先に視線を向けたとき、粒来は何か衝撃を受けたように目を見開いていた。

（出た。やめろ、その閃き顔！）

　しかし今はそれどころではない。ついに一年一組でも盗難が起きてしまった。その事実に、甘利田は一旦気を落ち着ける。

「……誰か、峰岸に鉛筆を貸してやれ」

　甘利田が指示を出した瞬間、マルコの隣の席である世戸口が、小さな花柄がプリントされたアルミ製の筆箱を開いて「どれがいい？」とマルコに差し出した。

　甘利田も何の気なしに世戸口の筆箱の中を見ると、あるものに目が引きつけられた。

　雷にでも打たれたような衝撃に、甘利田の身体が震える。

（私にも、きたー！）

　世戸口の筆箱の中で見たもの――甘利田の目には、ある二つのものが映っていた。

　数学の授業が終わって職員室に戻ると、甘利田は自席の引き出しを荒々しく漁《あさ》り、何かを探し始めた。

（プッチンするには、容器の底から空気を送り込まねばならない。その最適な道具に、気づいてしまった……）

何かが指先に刺さるが、それをつかみ取って引っ張り出した。

（それは……コンパス！　の、針の部分！）

「どうかしたんですか？」

目的へ一歩前進したことで嬉しくなり、コンパスの針の部分を撫でていると、比留川が声をかけてきた。慌ててコンパスを置き、比留川のデスクにまで散らかした書類やら何やらを片づけ始める甘利田。手伝おうとする比留川からも奪《うば》い取る。

「……うちでも起こりました。一個だけ盗難」

甘利田の言葉に、比留川は椅子に座り「本当ですか」と聞く姿勢になる。甘利田はマルコから預かってきた「一つ芯のないロケット鉛筆」を比留川に差し出す。

「どう思いますか。芯を一個だけ取る心理」

比留川は受け取ると、先ほどの甘利田と同じように先端を指で押し芯を引っ込ませた。

「嫌がらせにしては、小さすぎますかね」

「比留川先生だったらどうですか。どんな人物なら、芯を一個抜きますか」

「やっぱり……興味がある人ですかね」

答えを吟味《ぎんみ》するように、甘利田は「興味……」と呟く。比留川はさらに続ける。

「あ、でも、ダメなものはダメです。父からそう教え込まれて育ってきたので」

「厳しい人だそうですね」

「家で笑ったこともないと思います」

「なぜ家で笑わないんですか？」

「家長は家で笑うべきではない、と」

だんだん話がそれているが、甘利田はつい興味が向き「べき？」と問い返していた。

「口を開けば、何々であるべきだ！　ってばっかり」

そこまで言われた甘利田の脳裏に、プリンのことが思い浮かんだ。コンパスに手を伸ばし、針の先端に触れる。

（べき論で言えば、教師はプリンをプッチンするべきではない。やるべきか、やらざるべきか……）

その後、「一個だけ盗難」の話に戻ることはなく、甘利田は自問し続けるのだった。

休憩《きゅうけい》時間終了のチャイムが鳴った頃、次の授業に向けて移動していた甘利田。配膳室の近くを通りかかると、粒来と牧野が話しているのを見かけた。

「何をしている」

「あら、先生」

「もうチャイム鳴ったぞ。急いで戻れ」

牧野の声も無視して注意すると、粒来はペコリと頭を下げ「失礼します」と足早に廊下を去っていく。その背中を見ながら、牧野は笑う。

「あの子、面白いわね」

「粒来が何か言いましたか？」

「プリンを見せてほしいって。給食前に気分を高めたいんですって」

「見せたんですか」

「ええ、見るだけならと思って。ダメでした？」

牧野の問いに「……いや」と返しつつ、甘利田は考える。

（ひょっとして……奴もプッチン狙《ねら》いか？）

「あんまり熱心に見てるから教えてあげたの。プリンに醤油をかけると、ウニの味になるのよって」

「な……本当ですか？」

「噂《うわさ》で聞いただけ。プリンがウニになるわけないじゃないですか」

「そうですか」

「でも先生、やってみます？」

そう言う牧野の手には、醤油の入った小型のポリ容器があった。動揺を顔に出しながらも、「いえ、結構です」と言い捨てて去ろうとした。

「粒来くんって、ちょっとあの子に似てるわね」

背中にそんな言葉を受け、甘利田は振り返る。

「……あの子とは、誰ですか？」

「最近、先生楽しそうですね」

明言をさけたが、牧野の言う「あの子」が誰なのかなど、甘利田はわかりきっていた。甘利田は、興味があるものほど、興味がないフリをする。

甘利田が黙って立ち去る姿を笑顔で見送る牧野には、きっとお見通しなのだろう。

四時間目の授業が終わった。給食係による配膳、校内放送で流れる校歌斉唱と進み、今日も甘利田は、校歌の最後にデスクに手をぶつけた。踊りながら握っていたスーパーボールが、その拍子に飛んでいくのだった。

何事もなかったように、日直と共に「いただきます」の挨拶を済ませると、甘利田はいつも通りメガネを外すところから始めた。ハンカチを広げて膝にかけ、真剣な眼差《まなざ》しでトレイをじっと見つめると、一つ一つメニューを確認していく。

(今日のメニューは、給食の定番ビーフシチュー。そして冬を予感させる魚類、わかさぎのフリッター。食パンと蜂蜜《はちみつ》。瓶牛乳)

やわらかく煮込まれた牛肉、ニンジンとジャガイモ、透き通る玉ねぎ、マッシュルームが茶色のビーフシチューの海に沈み、グリーンピースの緑が鮮やかだ。三尾のわかさぎが纏う黄金の衣が食欲をそそり、同じ器にある千切りキャベツとプチトマトが不足しがちな野菜を補う。耳のついた食パンに寄り添う、細長いプラ容器に入った蜂蜜も嬉しい。

(トリにふさわしい、給食におけるデザート番長、プリン)

トレイの端にあるのは「甘」印の瓶牛乳、その向かいにはプラスチックの容器に入ったプリンが鎮座《ちんざ》する。今日一日頭を悩ませたのもあって、甘利田にとっての存在感は抜群である。

(今日も、大いなる冒険が始まる)

メニューを確認し終わると、目を閉じて精神統一。息をついてから刮目すると、先割れスプーンとビーフシチューの器を手に取る。少し混ぜて、大きく掬って口へ運ぶ。トマトケチャップの酸味とウスターソース、さらに野菜と牛肉の旨味まで溶け込み、とろっとした舌ざわりが堪能《たんのう》できる。

（おーう、抜群のとろみ。塩加減もいい）

味を楽しむと、先割れスプーンで掬ったビーフシチューを、器に垂《た》らす。その様子を恍惚とした表情で見つめる。

（ポタポタポタ……このベストなトロトロ具合。海外のシチューではこのとろみがあるものは少ないらしい。日本人は何かと、とろみをつけたがる。なぜなら、とろみがあると、うまそげだからだ）

そこまで思うと同時に、勢い込んでビーフシチューを食べ始める。

（うまい。具材からのエキスもたっぷり染み出している）

一度先割れスプーンを置いて食パンをちぎると、ビーフシチューに浸す。真っ白な食パンがビーフシチューを吸い上げて茶色に染まると、頬張る。噛む度に、食パンからビーフシチューが染み出す。

（ふはははは……どうだこの食べ方を見よ。パンとシチューの相性は抜群なのだ。こうして食べると、よりうまい）

ふと教室を見ると、生徒たちも同じように食パンをビーフシチューにつけて食べていた。

（みんなやっとるんかい）

先日のたくあんを食べたあとの水よりも、ビーフシチューにパンをつけるほうがよほどスタンダードなのだろう。それはともかく、甘利田は気を取り直した。

次に着手したのは、わかさぎのフリッターだ。

（わかさぎのフリッター。要するに天ぷらなのだが、フリッターと呼称することで俄然《がぜん》、高級感が増す。ヒーローの必殺技のようだ。食らえ！　わかさぎのー、フリッッタァー！）

謎のエネルギーを溜めるように両手を広げると、右で拳を作り、左は広げて光線でも出すような勢いで前に突き出す。などと謎の動きをしていても放置する一年一組は、甘利田の奇行に慣れ過ぎている。

（では、一口……）

先割れスプーンにわかさぎのフリッターを乗せ、頭からかぶりつく。カリッとした食感と、口内に広がるわかさぎの旨味に、甘利田は笑顔になった。

（ああうまい。わかさぎは「公」の魚と書く。かつて徳川《とくがわ》一一代将軍家斉《いえなり》に献上《けんじょう》された由緒《ゆいしょ》ある魚だ）

そんなことを考えている間も、甘利田の視線はチラリとプリンの器に向く。

（難題を棚上げにしたままだが、もう我慢ならん……では、いざ！）

振り切るように、まずはビーフシチューを勢いよく食べる。時折スプーンから器に垂らしてとろみを楽しみ、食パンに具材も載せて食べた。

最初は頭から順に食べたフリッターを、今度は一尾まるまる食べる。サクサクの食感の楽しさと、ジュワッと広がる旨味に身体を揺らす。途中で蜂蜜の存在を思い出し、残り少なくなった食パンにかける。蜂蜜もとろみがあるので、高い位置からかけた。

手を止めることなく食べ続けた甘利田だったが——いつか終わりはやってくる。

最後に牛乳を一気飲みすると、甘利田はふうと一息ついて休憩してから、ポツンと残ったプリンの容器を手に取った。

（……さてと。プッチンすべきか否か。ついに決断のときが来た）

プリンから目を離さず、デスクの引き出しからすでに忍ばせておいたコンパスを取り出す。握りやすいように針と鉛筆をまっすぐ伸ばすと、その先端を見つめる。

（ああ、プッチン……したい。べき論で言えば、教師が教室ですべきことではないのはわかっている。だが、私の給食道から言ったらどうだ）

かつて、甘利田と同じ給食道を歩む者がいた。少なくとも、甘利田はそう思っていた。牧野が「あの子」と呼んでいた存在——神野ゴウ。すでに中学校を卒業しており、二度とアレンジした給食を食べる生徒の姿を見ることはないと思っていた。

だが今、粒来ケンという、神野ゴウの再来とでも言える生徒が現れた。粒来の持つ冒険心が見せた給食の食べ方に、甘利田はかつての「自分なりに給食をおいしく食べたい」という気持ちを抑えきれなくなっていた。

（……ええい、ままよ！）

自分の中で答えが見え始めたとき、甘利田はすでに空になっている皿を前に引き寄せた。甘利田の頭は大人としての理性よりも、給食好きとしての欲望で満たされていたのだ。

プリンの器をひっくり返し、受け止められるよう皿の上で静止。その底面を躊躇いなくコンパスの針で突くが——刺さることはなかった。

（何⁉　意外に……硬《かた》いっ！）

周りを見ながら、なるべくこっそり穴を空けようとしているので、なかなか力が入らない。軽く勢いをつけて同じところを突いてみても、状況は変わらなかった。

（なんったる誤算。プッチンできんじゃないか。この程度の刃《やいば》では、歯が立たんのか）

せっかく給食道を歩む者としての欲望を優先すると決めたのに、出端《ではな》をくじかれてしまった。

そんなとき、前方からコロンと音がして、甘利田はメガネをかけて顔を上げた。

音の主、粒来の手には木製の柄が握られていた。そこから伸びる鉄の棒の先端は、鋭く尖《とが》っている。甘利田が聞いたのは、木製の柄が机に転がった音だろう。

（千枚通《せんまいどお》し！）

甘利田の使ったコンパスと違い、千枚通しは穴を空けるための道具である。普通中学生が常備しているものではないが、そんな甘利田の思いには関係なく、粒来は椅子の上に立った。

（嘘《うそ》だ……まさか……）

視線に気づくと、粒来は甘利田を見ながらプリンの器を逆さにし、トレイに向けた。

（お前……そこまで大胆にいくかー！）

器の底面に向けて千枚通しの先端を構えると、力強く突き刺す。この瞬間、甘利田の世界はすべてスローモーションになっていた。ゆっくりと落下していくプリンに、目が釘づけになる。

満面の笑みを浮かべる粒来の目の前で、ゆっくり落下していたプリンが終着点に達する。そこはこんがり焼いたトーストの上であった。いつものようにストーブの上で焼いたのだろう。

着地の瞬間、プリンは反発力でぶるるんと力強くその身を震わせた。形が崩れることなく、ゆっくり元の形に戻っていく。

（ぷるぷるー！）

様々な感情が炸裂《さくれつ》してわなわなと震える甘利田を尻目に、粒来は椅子に座り直すと食パンの上のプリンを潰し始めた。

（こいつ！　パンにプリンを塗るのか！）

パンの上でトロトロになったプリンの黄色、カラメル部分の茶色が広がる。さらに粒来は、あるものを手に取った。

（ああ……蜂蜜垂らした……！）

プリンの黄色と茶色の上を、蜂蜜の半透明な黄金色が彩る。完成だと主張するように、粒来は甘利田に見せつけた。彼が何を作り出したのか気づいた瞬間、甘利田は立ち上がる。

（プリンパン！）

粒来はかぶりついた。こんがり焼けたトーストのカリッとした音さえ聞こえる気がして、甘利田は顔を覆った。しかし甘利田の口の中は、プリンの滑らかな甘さと、蜂蜜のクセのある甘さが混ざった、デザートとして申し分ない味で満たされていた。

（やめろ、やめてくれ。なんだそのうまそげな顔！）

食べてもいないのに想像させられる屈辱から顔を覆ったのに、結局気になって粒来をチラチラ見てしまう。

（くっ！　あんなパフォーマンスを見せつけられたあとで、私は……普通にスプーンでほじくれというのか……）

ふと、粒来のトレイを見ると、別の皿にプリンの欠片があるのが見えた。崩す前に分けておいたらしい。そこに粒来は、醤油の入った小さなポリ容器を取り出した。

（はっ！　醤油！　貴様、もらっていたのかー！）

容器のフタを開けて、崩れたプリンに醤油を垂らす。そのままスルッと吸い上げるように食べると、味を確かめるようにしっかり咀嚼。

少し間があって、粒来は満面の笑顔になった。

（ウニなのか――！）

甘利田の内心の叫びを肯定するように、粒来は笑顔でうんうんと頷いた。実際には、甘利田の心の声など聞こえているはずもないのだが。

プリンに醤油をかけると、ウニの味がする。興味があっても試すことを躊躇った甘利田は、羨ましさが爆発した。すぐに脱力し、椅子に身体が落ちる。

（奴のやった派手なプリンダイビングに気づかされている。大人になるということは、あれができなくなってしまうということなんだと。私はいつの間にか、不自由な大人に――）

甘利田自身、自分が大人であることは重々承知している。だからこそ、給食好きを悟られてはいけないと考えているし、己を律しながら給食を楽しんでいた。

だが神野ゴウ、そして粒来ケンの存在が、「大人だから」と抑圧してきた部分を少しずつ解放させた。最初は彼らを疎《うと》ましく感じていた甘利田も、自由に食べる給食の良さを知り、「プリンの容器に穴を空ける」という以前なら絶対やらないことをやろうとしていた。

それでも、さすがにあそこまでのことをするのは、抑圧からの解放を体験した甘利田にも無理だった。改めて、甘利田は大人であることの無力感を味わうこととなった。

そんなことを思っていたときだった。

粒来が牛乳瓶を手に取ったとき、トレイが動いた。その端が当たって、役目を終えた千枚通しが落ちる。床に落ちて軽い音を立てると、コロコロ転がっていく。

そして偶然にも、甘利田のデスクの脚に当たって止まった。

存在を確かめるようにゆっくり拾い上げると、甘利田は一度かけたメガネを外した。もう一度、自分の給食に向き合う合図だった。

覚悟を決めたように表情を引き締めた甘利田は、千枚通しを素早く逆手に持ち、構える。まるで反撃のチャンスをもたらす武器を手にしたかのような動きだった。

千枚通しを持たない手で、放置されていたプリンの容器を取り、皿の上に空間を作って、逆さにする。

(これは……自由への一撃だ)

千枚通しを、堂々とプリンの底面に突き刺す。粒来のような高所ではないものの、それでも空中落下をしたプリンは、皿の上でぷるん、と震えた。

笑顔が戻った甘利田はスプーンを取り、チュルッと飲むようにプリンを味わう。滑らかな舌触りに、卵と砂糖の甘さと、カラメルの苦みが相まって、幸福な気持ちにしてくれる。

(うまい……プッチンして……よかった)

落下したプリンの、ぷるんと震える姿。それこそが、ただプリンを食べるだけでは味わえない、特別な隠し味となった。

幸福な気分のまま視線を感じた先を見ると、微笑む粒来が甘利田を見て頷いた。

(かつて、私と同じ給食道を歩んだ同志がいた。この生徒は、もしかしたら……私にとって、奴を継ぐ者なのかもしれない)

一度は取り去ることができた、「大人としての常識」が、かつてのライバルと別れたことで、再び甘利田を縛りつけてきた。だが粒来の存在が、縛りつけるものを少しずつ緩め、甘利田に自由をつかむ手助けをしてくれている。そう感じ始めていた。

プリンパンの残りを嬉しそうに食べる粒来に対し、甘利田は皿を持って傾けることで、残りのプリンの塊を一気に口に入れた。その滑らかさでつるりと口内から喉を通り――ゴクン、と飲み込む。

(プリンは、飲み物)

自分流のプリンの楽しみ方を堪能したのを最後に、甘利田はすべての給食を食べ切った。

(今日も仕上がった……ごちそうさまでした)

わいわい生徒たちが騒ぐ声を聞きながら、晴れやかな気持ちで幸せな時間を過ごした。

放課後となり、陽が落ち始めた頃――一年一組には、一人の生徒が残っていた。

世戸口望。他に誰もいない教室で自分の席に座り、手に持っているものを見つめている。

その姿を見つけた甘利田は、堂々と教室に入った。扉の音と甘利田の登場に驚いた世戸口は、慌ててカバンを取って立ち上がる。

「――ロケット鉛筆はお前だな」

その言葉で、世戸口はピタリと動きを止めた。甘利田は続ける。

「お前の筆箱に入っていたぞ」

ロケット鉛筆――峰岸マルコのロケット鉛筆の芯が、一つ盗まれた。その際、マルコの隣の席である世戸口が筆箱を見せ、貸す筆記用具を選ばせようとしていたのだが。

甘利田が最初に注目したのは、コンパスだった。プリンの底面に穴を空けることができる可能性を見出《みいだ》したから。

次に気づいたのが、ロケット鉛筆の芯。それが一つだけポツンと独立して筆箱の中に入っているのは不自然だ。

その場でそれを指摘しなかったのは、「なぜそんなことをしたのか」という理由がわからなかったからだ。世戸口を追及するなら、まず仮説を立ててから。でないと言い逃れをする可能性があるし、たまたま自分の芯だけを持っていた可能性も、ないわけではない。だが比留川にした「どんな人物なら、芯を一個抜くか」という質問の回答で確信を持ったから、今一人きりのタイミングで指摘した。

そもそも、それ以上にとにかくプリンをプッチンできる希望を持てたことのほうが甘利田にとって重要だったことは――言うまでもないが。

「他のクラスの箸や上履きもお前か」

甘利田がゆっくり歩み寄りながら問うが、世戸口は答えない。彼女の前まで来て足を止め、続ける。

「窃盗罪《せっとうざい》は、一〇年以下の懲役《ちょうえき》だ。その代償《だいしょう》を払うほどの価値があったのか」

そこまで言うと、世戸口は観念したように座り直した。それでも、口を開かない。

「思うに、お前は惚《ほ》れやすい性格だ。興味を持った男子に目をつけて、そいつの持ち物の一部をコレクションしている。そうすることで、自分がそいつの一部分になった気分に浸れるからだ。そういう歪んだ密かな楽しみのための一連の犯行なんじゃないのか」

「すごい。先生、刑事みたい」

甘利田が仮説を述べると、世戸口は初めて口を開いた。自分の犯行を暴かれているというのに、なぜかその目を輝かせている。

「だが、一つわからん。なぜ筆箱を見せて気づかせようとした？」

「なんか、損してる気になって来たんで」

「損？」

「こっちはこんなに興味があるのに、全然私に気づいてもらえないから」

甘利田の問いかけに、世戸口は不貞腐《ふてくさ》れたように答えた。悪いと思っている様子はない。

「方法が間違っているとは思わないのか」

「先生、誰かに自分の爪痕《つめあと》を残すって大変なんです」

諭すような世戸口の言葉で、甘利田は神野ゴウのことを思い出した。

数学教師として勤めてきた甘利田は、何人もの生徒を送り出してきた。だが神野以外に、給食を食べる際に思い出す生徒は何人いるだろう。それくらい、給食における爪痕を残した存在になっている。甘利田は、それを表に出そうとはしないが。

そして神野が卒業した今、その存在を思い出させた生徒——粒来ケン。友達になってほしいと言っていた粒来は、給食を通してその存在感を甘利田に見せつけてくる。

それこそが、爪痕を残すこと——なのではないのか。

「長年かけて編み出した、私のやり方なんです」

「そのやり方は、アウトだ」

甘利田は、開き直るような世戸口の言葉を切って捨てた。

「爪痕なんて残していない。お前の罪だけが残る」

甘利田の言葉に思うところがあったのか、世戸口はそれ以上何も言わなかった。

「盗《と》ったものを今日中に戻しておけ」

甘利田に促され、世戸口はずっと握っていた手を開けた。そこには、ロケット鉛筆の芯がある。隣の席のマルコの机の中に、芯を入れた。

「次やったら、豚箱行きだ」

甘利田の忠告を受けた世戸口は、静かに「はい」と答えると立ち上がった。扉の前で止まると、世戸口は振り返る。

「あの。甘利田先生がこんなに私のこと推理してくれたの、嬉しかったです」

言葉は本心なようで、世戸口は笑顔だった。ペコリとお辞儀をすると、甘利田を残して教室を出て行った。

世戸口と話したあと、甘利田は用務員室に向かった。中に入ると、粒来が用務員の竹本とあやとりをしている姿があった。楽しそうな声に、甘利田の厳めしい声が割って入る。

「とっくに下校時間だ。帰れ」

　甘利田は粒来に向けて言い捨てる。粒来が紐を取る番だったらしく、名残惜しそうに竹本の作った形を見ながら立ち上がり、カバンを手にした。友達というだけあって、竹本は「じゃあね」と気さくに声をかけると、粒来も手を振って応えながら、甘利田の横をすり抜けた。

　用務員室を出ようとする後ろ姿に、甘利田は「粒来」と声をかける。振り返った粒来に、甘利田は歩み寄る。

「あれは……ウニだったか？」

　顔を近づけ、小声で聞く。先ほどの給食でのことだと察したのか、粒来は素直に答える。

「ウニかどうかわかりませんでした。ウニ食べたことないので」

　予想外の回答に、甘利田は思わず固まる。粒来はそんな甘利田に「失礼します」と頭を下げ、今度こそ用務員室を立ち去った。


　業務を終え、学校を出た足で駄菓子屋にやってきた甘利田は、さっさと購入を済ませ、店先のベンチに座っていた。本日の夕飯であるカップ焼きそばにお湯を注ぎ、出来上がるのを待つ。

　ベンチの背後では、店の前でプラスチックの日本刀を振り回すサキがいる。

（ババアの太刀筋《たちすじ》を眺めながら、今日もここで晩飯にする。カップ麺は数知れず食べてきたが、カップ焼きそばはこれが初めてだ）

　腕時計を見て、時間になったことを確認する。近くの手洗い場で湯切りをするため、フタにある湯切り用の爪を持ち上げた。

（そう、これもまた自由へのトリガー……あれ？）

そのときふと気づいた。テーブルには、すでに空になったソースの袋がある。

（ソース……はっ、まさか……）

嫌な予感と共に、カップ焼きそばの容器を手洗い場に運んで湯切りすると、漆黒の液体が流れ落ちていった。

（ソースは後入れー！）

心の中で叫ぶ間も、どんどん流れていくソース入りのお湯。だがそうしないことには、焼きそばは完成しない。仕方なく流していく一方で、プラスチックの日本刀を振り回していたサキの気配が消えた。今までの反応を考えると、甘利田の所業に気づき、鼻で笑っている様が容易に想像できる。

（そりゃそうだろう。なぜ気づかなかった！）

湯切りを終え、ベンチに戻ってフタを開ける。うっすらソースの色がついただけの麺。げんなりした甘利田は、仕方なくそばを啜る。

（味が……薄い……）

ほんのりソースの塩辛さを感じないこともないが、ほとんど麺そのものの味だ。

その悲しさに固まっていると、「んっ」と無愛想《ぶあいそう》な声と共に、何かが甘利田の眼前に差し出された。ウスターソースの容器だ。持ち主はサキであった。

瞬間、甘利田の時間が動き始めた。啜りかけだったものを啜ると、立ち上がる。

ウスターソース。味の薄くなったカップ焼きそばの救世主。感極まった甘利田は、ウスターソースの容器を、サキの手ごと強くつかんだ。

口の中を焼きそばでいっぱいにしたままの甘利田は、感謝の握手でもするかのように強く握る。喜びを示すように蠢《うごめ》く甘利田の指の動きに驚いたサキは、無理やり甘利田の手を引き剝がした。無言で「なんだコイツ」とでも言いたげな目を甘利田に向けたサキは、そのまま店の前まで去って行った。その後ろ姿に、甘利田は会釈する。

（私は給食が好きだ。今日私は、束縛《そくばく》から解放される快感を味わった。何にでもチャレンジする心を、奴のおかげで取り戻せた）

ウスターソースをたっぷりかけて混ぜ合わせると、甘利田は仕切り直すように一気に焼きそばを頬張った。

（粒来ケン。若き給食道の冒険家。だが、チャレンジ精神を獲得した以上、明日以降、目に物を見せてやる。奴との戦いは、まだまだ続く）

チャレンジがいつも成功するとは限らない。カップ焼きそばのソースを先入れするミスをしたり、そもそもウニの味がわからないのでプリンと醤油がウニの味なのか判断できなかったりするように。

それでも甘利田と粒来は、給食においてまた、チャレンジしていくことだろう。

メニュー六

俺のエビドリア

いつものように、朝の校門で生徒の身だしなみチェックや挨拶をしていた甘利田、比留川、木戸は、時間になったので昇降口まで戻って来た。それぞれ上履きに替えていると、粒来が「おはようございます！」と駆け足でやってくる。三人それぞれが朝の挨拶を返すが、甘利田は「遅いぞ」と付け加えた。

頭を下げて「すみません」と返す間に粒来は靴を履き替え、駆け出そうとした。

「ちょっと待て」

甘利田の呼びかけに、粒来は振り返る。甘利田はゆっくり歩み寄ると、ポケットから指示棒を取り出し、粒来のカバンからはみ出た紐に引っかけた。

「また、これをやって来たのか」

呆れた声の甘利田に対し、粒来はカバンを開けて缶ポックリを見せ「はい」と笑う。

「学校でやったら、没収だ」

「はい」

「あと、ズボンの泥《どろ》を払え」

粒来を手招きし、彼の足元に屈む甘利田。缶ポックリの紐を邪魔そうにどけながら、泥を払う。

――そんな甘利田と粒来の様子を、少し離れた廊下からじっと見ている人影《ひとかげ》があった。

黄色と黒を基調にしたジャケットと、同じ色の膝上のスカートに身を包んだ二〇代半ばの女性だ。彼女は家庭科教師・鍵窪恵《かぎくぼめぐみ》である。その切れ長の目は、粒来のズボンをはたく甘利田に向いていた。

（私は、この教師の闇《やみ》を暴きたい。私は彼の食に対する貪欲さの異常性に気づいている。みんな騙《だま》されている。この教師の仮の姿に。私は家庭科の教師として、食の専門家として、彼の真実の姿を……白日の下に晒したい）

「あ、鍵窪先生、おはようございます」

木戸に声をかけられ、鍵窪は進み出た。比留川からの「おはようございます」という挨拶に応えつつ、鍵窪は比留川に顔を向ける。

「比留川先生、後ほど一組の授業の件でお話が」

担任の甘利田に代わって声をかけられた比留川は、「はい」と頷いた。

これが、鍵窪が甘利田の「闇」を暴くための第一歩であるが――そのことを知る者は、誰もいない。

甘利田たちは職員室に戻ると、中にある簡単なミーティング用のテーブルへ移動した。鍵窪からの言伝《ことづて》を比留川から聞いたからだが、彼女の隣に座る甘利田は目を閉じて、絶賛妄想中であった。

（今日のメインは、エビドリア。ご飯の上にエビ入りのベシャメルソースをかけて焼いた特別な洋食。なんといっても、表面のおこげが重要。あの焦げ目《こめ》部分を、私は密かにカリカリちゃん、と呼称している）

脳裏に「カリカリちゃん」の姿を思い浮かべたところで視線を感じ、甘利田は目を開けた。

隣にいる比留川は驚きで目を見開いている上に、やたら顔が近い。

「……なんですか」

甘利田は慌てて身体を離す。妄想中にウキウキ身体を動かした結果、甘利田が自分から比留川に近づいていただけなので、「なんですか」も何もないのだが——そこで、プリントを手にした鍵窪がやってきて二人の前に座った。

「すみません、お待たせしました。これ、今日の三、四時間目の家庭科で作ろうと思っているメニューです」

それぞれに差し出されたプリントを受け取ると同時に、甘利田の表情が驚きと戸惑いに染まった。反対に、比留川はニコニコ楽しそうにプリントを見る。

「へえ、エビドリアですか。おいしそう」

「これ……だって……今日……」

今さっき甘利田が楽しみにしていた、給食と同じメニューである。甘利田が動揺するのも無理はなかった。そんな反応に、鍵窪は「はい」と笑顔で返す。比留川は「え、どうかしたんですか？」と一人、置いてけぼり状態である。

「さすがに、それはどうですかね。同じメニューを続けざまに食べるというのは」

甘利田は、「今日給食にエビドリアが出ることをたまたま知っていた」という体《てい》を保つ余裕もなく、焦《あせ》ったように鍵窪に食い下がる。

「作りますけど、食べません」

「は？　というと？」

「家庭科の授業で作ったものを、給食の時間に食べるんです」

鍵窪の説明に「はあ、なるほど」と比留川はのんびり返すが、甘利田は違う。

「いや、それだと給食のおかずが余ってしまうじゃないですか」

「あらかじめ給食センターのほうには、授業の主旨《しゅし》を話しておきました。今日一組の分のエビドリアは、届きません」

どこか勝ち誇ったようにも聞こえる鍵窪の言葉に、焦りの頂点に達した甘利田は「ちょっと待ってください！」とテーブルを叩いて立ち上がる。

「ということは、今日、一組は大きなおかずはなしということですか」

「自分たちで作りますから」

「いいじゃないですか。面白そうです」

般若《はんにゃ》の形相で睨む甘利田だが、乗り気の比留川はそれに気づかず鍵窪の話を聞いている。

「ですので、本当に申し訳ないんですけど、お二人にも授業に入っていただいて、ご自分たちの分を作っていただけますか」

決定事項として突きつけながら、鍵窪はゆっくり立ち上がった。甘利田を見据える目は、どこか挑発的だ。

「予定を確認しましたが、今日、お二人はこの時間は空いているようでしたし、問題ありませんよね」

すでに、他の教員への根回しも済んでいると暗に示す鍵窪の問いに、比留川は「あ、はい」

とすぐに返すが、甘利田は答えない。用意周到すぎる状況に戸惑うのもおかしくはないが、甘利田にとって重要なのはそこではない。

「甘利田先生……何か、問題でも？」

「いえ……特に……何も……」

甘利田は平静を装いながら、自席に戻る。他人からはとても平静には見えない背中を見せながら、甘利田は自分の手を見つめた。この手で、自分が食べるものを作るのだと、思い知らされているかのようだった。


「――ということで、今日の給食のエビドリアは、なしです」

一年一組のホームルームで、先ほど鍵窪と話したときのことを説明したのは比留川だった。直後、一斉に「えー！」とブーイングの声が上がった。甘利田も彼らとまったく同じ心境で、自席に座って不貞腐れている。

騒がしい教室の中で、丸本が挙手をするとそのまま発言した。

「なんで一組だけ、エビドリアなしなんですか」

後押しするように、浅葉たち男子も「そうだそうだ」と騒ぐ。勢いのある生徒たち相手に、比留川は冷静に答えた。

「それは、たまたま直前が家庭科の授業だったからです」

次に、珍しく怒りに満ちた磯貝が発言する。

「そのエビドリア分の給食費は、返ってくるんですか？」

「一応確認しましたが、今日の材料費のほうが、高いみたいです」となれば、返ってこない。さらに不満を持った生徒たちは「絶対嘘だよ」「手抜きだ」など、ブーイングが高まっていった。

いよいよ騒ぎが大きくなってきて、比留川は甘利田に助けを求める視線を送った。しかし甘利田は、献立表を見て現実逃避《とうひ》している。その間も生徒たちの騒ぎは大きくなる。

「Quiet!（静かにしなさい！）」

比留川が叫ぶと、生徒たちはシーンと静まり返った。好き勝手に不満を喚《わめ》き散らす生徒たちに対する比留川の怒りが、まっすぐ伝わったようだ。

そんな中、粒来が挙手をした。好き勝手話すのではなく、比留川が許可するのを待っているのを見て、比留川は元の口調で「はい、粒来くん」と声をかける。粒来は起立して発言する。

「自分で作るということは、自分の思った通りに作っていいんですか？」

初めて出た「給食のおかずを自分で作ること」への意欲的な問いに、比留川は「えっと、それは……」と戸惑いを見せた。

「――ダメだ」

すると、ずっと献立表を見つめて現実逃避していた甘利田が立ち上がった。

「これは、授業だ。エビドリアの正しい作り方を学ぶためのものだ。好きに作っていいという趣旨のモノでは、ない」

今にも泣きそうな声を無理やり絞り出しながら、甘利田は答える。普段なら威厳を保った話し方を心がける甘利田だが、エビドリアを自分で作らなければならないという絶望感から、取り繕《つくろ》う余裕がないらしい。すでに涙目《なみだめ》ですらあった。

それに対し、粒来はニコニコ笑っている。

「先生も、作るんですか？」

「ああ……作る」

甘利田が答えると、粒来は一緒に頑張ろう、とでも言うように力強く頷いた。

瞬間、静かだった生徒たちが笑いや歓声で沸いた。拍手をする生徒すらいる。先ほどの不満爆発の雰囲気とは違い、教室はお祭りのような雰囲気になっていた。

自分たちだけではないと知ったら、多少溜飲《りゅういん》が下がったのかもしれない。

ホームルームが終わったあと、生徒たちからの声援やその他の質疑応答を受けていた甘利田と比留川は、教室から移動していた。配膳室前の廊下を通りかかると、粒来と牧野が話している姿が見える。ホームルーム終了後、すぐにここへ来たのだろう。

何事か話していたようだが、甘利田が「おい」と声をかけると、粒来は話をやめた。「失礼します」と言ってペコリと頭を下げると、足早に去って行く。

「先生、聞いたわよ。一組、なんか大変なことになったわね」

「ああ……そうなんです」

話しかけてきた牧野に答えたのは、比留川だった。

「先生たち大丈夫？　ちゃんと作れる？」

「中一にも作れるレシピを、大人ができないはずがないです」

不安を隠すようにキッパリ言い切る甘利田に、牧野は「そりゃそうだろうけど」とさらに続ける。

「もし失敗したら……先生、楽しみにしてたんでしょ、エビドリア」

「楽しみになどしていません」

「ねえ、もしよかったら、他のクラスから少しずつ集めて二人分、こっちで用意しておきましょうか？」

牧野からの提案を「ありがとうござ――」と受け入れようとした甘利田だったが、「ああ、でも……」と比留川が申し訳なさそうに口を挟む。

「みんなと作るって約束してしまって……」

「じゃあ仕方ないわね」

最後の退路を断たれて絶望した甘利田は、ただ比留川を睨むことしかできない。「ありがとうございます」と比留川が礼を言うと、牧野は会釈して配膳室の中へ戻っていった。

見送っていた比留川は、振り返って甘利田の険しい表情を見て驚き「はい？」と首を傾げた。以前ならすぐ泣き出しそうになっていた比留川も、ずいぶん図太くなったようである。

その後、甘利田は授業の合間を見つけて図書室にやってきていた。

（まさか……こんなことになろうとは。絶望的に料理が下手《へた》な母の遺伝子を引き継いだ私に、給食を作れというのか。なんとかせねば……）

自分でかき集めた書籍の山の中、甘利田はエビドリアのレシピだけでも数冊の本を開き、なぜかエビそのものの生態について記した本まで広げている。エビドリアやエビに関する知識を詰め込むことで、料理が作れるはずと考えたようだ。

（そうだ。たかがエビドリア。所詮、中一に教える簡単レシピ。大人として、絶対に負けるわけにはいかない）

すべて読んで覚えようとしているのは、メモを見ながら作るという行為を良しとしないからだ。授業の中で教わるレシピなのに、入念な準備をしていると知られたくない。

生徒たちの前で涙目になりながら自分もエビドリアを作ると宣言していても、大人としての威厳を守りたいらしい。

結局、今日の空き時間はすべて、エビドリア関連の書籍を読む作業に費《つい》やしていた。

そして――ついにそのときはやってきた。三時間目と四時間目の、家庭科の授業。上下に分割された黒板には、割烹着《かっぽうぎ》姿の鍵窪によってエビドリアに使用する材料とレシピがそれぞれ描《か》かれている。

「――以上が、エビドリアの料理の手順です」

生徒たちは全員エプロンに三角巾を巻いた姿で、プリントされたレシピを手に鍵窪の話を聞いていた。その後方には、同じくエプロン姿の甘利田と比留川もいる。二人が調理に参加するのは予定外なこともあり、エプロンは家庭科室にあった借り物だ。なぜか甘利田は、手術前の執刀医《しっとうい》のように手のひらを内側にして、両手を顔の近くまで上げていた。

「最後のオーブンで焼く工程はこちらで行います。それと、誰かに任せるのではなく、一人一人、ちゃんと全工程を行ってください。それでは、始めてください」

鍵窪の最後の言葉で調理開始となり、一斉に生徒たちがわいわいと騒がしくなる。そんな中、甘利田は並べられた材料を見つめた。白米も炊《た》いた状態のものが器の中に準備されていた。メインはエビドリアの調理のためか、米を炊く工程は省略されているようだ。基本の調味料も一通り置かれていて、エビドリアでは使用予定のない砂糖の容器もある。

（剝きエビ、玉ねぎ、牛乳、バター、小麦粉、チーズ、パン粉に白ご飯。さっき予習しておいてよかった。工程も大体暗記していた通りだ。これなら、いける！）

エビドリアの成功を確信した甘利田は、まずは玉ねぎを手に取り、力任せに皮を剝く。

（玉ねぎは、繊維を断ち切るように薄切り。そうすることで、トロトロ食感になる）

書籍で得た知識を思い出しながら包丁を握る。使い慣れていないからか妙に力んでいて、玉ねぎを押さえて切るのもままならない。最後は玉ねぎに手を添えることなく、まな板を叩くように包丁を振り下ろす。隣で器用に玉ねぎを薄切りにしていた比留川が、その音にビクついた。

（剝きエビは、片栗粉《かたくりこ》と塩をまぶしてから流水で洗い、汚れと臭みを取る）

その前にエビの尻尾《しっぽ》を取る。ツルッとキレイに剝けたエビを、比留川と共に笑顔で眺める。

エビの下処理を終えると、次はフライパンを加熱し、サラダ油のボトルを手に取った。

（フライパンにオイルを薄く引き、玉ねぎを弱火でじっくり炒める）

一般的にはバターを溶かして炒めるが、バターは焦げやすいので、料理に不慣れなことが多い中学生に配慮した手順だ。

（透明になったら、バターを加え、その後、小麦粉を入れてさらに炒める）

暗記した工程を確認しながら手を動かし、次の作業――「炒める」に移る。だが、炒めるというより、両手で木べらを前後に動かしているだけであった。

（なんだこれ……全然炒まらない）

小麦粉を入れてしばらく炒めると、本来なら溶けたバターと混ざり、粉がまとまってくるはずなのだが、いつまで経っても小麦粉は粉のままで、まとまる気配がない。

（何か間違えたか……火力が足りないんじゃないのか……ええい、牛乳投入だ）

しびれを切らし、甘利田はフライパンに牛乳を加えた。ついでに火も強くする。

（これでとろみがつく……はず……なんだが……）

牛乳とバターと小麦粉、玉ねぎが分離したままフライパンの中を移動している。

（全然つかないじゃないか、とろみ！）

ちなみに、比留川のフライパンはいい感じにすべてが一体化し、とろみがついている。その隣で、むやみやたらにフライパンの中身をかき回す甘利田の姿は、誰がどう見ても焦っていた。

そしてその姿を見て、ほくそ笑んでいる人物がいた――鍵窪である。

（ほら、必死になってる。あれが彼の本性よ。みんな甘利田先生を見て、ほら！）

本性を暴きたいと願っていた鍵窪にとって、甘利田は今、ベストな姿を晒していた。その姿を見せたくて鍵窪は周囲を見渡すが――生徒たちは自分たちの調理に集中していて、奮闘している甘利田の姿など見ていない。

ちょうどそのとき、甘利田のフライパンに変化が訪れる。

（きたーっ！　ウェルカムとろみ！　そしたら、こうだ！）

最後に剥きエビをフライパンに投入する。エビは玉ねぎと一緒に先に炒めることも多いが、この家庭科の授業で教えているレシピでは、エビは炒めるというより煮るようだ。

満面の笑みになったところで、鍵窪が全体に向けて声を上げた。

「皆さん、炒め終わった人からご飯の用意を始めてください。容器に薄くオイルを引くのを忘れないでくださいね」

ちょうど炒め終えた甘利田は、アルミ箔の容器を手に取ると、言われた通りにサラダ油を容器の内側に塗り、ご飯を盛る。その上にベシャメルソースを流し込むと、飴色になった玉ねぎと火が通って赤くなった剥きエビの赤の存在感が際立つ。チーズを乗せ、最後にパン粉を散らした。

（おお、素晴らしい出来栄えじゃないか！　このまま食べたいくらいだ）

まだ焼き上がっていないものの、その前の段階としては完璧な見た目になった。自分の手で生み出されたエビグラタン（焼き上がり前）に、甘利田は感動していた。

器を持ち上げ、色んな角度からエビグラタン（焼き上がり前）を観賞する。その間に、比留川は生徒に呼ばれて後ろのテーブルに移動する。

（ただ……表面の焦げ目が多めに欲しい。もう少しパン粉を足したいな）

チラ、と比留川のエビドリアを見ると、パン粉がまだかかっていなかった。チーズを乗せたときに席を外したようで、手つかずになっているようだ。

（悪いな。だが見てない奴が悪い）

背後の比留川の目を盗んで、甘利田は比留川の分のパン粉を片手で豪快につかむと、自分のエビドリアの上に追加した。

（完成だ。私の料理の才能が、今……開花した）

「甘利田先生、お疲れさまでした。うまくいったみたいですね」

満足げな笑顔になった直後、いつの間にか隣にやってきていた鍵窪の声で我に返る。

「あ、いえ……先生の指導のまま……」

「さっき、ずいぶんと愉快そうにされてましたが」

甘利田が最後まで言う前に、笑顔で鍵窪が割り込む。

「そのようなことは」

ギクリとしながらもおくびにも出さない甘利田に、「出来上がりが楽しみですね」と鍵窪が微笑んで返すと、家庭科室全体に向けて声を上げた。

「じゃあ、できた人から回収します。名前を容器に書いて提出してください」

生徒たちは素直に「はーい」と返事をする。

こうして、甘利田のエビドリアの調理は、大満足で終わった。少なくとも、本人が気づいている範囲では。

その後、一年一組は家庭科室の片づけをして、四時間目終了のチャイムと同時に自分たちの教室に戻った。もちろん、甘利田と比留川もだ。

エビドリア以外の給食の入った給食缶などを運ぶ給食係と共に、鍵窪がワゴンを押して一年一組に入って来た。

「お待たせしました。エビドリア、焼き上がりましたよ」

その声と共に、生徒たちがわーっとワゴンに群がっていく。甘利田も自席から立ち上がり、気が気じゃない様子で見ていた。

「みんな待って。順番に名前を呼ぶから、呼ばれたら取りに来てください。まだ熱いから気をつけてね」

鍵窪が言うと、まずは浅葉の名前を呼んだ。近くにいた浅葉は「はい！」と元気に返事をして鍵窪から容器を嬉しそうに受け取ると、はしゃぎながら自席に戻っていく。

次に呼ばれたのは、粒来だった。「はい」と返事をして、自作のエビドリアを受け取る。隣にいた甘利田は、粒来のエビドリアを覗き込む。

（ほお、結構なカリカリちゃんじゃないか。こいつもパン粉をくすねたか）

忌々しそうにそう思う甘利田も、比留川のパン粉をくすねてきたので人のことは言えない。

そんなことを考えていると、鍵窪から呼ばれたので「はい」と返事をして受け取った。

渡されたエビドリアの上には、こんがりきつね色になった焼き色が全体に広がっていた。

（勝った！　カリカリちゃんの出来が違い過ぎる！　うんうん、なんという芸術的な焦げ目！）

心の声は抑えたが、ガッツポーズを抑えることはできなかった。喜びに満ちた笑顔でその場に座り込み、ガッツポーズをくり返す。

「――どうしたんですか先生。うまくいきましたか？」

鍵窪の声が聞こえた途端、甘利田は我に返った。静かな声で「いえ……特に」と答えると逃げるように自席に戻る。

ここで再び「暴きたい闇」を見せた甘利田を、鍵窪は逃がすつもりはなかった。嬉しそうな笑顔で、教室全体に声をかける。

「みんなも、うまくいったときは、先生のようにガッツポーズしてくださいねー！」

当然、嫌みである。甘利田の持つ、食に対する異常なほどの貪欲さを生徒に見せつけるチャンスなのだ。

しかし、生徒たちは誰も聞いていなかった。自分で作ったエビドリアの出来をしげしげと眺め、早く呼ばれないかソワソワしながら待ち、鍵窪の思惑は誰にも届いていない。

（なんなのこのクラス。担任に関心がないの？）

予想外過ぎる生徒たちの反応に、鍵窪は戸惑いを覚えていた。

仕方ないので、鍵窪はエビドリアを渡す作業に戻った。

給食前の校歌斉唱。いつも通り笑顔で拳を振り、身体を揺り動かし、跳ね回るようにしながら歌う甘利田だが、それを扉の窓から鍵窪に見られていることには気づいていない。

校歌の最後に拳をぶつけたところで、日直たちとの「いただきます」の挨拶が響く。

ハンカチを準備すると、メガネを外し、甘利田はトレイを真剣な表情で見据えた。

（今日のメニューは、渾身《こんしん》のメイドイン甘利田、正真正銘《しょうしんしょうめい》、俺のエビドリア。いつもの瓶牛乳の他、なんとも豪華な脇役《わきやく》トリオ。ご当地おやつにして知る人ぞ知る納豆《なっとう》モナカに、嬉しいチーかまにコンソメスープ。そしてデザートはイチゴ。主役のエビドリアを引き立てる見事な

キャスティングだ）

透き通った茶色のスープに、ニンジンやキャベツの千切り、玉子にコーンの入った豪華なコンソメスープ。その横に、一見すると餡子《あんこ》が入ってるように思える直方体のモナカと、棒状の白い蒲鉾《かまぼこ》の中に濃い黄色のチーズが練り込まれたチーかまが並ぶ。赤が色鮮やかなイチゴが三つ、器の中に鎮座する。今日の牛乳も「甘」印のシールつきだった。

給食を確認し、目を閉じて精神統一して最後の準備を整えると――刮目。先割れスプーンを握る。

だがその直後、浅葉たちが騒ぐ声の中から「牛乳一気飲みやるぞ」という言葉が聞こえ、甘利田の手を止めた。見ると、浅葉と同じ班の男子だけでなく、後ろのグループの男子も集まり、牛乳瓶を手にしている。

（出た。給食における子供の愚行の代表例、牛乳早飲み競争）

呆れた表情で眺めていた甘利田だったが。

「一番の奴が、給食王認定な」

浅葉がそう言った瞬間、甘利田の顔から呆れが消えた。

（給食王、だと？）

甘利田は慌てて牛乳瓶のフタを取る。ついさっきまで「子供の愚行」とまで言っていた大人としての立場を忘れ、「給食王」という言葉に突き動かされていた。

浅葉たちの準備も完了し、「せーの」と声を揃えた直後、牛乳瓶に口をつける。甘利田もまったく同じタイミングで飲み始めた。

誰が最初に飲み終わったのか——瓶を空にしたのは、甘利田だった。歓喜の声を上げるが、誰も見ていない。それから少し遅れて、タンッと牛乳瓶を置く音が響く。

「……よっし！　イエーイ！　給食王！」

飲み終わった浅葉が、喜びを表すように両手を上げて跳ね回り、周りの生徒たちから喝采《かっさい》を浴びる。

（一番は、私だろうがよ……あ、しまった！　つい、子供の愚行に付き合ってしまった。くそっ、もう飲み物がなくなったではないか）

気を取り直して、甘利田はエビドリアの容器を手に取った。

（はぁ……とんだ邪魔が入ったが、改めていただくとしよう）

勝手に惑わされただけなのだがそれはともかく、甘利田はスプーンの先をエビドリアに差し込もうとして、動きを止めた。

（いや、待て待て。慌てるな。少し自分をじらしてみよう。せっかくの自作料理だ。出会いまでのインターバルを楽しもうじゃないか。主役はいいところで登場するもの。今日は脇役群から攻めるべし）

などと思いながら、先割れスプーンとエビドリアをトレイに置く。代わりに、納豆モナカを取って割った。ぎっしり詰まった納豆が見事な糸を引いている。

（モナカの中に納豆が入っている不思議なおやつ、納豆モナカ。最初は驚いたが、これが開発された経緯を調べて感動した。給食の主食がパンだけだった頃、健康食の納豆をどうにか食べさせようと発明された）

割った片方を、まるまる口に押し込む。モナカがほんのり甘いが、中身は納豆である。甘納豆というわけでもなく、醬油ベースで味つけされた納豆そのものだ。独特の臭みが口内に広がるが、納豆が持つ旨味は上品だ。

(うまい。モナカと納豆というありえない組み合わせがなんとも面白い。これなら、子供も喜んで食べる)

甘利田はそう思ったが、納豆そのものが苦手な子供は残すこともあったという。逆に言えば、納豆が好きな人間にはなかなか好評な食べ物でもあるようだ。後者である甘利田は、満足そうに納豆モナカの半分を平らげていく。

次に手に取ったのは、チーかまである。

(私はこれが大好きだが、唯一苦手なのがこの部分)

この部分——棒状のチーかまの端には、チーかまの包装フィルムを固定している金属クリップがつけられている。

(通常この部分を嚙み切って開封するのだが、その際なんとも言えない金属臭がして、嫌な思いをする)

時代が進むと、切りやすいテープが側面につくようになる。金属部分を嚙まないよう注意喚《かん》起《き》されるようになるだけでなく、金属部分そのものがテープになっている商品も出てくるのだが——今の甘利田には関係のないことである。

仕方なく、金属クリップ近くのフィルムを嚙み切る。口に僅《わず》かに入り込む鉄の味に顔を顰めてから、フィルムを剝いて口に運んだ。

（スティック状の蒲鉾に散らばって埋もれている黄色いチーズ片が嬉しい。ああ……この倍は欲しいくらいだ）

モグモグと噛めば、白身魚の旨味が溢れ、時折チーズの濃厚な塩味がやってくる。まずは半分だけチーかまを食べて、次にイチゴに手を伸ばしかけてから考えた。

（うーん、さすがにデザートは最後か。よし、ここで主役の登場だ）

コンソメスープの存在を忘れているようだが、今の甘利田の中で重要なのは、自作エビドリア。我慢しきれなくなった、といったところだろう。

（数々の試練を乗り越え、ついにまみえよう。いざエビドリアーン！）

某有名なボクシング映画のテーマを頭に思い浮かべながら、甘利田は気合いを入れるために両腕を掲げた。ボクシングの入場シーンのようだ。

エビドリアの器を取り、先割れスプーンを豪快に差し入れる。底面から大きく掬い上げると、期待の笑顔で口に運んだ。

（これは……）

その瞬間――甘利田の時間が、しばし止まった。唯一の素早い瞬《まばた》きの動きが、驚きと戸惑いを象徴している。

（味が……ない……）

バターやチーズ、牛乳、白米など素材の味はするのだが、甘利田の望む味はない。

（なぜだ……レシピ通りに作ったではないか……私の味がどうかしてしまったのか……みんなは……）

愕然としながら生徒たちを見回す。満足げに食べている生徒が多い中、給食王となった浅葉の「うわ、塩入れすぎた」という言葉で甘利田は我に返った。

（味つけ忘れてるー！）

自分の失態に気づいた甘利田は、怒りとも絶望ともつかない形相でエビドリアを睨みながら、わなわなと震える。

（なん、たることだ……私は、とろみがつかないことに必死になり過ぎて、肝心の味つけ工程をスルーしていたのか……）

自分のミスで敗北感を味わっていた甘利田は、ふと粒来に視線を向けた。彼は笑顔でエビドリアを頬張っており、いかにもおいしそうに見える。

（なんだその顔……なんともうまそげに食べやがる。きちんと味つけしやがって……ん？）

ふと、粒来のもう一度掬った先割れスプーンに、見覚えのないものがあった。エビドリアの材料にはなかった、ツブツブした何か。それをよくよく確かめてみると——。

（納豆を入れてやがる！　ちょっと待て。いつ入れたんだ？　焼き上がって出てきたあとに混ぜられないだろう、そんなもん……）

そこまで思って、甘利田は悟る。ホームルーム終了後、粒来が配膳室で牧野と話していたときのことを思い出したのだ。

（あいつ、先に自分の分を調達していたのか！　なんたることだ。奴は事前に手を打ち、私の命に逆らって自分の思った通りに作っていた）

おいしそうに食べる粒来を見ながら、悔しそうに拳を握る。

（反対に私は、味つけをロストするという致命的な失敗を犯した……いや、待てよ）

いつもならそのまま絶望感に打ちひしがれて給食の時間を終えてしまうところだが、甘利田はあることに気づく。

（私の味つけ失敗は誰にもわからないはずだ。見た目は完璧。ならばここは、さもうまそげに食えば、負けたことにはならないのではないか）

真剣にそんなことを考えた甘利田は、気を引き締める。先割れスプーンを持ち、今一度エビドリア（味つけなし）を見つめた。

（いくぞ……！）

両腕を上げて気合いを入れ、脳内でゴングを鳴らすと先割れスプーンを持った。自分を奮い立たせ、一気にエビドリア（味つけなし）を食べる。そのときに、いつも通りの笑顔を作るのも忘れない。普段自分の給食好きを隠している人間の態度としては真逆なわけだが、今の甘利田にはどうでもいいことなのであった。

（うまいものは速く食べる。うまそげに見せるコツはスピード。見よ、このシャドウボクシングのようなスピードを！）

普段給食をおいしく食べている甘利田は、食べ始めるとそのスピードは速い。演技でも同じことができれば、いつも通り「おいしく食べている」ようにしか見えないだろう。

その様子を見ている、人間にとっても。

甘利田の様子を、ずっと扉の窓から見ていた鍵窪の後ろに、人影が現れた。

「おお、今日もいい食べっぷりだ」

背中から声をかけられ、鍵窪は慌てて振り返る。声の主は、坂爪校長だった。会釈すると、鍵窪は改めて言われたことを思い出した。

「校長先生は、気づいておられたんですか」

鍵窪が暴きたいと思っていた、食に異様な執着を持つ甘利田の闇。誰もそのことを指摘することはなく、本人も隠したいと思っているはずのことだと、鍵窪は考えていたのだが。

「無我夢中。我が校の校訓、そのものじゃないですか」

満足そうにニッコリ笑い、坂爪はそのまま歩み去って行った。その背中を見送りながら、鍵窪は思い返す。

どう考えても、甘利田幸男は変だ。普段は生徒たちや同僚である教師に対しても厳しい態度を取るのに、こと給食や食べ物のことになると、他には何も見えていないかのようですらある。

そこまで考えた瞬間、一気に腑《ふ》に落ちた。

「……ああ、そうなの」

鍵窪は思わず呟く。皆、甘利田が変なことはわかっている。それは甘利田を担任に持つ一年一組の生徒たちも同様だったのだ。

家庭科での必死な様子やエビドリアの出来に対するガッツポーズに興味を示さなかったのは、彼らにとっては、甘利田のあのような行動は日常茶飯事だったからに他ならない。暴くべき秘《ひ》密《みつ》ではなく、本人が隠しているから触れないだけの、公然の秘密だったわけである。

納得した鍵窪は、一年一組の教室から立ち去った。

廊下でそんなやり取りがあった間も、甘利田はエビドリア（味つけなし）を食べ続けていたがふとしたとき、味つけのないエビドリアに挫《くじ》けそうになる。

（思い返せば、私にはメシマズの母の食事を、父と共に「うまいうまい」と食べてきた苦難の歴史がある。そういう意味では、この道のプロとも言える。これがメシマズの遺伝子を受け継いだ者の宿命だ）

そう自分を励まし、エビドリアを食べ切る。笑顔を作るのも忘れない。とはいえ、エビドリアを食べ切ってしまえば、あとは楽しい時間だ。

最初は手をつけなかったコンソメスープの器を取り、細切り野菜を大量に掬い上げて口に運ぶ。コンソメスープが染みてヒタヒタになった野菜たちから甘みが溢れ、スープの絶妙な塩加減も相まって口内を幸福で満たす。

次に、半分残しておいた納豆モナカも頬張る。慣れ親しんだ納豆と、これまたちょうど良い醤油の塩気が嬉しい。

半分残していたチーカマを両手で持ち、パクパクモグモグとリズミカルに口内へ押し込んでいく。最後のイチゴを口に放り込むと、噛む度に溢れるジューシーで甘酸っぱい味を堪能し、飲み込んだ。飲み干してしまった牛乳の代わりに、喉を潤してくれる。

（今日は仕上がったというより、自ら仕上げた感じだ）

最後は普通に給食を楽しんでいたように見えた甘利田だったが、やはりエビドリアでの失態が尾を引いているようで、食べ終えた表情は苦々しかった。

（……ん？）

一息つこうとしたところで、カチャカチャという音が聞こえてきた。何か作業しているようなその音が気になり、甘利田はメガネをかけて視線を向ける。視線の先では粒来が、皿の上でイチゴを潰していた。

（あいつ……それは）

イチゴは見事に果汁を吐き出すと、不自然なまでにキレイに潰れている。給食で使う先割れスプーンでは、あそこまでキレイに潰すことはできない。甘利田の視線に気づいた粒来が見せつけてくるのを確認すると、スプーンに細かい突起がたくさんついている。

（イチゴ潰しスプーン！　そんなもの持参しやがって。なんともいい感じに潰せているではないか）

イチゴを潰し終わると、粒来は牛乳をかけた。それを見て、甘利田は驚愕する。

（イチゴミルクかー！）

潰れた赤いイチゴが、白い牛乳と混ざって、鮮やかなピンク色になる。そこで終わらず、粒来は自分で用意したらしい器を取り出した。その上には茶こしがある。

（なんだそれ。茶こしに……砂糖か！　確かに家庭科室に置いてあった！　ドリア製作と並行して、イチゴミルクも想定していたというのか……）

甘利田は調味料で味つけすることをすっかり忘れていたが、家庭科室には確かに調味料が置かれていた。茶こしも、家庭科室から調達してきたと思われる。

粒来の行動力に甘利田が圧倒されている間も、作業は続く。砂糖を茶こしに入れ、茶こしを持つ腕をもう片方の手でトントン叩き、その振動で茶こしから砂糖を振りかける。

それを見ているうちに、普段給食で使うアルマイトの器に入ったイチゴミルクに、魔法がかかった。

足つきのガラス製の器に、ピンク色のイチゴミルクと鮮やかな潰れたイチゴの果肉が盛られ、細い板状のウエハースまで乗っている――そんな姿を、幻視したのだ。

（なんか……上質なデザートに見えてきた……）

しかも、それを両手で持ち上げた粒来の姿も、白い帽子に同じ色のコックコートを着たパティシエの姿に見えてきた。

（お前は……ケーキ屋ケンちゃんか！）

粒来が持つのはケーキではないのだが、「ケン」という名前にかかった（心の中とはいえ）発音しやすい言葉を咄嗟《とっさ》に選んでいた。その内心の叫びと共に、立ち上がる。

幻視した姿のまま、粒来はイチゴミルク（ガラスの器タイプ）を食べる。その姿に、エビドリアでのミスですら持ちえなかった敗北感が込み上げてくる。

（私は今日……自ら調理することへのプレッシャーから、給食全体を俯瞰《ふかん》で見ることを怠《おこた》った）

すでに食べ終えたエビドリアの器に手を伸ばし、先ほどまでの己を振り返る。

（さらに、うまくもないものを、うまそげに食えば敗北にならないと開き直り、あろうことか、うまさを……演じた。これは、私の給食道にとって、大いなる背徳だ）

自分がおいしいと思う食べ方で給食を食べる、給食道。それに則るなら、「味のないエビドリア」を、おいしく食べるための努力をするべきだったのだ。

甘利田は虚無の表情で床に倒れた。相変わらず、生徒たちは気にしない。

(完敗だ……今日私は……自分自身にも敗北した……)

騒がしい教室の一角で倒れたまま、甘利田は残りの給食の時間を過ごした。


時間は進み、下校時間。甘利田が一年一組に入室すると、世戸口が残っていた。帰りの準備をしているようだ。

「まだいたのか」

「もう帰ります。先生さようなら」

世戸口は会釈して、そのまま教室を出ようとした。

「今日、峰岸は休みだったな」

その言葉で、世戸口は足を止めて振り返る。その姿を見ることなく甘利田は続ける。

「家、わかるか?」

「知ってます」

「配膳室に余ってる給食、持っていってやれ」

甘利田の言葉に、世戸口は「はい」と嬉しそうな返事と共に、教室を出て行った。


一一月も後半となり、下校する頃にはかなり冷え込んできた。傘を差すほどではないが、雨もほんの少しパラついている。これが雪になるかもしれないと予感させるほど、空気は冷えていた。

帰宅のため校門を目指す生徒や、部活動に精を出す生徒たちに交じって校庭に出た甘利田は、白い息を吐きながら、寒さなど気にしていないとばかりに堂々と歩いていた。ふと、再び鉄棒で逆上がりにチャレンジしている粒来の姿を見つける。小雨も降る中、素手で鉄棒を握る姿に冷たさによる躊躇いは見えない。慣れているのか、すでに身体が温まっているからか。

歩み寄る間にも、何度も失敗している粒来を見ながら、甘利田は声をかけた。

「まだできないのか」

「はい。色々調べてるんですが……難しいです」

「難しく考えすぎてるんじゃないか」

今日一日の自分を思い返した甘利田から、そんな言葉が出る。楽しみにしていたエビドリアを自作することになり、図書室で料理について調べ物をした。調理の工程を叩きこんだはずなのに、それでも失敗した。

「知識でどうにかしようとすると、意外と遠回りすることがある——自分を信じてみたらどうだ」

状況によっては、知識だけではどうしようもないこともある。特に、その知識通りにいかない、予想外な事態が起きたときは。甘利田はその結果、自分自身にも負けた給食となってしまったが——知識ではなく自分の思う給食を食べるために邁進《まいしん》する粒来なら、同じように逆上がりができるのではないか。そんな風に甘利田は思っていた。

「お手本を、見せてもらえませんか」

粒来から言われ、甘利田はカバンを置いた。隣の鉄棒を、手袋のままつかむ。瞬間、素早く地面を蹴《け》り上げると同時に甘利田の身体が持ち上がり、力強い動きで逆上がりが成功する。粒来は目を丸くして「おお！」と歓声を上げると、拍手を送った。

「自分を信じろ」

鉄棒の上から甘利田が言うと、粒来は後押しされたのか、表情を引き締めて頷いた。鉄棒に向き直り、目を閉じる。言われたことを実践するための、儀式のように見えた。

目を開けると、そのまま勢いよく地面を蹴り上げ、一気にぐるんと身体を回転させる。鉄棒の上にいる甘利田と並ぶことができた。二人で、冷たい小雨を降らすどんよりした雲の向こうで日が暮れ始めた空を見上げる。

粒来、そして並ぶ甘利田の視界には、缶ポックリよりもさらに目線の高い世界が広がっていた。校門に向かう生徒たちの姿も遠くに見える。そんな光景に、粒来は目を輝かせた。

「……わあ」

「どうだ」

「今、人生変わりました」

感動した様子で空や校庭を見つめる粒来に、甘利田はいつもの仏頂面で口を開いた。

「……今日のエビドリアは、うまかったか？」

そんな清々《すがすが》しい粒来を見たから、甘利田は自分の失敗であるエビドリアの話をできたのかもしれない。

「失敗でした」

予想外な言葉が出てきて、甘利田は思わず「失敗？」と聞き返す。しばらく押し黙ったあと、粒来は続けた。

「……味つけを忘れました」

まさか自分と同じ失敗をしているとは思わず、甘利田は戸惑いを隠せない。

「だってお前、あんなに……」

「失敗でしたけど……自分で作ったから、おいしく感じました」

笑顔の粒来が、本気で言っているのがわかる。だからこそ何も言えなかった。

（私は、給食をこよなく愛している。そのことにおいては、一点の曇りもない）

粒来と共に、目線の高い位置から見える校庭と空を見ながら、考える。

（だが私はこれまで、給食は与えられるものだとしか思っていなかった。与える側のことを、真剣に考えてこなかった……）

自分が作れば失敗する、と刷り込まれていた甘利田。だが給食を作る人たちは、毎日問題なくおいしい給食を提供してくれている。そのありがたさを、今回のことで改めて感じることとなった。

（自分で作ったからおいしいと、奴は言った。もはや、理屈を超えたところに、奴は到達しているのか。それともただの天然か）

自分で作ったものが、おいしくなかった。甘利田にとってはそれが事実なのだが、同じ失敗をしているはずの粒来は、そこで止まらなかった。そこに一種の尊敬のようなものを感じる一方で、まだ何とも言えない部分もある。

（粒来ケン。奴との戦いは当分続きそうだ）
一方的なライバル心と共に、甘利田はまた明日からも、粒来に挑んでいくのだった。

メニュー七

北の汁物、カレースープ

「いいか。いくぞー。まず、扇《おうぎ》！」

体育教師の木戸の声が、体育館に響き渡る。その声に「えー」とうんざりした声を上げているのは、一年一組の生徒たちだ。体育の授業は男女別で行われることも多いが、この忍川中学では合同で行う。

今日の体育の授業は、組体操《くみたいそう》だった。同性同士で、三人組と五人組で分かれている。暖房機器のない体育館内の空気は冷えているが、生徒たちが寒そうにしている様子はない。生徒たちの反応にも容赦なく、木戸は「ほら、いくぞ！」と促して短くホイッスルを鳴らした。各々、組体操技である「扇」のために動き始める。

三人組の場合、真ん中の生徒が両手で左右の生徒と手をつなぎ、左右の生徒は真ん中の生徒の足に、両足を合わせる。

これが五人組になると、中央の三人のうち真ん中が左右の腋《わき》の下に手を入れて身体を支える。左右の二人目が、それぞれ左右の三人目と手をつなぐ。左右の三人目の生徒は、両足をそれぞれ二人目の足に合わせる。

「これで決めるぞ」

さらに笛の音を合図に、外側の生徒たちが身体を持ち上げる。

五人組の中央にいる粒来は、左右の男子の身体を支えていた。左側にはマルコもいて、左腕を引かれて苦しそうにしているが、真ん中にいる粒来はニコニコしている。

もう一度笛が鳴ると同時に、皆手を離した。

「よーし、よくできた。今年の一年は優秀だな」

「こんなもんで褒《ほ》められても嬉しくないよ」

「先生、ちょっと女子にはきついです」

満足そうな木戸に反し、浅葉と国生が不満げな声を上げる。

「いやいや、できてたできてた。大したもんだ」

「だからできてねぇって」

褒め続ける木戸に対し、溝渕が口悪く反論する。木戸はそれも無視して話を進めた。

「よーし、じゃあ最後は大技いくか。男子だけでピラミッド、いってみよう」

男子からは心底嫌そうなブーイングの声が上がる一方、大技を免除された女子たちは「イエーイ」と喜んだ。

体育館の中央にマットを三枚運んだあと、男子たちだけ体育館の中央に集められた。体格などを考えてグループ分けしたあと、誰がどの段になるか決めるため、ジャンケンを行う。女子は離れたところでそれを眺めていた。

ジャンケンを終えると、決まった段の順番に整列する。木戸が立つ正面から見て左側のマットの前には、一段目担当の一人となったマルコがいた。

「峰岸、お前休み明けだろ。上の段行くか？」

「大丈夫です。もう、元気です」

「俺、てっぺんがいいです」

木戸に気遣われたマルコがハキハキ答えると、同じ一段目である浅葉が割って入る。木戸は「ジャンケンで決めただろ」とそれを受け流した。

「じゃあ行くぞ。一段目」

言うとすぐに、短いホイッスルの音が響く。マルコと浅葉のいる一段目担当の生徒三人が、それぞれのマットの上に手と膝を突いた。

「二段目」

さらに短いホイッスルが鳴ると、二段目担当の生徒たちが、一段目の生徒たちの上に乗る。正面から見て左右担当の生徒たちは三人組の二段ピラミッドだが、中央担当のピラミッドは三段。てっぺんを飾るのは、粒来だ。

「よーし、じゃあラスト」

三回目のホイッスルと同時に、粒来は最上段を目指して登っていく。隣には、補助役の男子生徒も付き添う。

「粒来、フィニッシュだ」

無事二段目の生徒の上に乗った粒来に、木戸が声をかける。直後、ピピーと長いホイッスルの音が響いた。ゆっくり、バランスを確かめながら、二段目の二人の背中に膝を立て、足を乗せ、立ち上がった。両手を広げると、粒来はいい笑顔になった。

それを見た女子たちは突き動かされるものがあったのか、木戸たちの指示もないのに、男子のピラミッドの近くで各々組体操を始めた。

床に手を突き、扇の下部分の体勢になる一人技「片手バランス」を行う生徒が、左右のマットの前にそれぞれ一人ずつ。

　ピラミッドの後ろには、三人技「九十九折《つづらおり》」を行う三人が二組。一人が床に手と膝を突き、二人目が向かい合うように一人目の肩に手を置く。三人目が一人目の背に乗り、二人目の肩に手を置く。最後に二人目と三人目が足を水平に上げれば完成だ。

　そのさらに後ろには、互いの足を支え合いながら、頭上に腕を伸ばして手を合わせる二人技「高床式《たかゆかしき》倉庫」を行う二人が二組。

　最後に、補助役だった男子が中央のピラミッドの前に膝をつき、手を広げると――まるで体育館の中心に左右対称となった、一つの作品が完成したかのような空間になっていた。

「お前ら……最高じゃないか……！」

　木戸は、顔を覆いながら震えた声で呟く。最初は嫌そうに組体操をしていた生徒たちが、こんな一体感ある組体操を披露《ひろう》したことに感動したらしい。涙すら流していた木戸はそれを拭うと、粒来を見上げる。

「鳥になれ、粒来！　鳥に！　なるんだー！」

　感極まった木戸が叫んだ瞬間、中空を見上げていた粒来は、雷鳴《らいめい》に打たれたような衝撃を受けた。どうやら、また何か思いついたらしかった。

　職員室では、今日も甘利田は献立表を眺めていた。

（私は給食が好きだ。給食のために学校に来ていると言っても、過言ではない。この北の地に赴任して、給食はその土地の良さが生かされていることを知った。もし仮に、全国の給食メニ

ューを束ねる、大日本給食センターなるものがあったら、この良さは得られなかっただろう）

改めてこの土地での給食に思いを馳せる中、授業を終えた木戸が汗を拭きながら入って来た。木戸はやけに満足げであるが、甘利田にとってはどうでもよかった。献立表をハンカチで磨き始める。

（今日のメニューは、カレースープに白ご飯。うずらの卵の串揚《くしあ》げと、おつまみ感覚のアーモンドフィッシュ。デザートにフルーツのヨーグルト和えなど、脇役陣も豪華だ。ああ、心で、腹が鳴っている……）

まだ朝食からそう経過していないため、実際の空腹感はない。だが甘利田はいつも、給食を欲したまま一日を過ごすので、心の中の空腹は何ら不思議ではないのだった。

キュキュッと音を立てていつも通り献立表を磨き続ける甘利田だったが、ふとその手が止まった。最近甘利田の行動を真似していた比留川が、隣の席で浮かない顔をしていることに気づいたからだ。普段ならそのまま給食の妄想を続けている甘利田だったが、この日は珍しく献立表を静かに引き出しにしまう。

「比留川先生、どうしたんですか？」

さりげなさを装うためか、数学の教科書に手を伸ばしながら声をかけた。

「あ、ちょっと……意味がわからなくて」

「はい？」

「一組の峰岸マルコくん。ずっと休んでた」

「ああ、今日から出てきましたね」

「私、この前お見舞いに行ったんですよ。心配で。そしたら峰岸くん、普通に起きて勉強してたので、ちょっとだけレッスンを」

「レッスン？」

「休み中に進んだ単元のところだけ、プライベートで」

そこまで聞いた瞬間、甘利田は目を見開き、素早く比留川に顔を向けた。

「プライベート、レッスン！」

「え？　なんですかその感じ」

比留川は、不審そうに甘利田を見る。「美人英語教師による、男子中学生へのプライベートレッスン」と聞くと、なんだか妖しげというか、特別な感じがする。普段の甘利田は色恋に興味がなさそうに見えるが、酔《よ》うと無意識に（気になっている）美人を口説いてしまう性癖を持つ。そんな甘利田が素面《しらふ》でも反応してしまうくらい、「プライベートレッスン」という言葉の威力は強かったらしい。

自分でも予想外の反応をしてしまった甘利田は、珍しくオロオロし始めた。それを見た比留川は「それで」と話を戻した。

「さっき、私にお礼だって言ってくれたのが……これなんですけど」

そう言って、足元に置いてあったらしいものを持ち上げ、自分のデスクに置いた。

ひまわりにも似た花がサングラスをつけ、ご機嫌そうに笑う口のようなものをつけたおもちゃだ。

「なんですかこれ」

甘利田の問いに答える代わりに、比留川は土台にあったスイッチを入れると、パンッ！　と手を叩いた。すると一瞬、身体や葉の部分をくねらせた。それから「あー」と声を出すと、声が出ている間だけまた身体をくねらせ、花のおもちゃは踊りだす。それを見て、比留川は微笑む。

「これは……どういう原理で……」

「今流行《はや》ってるんですよ、フラワーロック。音が鳴ると、踊りだすんです」

比留川の話を聞きながら、甘利田はフラワーロックに手を伸ばしてしげしげと眺める。

「峰岸くんは、なんでこれを私にくれたんでしょうか？」

「ま……まっ……まったくわかりません」

声にフラワーロックが反応するのが気になり、甘利田は言い切るまでに間があった。

「あの……教師が生徒からのプレゼントって、どうなんですか」

「基本的にはＮＧです。ですが……」

と、甘利田の視界の端に、扉の窓から世戸口の姿が見えた。彼女は甘利田ではなく、比留川を見ていたようだ。廊下に向けられた甘利田の視線が気になったのか、比留川が振り返ると、世戸口はさっと姿を消すのだった。

校長室への扉をノックした甘利田は、坂爪からの返事のあと入室した。坂爪は執務用の大きなデスクで仕事をしていたようで、甘利田が姿を現すと立ち上がる。

「失礼します」

「ああ、甘利田先生。すみませんわざわざ。今日の確認をと思いまして」

「確認とは？」

「今日はほら、月一恒例の校長参加給食デーじゃないですか」

言いながら、坂爪はコーヒーを淹れるため歩き出す。甘利田は「ええ」と相槌を打つ。

「あ、私、今回、一の一に入りますから」

嬉々《きき》として言う坂爪に対し、甘利田は「そうですか」と素っ気なく返しながら、応接セットのソファに移動した。座ると、早速茶菓子に目をつける。

「いやあ、毎月生徒たちと一緒に食べるのも楽しみですが、今回は甘利田先生とご一緒できるのが嬉しいですね」

「は？　なぜでしょう」

「そりゃあ、甘利田先生を近くに感じられる機会なんて、あまりないですから」

「若干……気持ち悪いですね」

「またまた」

甘利田の給食時の様子を知っている坂爪としては、その様子を間近で見られることが楽しみ、ということなのだろう。だが自分の給食好きを隠せていると思っている甘利田からしたら、当然の感想である。知っていても、同じかもしれないが。

結局甘利田は、勝手に手をつけた茶菓子に意識を集中し、食べながらコーヒーが来るのを待つことにした。

甘利田が坂爪とお茶と茶菓子を楽しんでいる間の、休み時間。一年一組の教室の自席で、峰岸マルコは本を読んでいた。隣には世戸口がいて、頬杖《ほおづえ》を突いた状態でじっとマルコを見つめている。

視線が気になり、マルコは世戸口に顔を向け「……何？」と声をかけた。世戸口は視線をそらして少し躊躇ってから、再びマルコを見る。

「今朝、比留川先生に何あげてたの？」

「この前お見舞いに来てくれたから、そのお礼」

それを聞いて、世戸口は口を尖らせた。

「私も毎日、パンとか届けたよ」

「給食は嫌いだから……いらなかった」

バッサリ切り捨てるマルコに、世戸口は一瞬目を丸くすると「ひどい」と不貞腐れるように呟いた。

先日、世戸口は甘利田に、自分の行動を咎《とが》められた。自分が長年かけて編み出したやり方では、他人に爪痕を残せず罪だけが残る。だから世戸口は、違うやり方で「他人に爪痕を残す」ための行動に出た。きっかけこそ甘利田に頼まれたからだが、毎日続けた。

だが、長年間違ったやり方でやってきたこともあってか、そううまくはいかない。マルコは、給食を残していた。そのことに思い至れば、世戸口の行動がマルコにとってどうなのか、想像できたことだろう。

「……ごめん」

暗に迷惑だったと意思表示したマルコだったが、世戸口の反応を見て申し訳なさそうに謝罪する。給食を届けていた世戸口に、悪気がないことはわかっていたのだろう。

同時に世戸口は、お礼を渡されない自分と、お礼を渡された比留川の違いを明確に感じた。

それを確認したくなった世戸口は、口を開いた。

「……先生のこと、好きなの？」

「そんなんじゃないよ」

否定するマルコだったが、世戸口は「バレバレ」と笑う。彼女自身がマルコに興味があるからこそ、そう感じ取ってしまう。自分は、比留川ほどマルコに好かれていないのだ、と。寂しく思う気持ちを、世戸口は笑って隠した。

そんな世戸口の心情など知る由もないマルコは、遠くを見るように前を向くと続けた。

「先生と、僕は……似てるから」

「え、どういう意味？」

予想外の言葉に、世戸口は不思議そうに首を傾げる。マルコが再び世戸口を見たとき、何か違和感があることに気づき「あれ？」と声を上げた。

「峰岸くん、日本語うまくなってる」

日本語を話すのに難がある。そう説明されていたマルコが、いつの間にかしっかり受け答えができるようになっていた。自然過ぎて、直前まで世戸口が気づかないくらいに。

「日々、精進してます」

マルコはそう言って、少しだけ自慢げに笑っていた。

　数学の授業を終えて教室から出てきた甘利田が廊下を歩いていると、洗い場にいる粒来の姿が目に入った。

「粒来、何をしてる」

　甘利田が声をかけると同時に、粒来は洗っていたもの——細長い影のようなものが見えた——を、慌てて背中の後ろに隠す。

「何を隠した」

「それは秘密です」

「いいから見せろ」

「じゃあヒントは……」

　予想外の言葉に甘利田は「あ？」と疑問の声を上げる。粒来は気にせず続けた。

「未知との遭遇《そうぐう》」

「ふざけてるのか」

　意味不明な言葉に凄《すご》む甘利田だが、粒来は気にした様子もなく頭を下げると「失礼します」とだけ告げて立ち去ってしまうのだった。

　配膳室前にやってきた甘利田は廊下の壁に張りつき、空の給食缶や牛乳瓶ケースが積まれた棚の隙間から、配膳室の中を覗き込んでいた。今日の献立のメインとなる、ある料理の香りが鼻をくすぐる。そこに、配膳室から牧野が出てきた。

「ちょっと先生」

背中から声をかけられた瞬間、甘利田は棚の天板に頭をぶつけながら這《は》い出る。足早に廊下を走り去ろうとすると、牧野が続ける。

「偵察《ていさつ》なら堂々とやってくださいよ」

「偵察？　なんのことやら」

何事もなかったかのように振り返って答える甘利田だが、メガネがずれていた。牧野は笑って続ける。

「ま、わかりますけどね。今日は、カレーだし」

すでに配膳室から漂うのは、スパイシーなカレーの香りだ。甘利田はメガネをかけ直すと、足早に牧野の前まで歩み寄る。

「まったく興味はありませんが、一つ質問があります」

「あら珍しい。なんですか？」

「たまたま偶然奇跡的に目に入った献立表に、『カレースープ』とありましたが、あれはカレーではないんですか？」

　不自然なほどに献立表についての前置きが長いが、甘利田が「興味のない振り」をしていることを理解している牧野は、気にすることなく答える。

「いわゆるカレー、ではないわね」

「この地域では、よく出るものなんですか。全然興味はないですが」

あくまで「今日の給食であるカレースープに興味はない」ということを強調する甘利田だが、

牧野は気にした様子もなく続ける。

「あんまり聞かないけど、最近出るようになったかしら」

ここまで聞いておいて興味がないとばかりに「そうですか、ふーん」と素っ気なく返して立ち去ろうとすると、牧野は「あ、そうそう」と何かを思い出したように付け加えた。

「さっきセンターの人と話したら、こっそりサプライズがあるんですって」

曲がり角を一度曲がって姿を消していた甘利田が、わざわざ戻ってきて「サプライズ？」と復唱した。牧野は「うん」と大きく頷く。

「今日のカレースープの中に、ラッキーニンジンが入ってるそうよ」

追い打ちの情報に、甘利田は再び牧野の前まで足早に移動。額がぶつかりそうなくらい近づいて続ける。

「ラッキーニンジンとはなんですか？　あ、いや、べつにどうでもいいんですが、一応」

どうでもいいと思っている人間の食いつき方ではないのだが、実際給食のことであればどんな小さなことでも知りたい甘利田としては、当然の反応であった。

「中に少しだけ、星形とかハート形のニンジンを混ぜてるって」

「なんのために？」

「生徒が発見したら喜ぶじゃない。粋《いき》な計らいよ」

「粋な計らい……なんですかね……」

言葉とは裏腹に、甘利田の顔は正直だった。自分が星形やハート形のニンジンを見つけたときのことを想像して、頬が緩んでいる。

「もう、楽しみにしちゃって！」

甘利田の、建前の態度には一切ツッコミを入れない牧野だが、給食に対する素直な態度には即反応する。そして甘利田も、牧野の反応で我に返った。

「楽しみになど、していない」

力強く否定すると、牧野に背を向けてその場をあとにする。

（ラッキーニンジンは、私がいただく！）

甘利田の頭は、すでにそのことでいっぱいになっていた。


配膳室からまっすぐ職員室に戻った甘利田は、自席につくとすぐに引き出しから献立表を取り出し、眺める。

（奴は今日、どう出る。そういえば、さっき……あいつ、何か洗っていたな。かなり入念な感じだった。一体何を……）

廊下の洗い場で遭遇した粒来が、甘利田に何かを隠していたことを思い出す。さらに、意味不明な謎の「未知との遭遇」という言葉を残していた。

（いかん、イライラしてきた。大事な戦の前に、クソ……この精神状態はよくない）

苛立ちをぶつけるように、勢いよく献立表をしまう甘利田。その視界の端で、何か動いたような気がした。

ひまわりのような花の顔にサングラスをして、笑っているような口が描かれたおもちゃ——フラワーロックである。比留川が、デスクの上に置いたままにしていたらしい。

デスクをバンッと叩くと、身体や葉をクネクネと揺らし、フラワーロックは踊る。

フラワーロックを手に取り、目の前に置いてじっと見つめる。

(これを見ていると……なんだか、落ち着く)

さっきまで苛立ちで力んでいた甘利田の顔から、力が抜けていく。不思議な気持ちになりながら、甘利田はしばらくフラワーロックに釘づけになっていた。

時間は進み、給食の時間となった。いつものように給食の準備を進める中、坂爪が「はーいよろしくねー」と声をかけながら、机と椅子を持参して一年一組の教室に入って来る。黒板側の扉に近いグループに加わった。

配膳が終わり、校歌斉唱が始まると、比留川だけでなく、校長も一緒に歌う。甘利田も自席でいつものように激しく歌っているが、手の振り方がフラワーロックのようにちょっとクネクネした動きになっていた。そしてこれもいつもの通り、誰もそのことを気にしていないのだった。最後にデスクに手をぶつけるところも、含めて。

そうして、「いただきます」の挨拶まで終えると、給食が始まった。メガネを外した甘利田の真剣な目が、トレイの上を見つめた。

(今日のメニューは、北で出会ったカレーの新たな可能性、カレースープ。サイドメニューにうずらの卵の串揚げ。いつもの銀シャリに瓶牛乳。カレーのあとの口休め、フルーツのヨーグルト和え)

スパイスの色に染められながらも、とろみの少ないカレースープには、ニンジン、ジャガイモ、玉ねぎ、ナス、ピーマン、レンコンといった野菜がゴロゴロ入っている。普段のカレーライスとはやはり違うが、香りは確かに食欲をそそる馴染みのあるカレーの香りだ。

隣の器には、黄金の衣に包まれたうずらの卵が三つ串に刺さったうずらの卵の串揚げ。白米の器に加え、ミカン、リンゴ、パイナップルなどがトロッとしたヨーグルトに包まれているフルーツのヨーグルト和えが入った器も並ぶ。今日の瓶牛乳も「甘」印つきで温かい。

（そしておやつであり、おつまみでもある、みんな大好きアーモンドフィッシュ。これで締められる今日の給食は、もはや仕上がりが見えたと言っていい）

手の中にある小袋を見つめると、目を閉じて最後の儀式である精神統一を行い——刮目、先割れスプーンを握る。

（カレーとくれば、この一本。今日も張り切っていこうぜ、相棒）

まずはカレースープにスプーンを浸し、掬う。そのまま口に入れるのではなく、器に少し垂らした。粘度《ねんど》の確認である。

（確かに……これはスープだ。日本の給食カレーがこだわってきた粘度がない。ほぼ完全なる水分。味はどうなんだ……）

不安と共に、先割れスプーンに残ったスープを口に運ぶ。瞬間、衝撃で固まった。

（これは、カレーそのもの。しかも出汁の旨味とスパイスがより効いている。だがしかし、実態としてはサラサラのスープ。これは、新しい）

今度はジャガイモと共にスープを掬い、一口。ジャガイモがほろりと溶けて溢れ出る甘みと、口に広がるカレーと出汁の気配が消える度に、何度もスープを掬う。

(ふふ……これは……やばい……ぜんぜん止まらん……)

一度器を置き、欲望に忠実故に止まらなくなった右手を、理性の左手で抑え込む。今にもカレースープに先割れスプーンを突っ込もうとする右手に対し、甘利田は立ち上がって応戦する。

(おおっ！　落ち着け！　幸男！)

念じながら左手で押さえつけるが、欲望はなかなか収まらず、しばらく両手の拮抗《きっこう》状態が続く。だが勝者は理性の左手だった。再び椅子に腰を下ろす。

(よし……なんとか抑え込んだ。さて……どうしたものか……)

欲望の右手を押さえる際に動いてしまったデスクを元の位置に戻しながら、考える。

(これはまごうことなきカレー。ご飯との相性は抜群だ。しかしいつものカレー、ではない。かけて食べるのは若干の抵抗がある。あくまでこれはスープ、そう汁物だ。したがってこれをご飯にかけるということは、味噌汁をかけたねこまんまと同じことになる……)

甘利田自身、ねこまんまがマズイと思っているわけではない。むしろおいしいことは知っている。だが行儀の良い食べ方ではない。などと色々考えているうちに、だんだん呼吸が荒くなってきて、自身の頰を叩いた。

(落ち着け！　未知のモノと出会う快感を味わいながらも、どう攻略《こうりゃく》すべきかの最適解を求めるんだ)

スープに先割れスプーンを差し込み、改めて具を確かめる。

(大きめに切った肉や野菜がたっぷり入っている。これは汁物として完成している……答えが出た。ここは、スープとメシは別々に食すべし！)

迷いのなくなった甘利田は、気合いを入れてゴロゴロ野菜とスープを掬って口に運び、咀嚼してから白米を食べる。

スパイスと旨味が染み出したスープを吸った野菜の味で満ちる口内。そこに噛むほど溢れる白米の甘みが広がる。甘利田は頬を緩めていた。

(うまい。ご飯が進む。ほぼ口の中でカレーライスが出来上がっているが、私はあくまで別々に食べている。なんでも合体すればいいというものではない。主食と副菜の序列を守りつつ、最大限の味わいを実現させる。これが、大人のスキルというものだ……)

自分の食べ方に大満足な甘利田はほくそ笑むが、ふと顔を上げて教室を見ると――

(みーんな、ぶっかけとる!)

生徒の半分以上が、ご飯にスープをぶっかけて食べていた。視線を巡らせると、比留川もかけて食べていた。さらに校長まで視線を移動させると。

(校長までぶっかけとる)

甘利田と同じように食べている生徒もいるが、校長や他の生徒たちは嬉しそうにスープカレーご飯を食べている。その様子に、思わず見入っていた。

(なんと……うまそうな……あ、いやいや、違う。これはスープだ。カレーというワードに皆引っ張られている。正しいのはこっち。大人げないぜ校長)

自分が正しいという気持ちを胸に、甘利田はうずらの卵の串揚げを手にした。

(こいつで一旦、休憩しよう)

そのまま食べようと口元まで持って来たところで、ふとその手が止まる。そして、甘利田の意思に反して、カレースープに近づいていった。

うずらの卵の串揚げの衣にカレースープを浸したい——そんな欲が、甘利田の内から湧き上がったのだ。しかしその寸前で、左手が右手首をつかんだ。

（こら幸男！　またか、てめぇ！）

うずらの卵の串揚げをカレースープに突っ込もうと暴れる右手を押さえて、串揚げを口に入れようと奮闘する左手。だんだん身体がのけぞり、気づいたら椅子から落ちていたが——最後には、うずらの卵の串揚げをそのまま頬張った。

サクサクの衣から、固まった白身としっとりした黄身の食感となる。カレースープのスパイシーさがない普通のうずらの卵の串揚げの味に、無意識に少し物足りなさを感じながらも、咀嚼する。

（危なかった。恐るべきカレーの魔力。どんな食材をも引き寄せる。ふう、危うくぶっこむところだったぜ。首尾一貫《しゅびいっかん》、ブレない男として私は……）

またも動いたデスクを戻しながらそこまで思った甘利田の視線は、まるで引き寄せられるように教室内へ向けられた。

甘利田の視界に入った生徒たちは全員、うずらの卵の串揚げをカレースープに浸して食べていた。当然坂爪や、比留川までも。

（ぶっこみまくってるー！）

欲望を抑えてまで選んだ食べ方が少数派となりつつある事実を胸に、甘利田は再びトレイと向き合う。

（こうなったら……いざ！）

己の迷いを振り払うように、甘利田はカレースープ、白米、うずらの卵の串揚げを順番に続けて食べた。

（うずらフライ入りのカレーライスを、私は食べている。たとえ入り口は別々でも、間違いなく、それは口の中で実現している）

うずらフライ入りカレーライスとなった口と一緒に身体を動かし、幸せに浸る甘利田。串揚げのつけ合わせだったプチトマトを食べ、フルーツのヨーグルト和えは一気に食べ切る。

（ああ、うまい。私は今、充実している……）

フタを開けた瓶牛乳も飲み切った。ふうと一息。

（なんか色々疲れたが、今日は最後に癒やしの小袋がある）

アーモンドフィッシュの小袋を手に取ると、端を千切って開封。中のアーモンドと小魚をつまんで、チマチマと食べていく。

（私はこいつの大ファンだ。甘辛いカリカリ食感の小魚と、ローストした香ばしいアーモンドの組み合わせ）

だがまだ半分以上ある状態で、袋から口に直接流し入れた。一気に食べたい気分になったらしい。

（イライラの原因はカルシウム不足という俗説《ぞくせつ》があるが……たとえ俗説でも信じよう。今の私のイラつきは、完全に鎮静化した……）

最後のアーモンドフィッシュを咀嚼して飲み込むと、満足感が広がる。

(今日も、仕上がった……ごちそうさまでした)

背もたれに倒れ目を閉じ、恍惚とした気分に浸ろうとしたとき——ビニールの上で何かを転がすような音が聞こえてきた。

(……なんだ？)

音が気になり、目を開けてメガネをかけた甘利田は、音の元が粒来だと理解した。

(あいつ、何を……)

よく見ると、粒来はアルミホイルの上に白米を置き、サランラップで包んだリレーに使うバトンで伸ばしている。

(バトンだと……麺棒の要領で使って、白米を伸ばしている。そうか！　あのとき洗っていたのは、そのバトン！　ご丁寧にラップまでしてやがる)

一つ謎が解けたところで、また新たな謎に気づく。

(だが……それをどうするつもりだ。そんな手の込んだ真似をして、どういう効果が得られるというんだ)

出来上がった白米を伸ばし広げたものを眺めると、粒来はストーブに目を移す。つられて、甘利田も視線を動かすと、そこにはすでに、同じものが焼かれていた。両面をすでに焼いていたらしく、上にはところどころ焦げ目ができている。

(すでに焼いてるー！)

思わず甘利田は立ち上がった。粒来に気を取られていて、ストーブの上にまで甘利田の意識が向かなかったようだ。甘利田が驚愕している間に、粒来は焼いた白米の生地ともいえるものを取ると少し千切り、そのままカレースープの中に浸した。

スープを吸って黄色くなった生地の上に具も少し乗せ、そのままパクリ。おいしかったらしく、嬉しそうに粒来は甘利田を見た。瞬間、甘利田は閃いた。

(それは、ナン⁉)

内心で叫びながら、甘利田は首を傾げていた。

(いやいやいや、ナンは小麦粉だ。なんで米なんだ。そんなのナンでもなんでもない。大体なんでナンなんだ。ナンなんて食ったことないだろ。なんてことだ! 俺だってないのに!)

甘利田が混乱している間も、粒来はどんどん米の生地——ナンもどきを食べていく。そしてだんだん、粒来がナンもどきをスープにくぐらせる様子に見とれ始めていた。

(未知との……遭遇……)

洗い場でバトンを洗っていたとき、粒来がヒントを出していたことを思い出す。

(そうか……カレースープという難問に直面したとき、奴は素直にぶっかけるという手法に出なかった。人は未知のモノと出会ったとき、自分の知っているモノに引き寄せようとする。皆はカレーだと割り切ってぶっかけ、私は汁物だと決めつけて別々に食べた。しかし奴は違った。未知のモノに、未知のモノをぶつけにいった。それが奴の給食道……もう、私には、あれが……ナンにしか見えない)

そう結論づけた甘利田の目には、粒来のナンもどきはナンそのものに見えていた。いびつな楕円形《だえんけい》で、ところどころ焦げ目とバターの黄色い油が浮くナン。それを手に取る粒来の姿も、白い襟の立った膝丈ほどの長いシャツに、ターバンっぽい帽子、肩には布——なんとなくインド人っぽい格好になっていた。

自分の幻想に驚いた甘利田は、慌ててメガネを外すと目をこする。メガネをかけなおして粒来を見ると、いつもの詰襟姿に、ナンもどきを嬉しそうに食べる姿に戻っていた。

（ああ、うまそうだ……）

甘利田が珍しく、羨ましい気持ちを素直に抱いたとき——粒来が「あ」と声を上げた。具を乗せようとしたスプーンに、星形のニンジンがあった。

（ラッキーニンジン！）

粒来のニンジンを確認すると、「あ、なんだこれ」と坂爪の声がした。引き寄せられるように坂爪を確認すると。

「こんなの入ってたぞ」

ハート形のニンジンを、周りの生徒に見せるため掲げる。同じグループの生徒たちが「おお」とか「かわいい」と楽しそうな反応を見せた。

（お前もかー！）

さっきまでの穏やかな気持ちはどこへやら、狙っていたラッキーニンジンを粒来、そして今日たまたま一年一組にいただけの坂爪にかっ攫《さら》われた悔しさから、甘利田は床に座り込んだ。

（負けた……今日は色々と……負けた）

敗北感に打ちひしがれ、今日も甘利田は床の上で残りの給食の時間を過ごすのだった。

放課後。人の気配がない階段前にマルコを呼び出した比留川は、フラワーロックを差し出した。素直に受け取るマルコ。

「やっぱり、先生が生徒から物はもらえないの。ごめんね。気持ちだけいただくから」

マルコは、申し訳なさそうに言う比留川をまっすぐ見る。

「先生は、大丈夫なんですか？」

「ん？」

「英語だと大声出せる病、って聞きました」

マルコの家を訪問した際に話したことを思い出した比留川は、「ああ……」と苦笑する。

「僕も、そうでした」

「そうなの？」

意外そうにする比留川に、マルコは笑顔で頷きながらフラワーロックを見せる。

「パパが、これをくれて……不思議なんですけど……毎日見ていたら、英語も日本語も変わらないんだって、思ってきました」

「確かに……すごいうまくなってる」

マルコの言葉に、比留川は心から納得していた。

甘利田も、フラワーロックを気に入っているようだった。さすがに、自分がいないときに、精神の安定に使っていることを比留川は知らないが。

目の前で堂々と喋るマルコを見れば、フラワーロックに何か不思議な効果がある——のかもしれない、と比留川はなんとなく思った。

「だから先生に、これをあげようと思いました」

「ありがとう……でも……」

「僕は必要ないですから」

しっかりした受け答えをするマルコの言葉に、比留川はどこかドキリとした。

フラワーロック。音に反応して動くだけのおもちゃだ。当然音声でも反応するが、そこに言語は関係ない。ただ「音」さえあれば、フラワーロックは動くのだ。そんなところが、マルコにとって「英語も日本語も変わらない」と思わせたのかもしれない。

日本語と英語では、多くのことが違うかもしれないが――人とコミュニケーションを取るための言語であることに変わりはないのだ、と。

今の自分は、彼ほど堂々とできているだろうか。甘利田を観察することで、少しずつ変わっていけているという気持ちはあるけれど――

「次は先生の番です」

マルコの言葉は、自分にはまだまだ変われる余地があると言っているような気がした。


この日の帰りも、甘利田は駄菓子屋へやって来た。いつもと違うのは、店先のベンチではなく、店内にある木造テーブルとパイプ椅子に座っていることだ。

どうやらおもちゃエリアらしく、壁に水風船やスーパーボール、シャボン玉や手芸セットといったものが配置されている。紙に貼りつけられていて、必要な分だけ剝がして購入するシステムだ。

甘利田の手には、すでに目的のものが握られていた。

（今日はこれだ。駄菓子における甘味の定番、さくらんぼ餅《もち》）

指先程度の大きさの正方形をしたピンク色のさくらんぼ餅が、プラスチックの容器に収まっている。封を開け、その中の一つを付属の爪楊枝《つまようじ》で突いて持ち上げる。

（基本、辛めの給食の日は、甘めの駄菓子と決めている。カレーのスパイシーさをまろやかな甘さで中和してくれる、嬉しい一二粒。爪楊枝でチマチマ食べるのがまたいい）

アーモンドフィッシュといい、甘利田は「チマチマ」食べるのが好きらしい。

食べるたびに幸せな気持ちになるうち、ガラが悪く見えそうな細いサングラスをかけ、ガムを噛んでいるサキが店内に入って来た。ガニ股で近づいてくる。

（なんだ……？　今日のババアは、どうやらツッパリくんになり切っているようだ）

それに気づくと、なおも睨んでくるサキから視線を外す。

（あーわかったわかった！　はいはい。無視無視。今は甘味に集中しよう）

気を取り直して一粒食べると、サキが何かを差し出してきた。急な動きに驚き、甘利田は思わず立ち上がった。差し出されたのは、薄い板状のガムだ。パッケージから取り出しやすいように、一枚だけ少し飛び出している。

甘利田が戸惑いながらサキを見ると、いつもの仏頂面のまま小さく頷く。「一枚くれてやろう」という意思表示だと受け取った甘利田は、小さく頭を下げてガムをつまんだ。

瞬間、ガムを取ると同時に金属棒が飛び出し、甘利田の指を弾《はじ》いた。甘利田の指に痛みが走り、思わず「あっ」と短い悲鳴を上げる。

それは本物のガムではなく、「ガムパッチン」というイタズラ用のおもちゃであった。

甘利田の反応を見たサキは、悪い笑みを浮かべ、「大成功」とばかりに親指を立てて去って行った。

（今日は何かとストレスが溜まる）

忌々しく思う甘利田だったが、気を取り直してさくらんぼ餅を楽しんだ。

駄菓子屋を去り、家路につく途中。海の見える道を進んでいると、甘利田の目に粒来の姿が見えた。缶ポックリに乗って歩いている。その歩みはゆっくりで、今も練習中らしい。

「まだやってたのか」

「先生もどうですか？」

粒来からの誘いを「結構だ」と切り捨てると、同じくらいの視線の高さになった粒来に歩み寄り、額をぶつけそうなくらい顔を近づけた。

「お前、ナン、食ったことあるのか？」

「はい？」

「あんなハイカラなもの、どこで食べた？」

怒りと羨望《せんぼう》の混じった声音で詰め寄る甘利田に、粒来はしばらくきょとんとしてから、不思議そうに「ナンって、なんですか」と答えた。予想外の回答に、甘利田に衝撃が走る。

「お……お前……ナン、知らないのか」

「知りません」

「だったら……どうして、あんなこと」

米を伸ばしてストーブで焼いたのは、ナンの再現だと信じて疑わなかった甘利田は、この事実が受け入れられなかった。幻想まで見たのは、甘利田の勘違いだったわけだ。

「『未知との遭遇』に出てくる円盤を作ろうと思ったけど、失敗しました」

あっさり意図を述べた粒来は、再び缶ポックリで歩き始めた。練習を再開した粒来を置いて、甘利田はその場をあとにする。

(私は給食が好きだ。一日の全エネルギーを給食に捧げていると言っても過言ではない。そんな私の思いを、ド天然の中一が軽々と凌駕《りょうが》していく。このやるせない気持ちは、一体何なんだろう)

思い込みというものは、良くも悪くも強い。「ナン」の存在を知っていれば、「生地を伸ばして焼き、カレーにつけて食べるもの」と言えば「ナン」しか思い浮かばないだろう。仮に食べたことがなくても、その真似をした、と思い込んでしまう。結果、粒来はその「思い込み」の先を行っていた。

甘利田はこれを、ただ「考えすぎただけだった」とは思えなかった。人の多くは、自分の思い込みに、なかなか気づけないものだから。

立ち止まり、海を見る。気持ちに答えがない代わりに、甘利田は給食でのことを思い返した。

(ただ今日一つ、大きな発見があった。シャビシャビのカレーも、悪くないもんだ)

汁気たっぷりなのに、立派なカレーだったカレースープ。汁物として甘利田は食べたが、つけたり浸したりという食べ方だっておいしいに決まっている。だから誘惑されたのだから。

ストレスを感じる一日の中で、それだけは甘利田にとって幸せな発見なのだった。

メニュー 八

焼き色は裏切らない

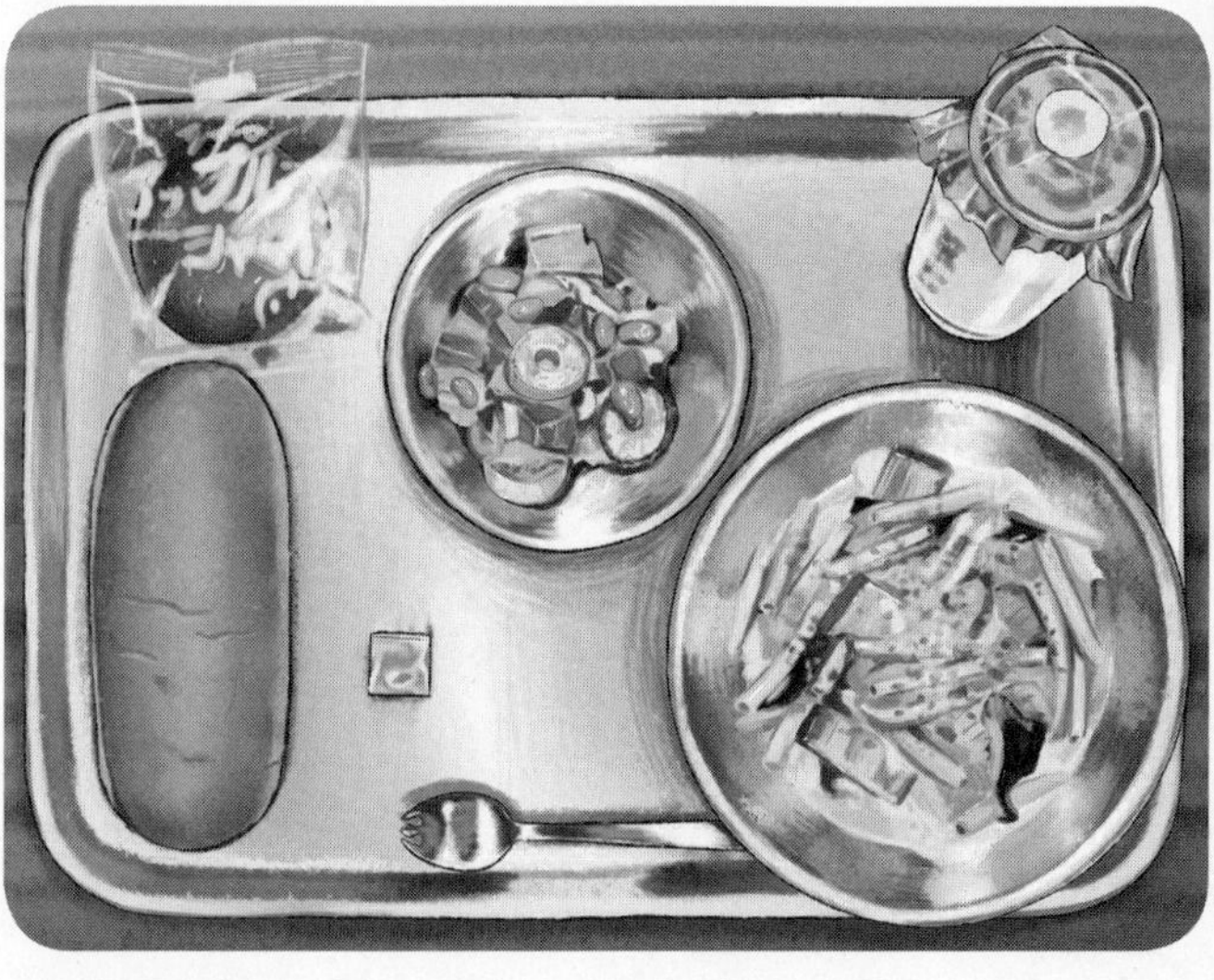

一九八八年——冬。

一二月に入ってすぐの週明けであるこの日の朝は、雪がちらついていた。登校してくる生徒たちは勿論、身だしなみのチェックをしている甘利田や比留川と木戸も、傘を差している。

生徒はマフラーをする者が多く、比留川も暖かそうなコートに手袋、耳当てをしていた。甘利田と木戸は、相変わらずジャケットとジャージ姿で寒そうだ。

（私は給食が好きだ。給食のために学校に来ていると言っても過言ではない。給食は、私にとって一日で最も充実した食事だ。教師が生徒以上に給食を楽しみにしているなどと知れたら、私の威厳は失墜する）

冷えた空気に負けないよう、今日も給食に思いを馳せながら生徒に声をかける。そんな生徒の流れが一瞬途切れたところで、強い冷たい風が吹き、甘利田は思わず身を震わせた。

（それにしても、最近冷えてきた……）

近頃は、学校の行き帰りではマフラーや手袋に加えてコートを着用するようになった甘利田だが、校門に立つときはジャケットのみだ。そして生徒がやってくればすぐに背筋を伸ばし、生徒たちに挨拶した。

給食が好きということだけではなく、寒いのが苦手だという弱みも見せないようにするために。

（……なので、私はあえて、厳格な姿を見せ続けなければならない。我ながら、大変な宿命を背負ってしまったものだと思う……）

　自ら進んで宿命を背負う甘利田だが、相変わらず自分の給食好きが知られているという事実には、気づいていないのだった。

（今日のメニューはチーズグラタン。この地に来て、乳製品の概念がガラッと変わった。とにかくコクが違うのだ。そして表面を……アレしてしまうから、もうたまらない……）

　直前に考えていた宿命のことなど忘れたかのように、甘利田が給食の妄想で頰を緩め始めた一方で、木戸と比留川は変わらず生徒たちを出迎えていたように見えたが――

「おい、髪が長いぞ！　おいそこ！　前髪はオンザマユゲだ！」

　今日の木戸は、様子がおかしい。ハイタッチの構えはなく、鋭い目つきで生徒たちに注意をしている。上背があるので、生徒たちを見下ろしながら厳しく注意する態度が加わると、威圧感が強くなる。

　甘利田としてはどうでもいいので、妄想続行。普段と違う木戸の隣にいる比留川が、ついに声をかけた。

「今日、どうしたんですか？」

　瞬間、木戸は満面の笑みで比留川に向き直った。話しかけられるのを待っていたようだ。

「あ、はい。生徒たちに……朝、気合いを入れようと思いまして」

「甘利田先生の真似ですか？」

「違います。こういう面も、僕にはあるということです」

　ちょっとカッコつけているような、わざとらしい言い回しだ。

とりあえず納得したからか、比留川は頷くと何も言わずに生徒たちへの挨拶に戻った。

（今日は、アレを、絶対にゲットしてやる）

二人のやり取りなど意に介さず、甘利田は今日の目的を設定《せってい》し、気合いを入れる。直後、再び寒風が甘利田を通り過ぎていく。寒気に耐えられず、思わず震える。

（……早く……校舎に入りたい）

今はただ、早く時間が経つことを祈る甘利田なのだった。


職員室に戻り、教職員たちの朝礼が始まった。坂爪が話をする中、甘利田が献立表を磨くキユキユッという音が響いているが、慣れている教師たちはスルーしている。

「それから三学期に向けて、今年も学芸会の準備を始めていただきます。今年はちょっとこう、趣向を変えようかな、と思っています」

坂爪の言葉に、職員たちがざわつくが、甘利田の動きは変わらない。

「今年は、各クラスオリジナルの演目をやってもらいましょう」

続く坂爪の提案に、木戸が「はい」と挙手をした。坂爪の許可を得て質問する。

「台本はどうするんですか」

「ああ……本当は生徒の手作り、と言いたいところですが……さすがに荷が重いでしょうから、各担任の先生にお願いします」

「え、僕らが書くんですか」

決定事項のような坂爪の言葉に木戸が抗議の声を上げると、他の教師たちも「いやいやいや」とか「無理ですムリです」と現実的ではないことを苦笑してアピールする。

　そんな中でも、甘利田は一人給食について考えていた。

（給食におけるチーズグラタンには格差社会がある。配膳時、先頭近辺に並んだグループと後方のグループでは、明らかに埋めがたい格差が生じる。それは表面の焦げ目の部分、別名カリカリちゃん。あの割り当ては必然的に先頭から数人に限られてしまうという事実だ）

「――甘利田先生」

　一人妄想の世界に浸っていた甘利田を呼んだのは、坂爪だ。慌てて献立表を引き出しに突っ込んで立ち上がる。

「甘利田先生はどう思いますか」

「カリカリちゃんですよね……」

　焦りのせいで、妄想での言葉を口にしてしまう。当然坂爪は「カリカリちゃん？」と怪訝《けげん》そうにしている。その声でようやく、甘利田は我に返った。

「な……何がですか！」

　自分の妄想の中でしか使っていない（はずの）言葉を坂爪が発したことで驚き、逆切れのような反応になる甘利田。それを見て、木戸が苛立った様子で口を挟む。

「だから、会議、参加してくださいよ」

「やればいいじゃないですか、オリジナル台本」

「聞こえてるじゃないですか」

「甘利田先生も書くことになります、けど」

木戸がツッコミを入れると、坂爪が確認するように付け加える。すると甘利田は、比留川を振り返ってから答えた。その意図がわからず、比留川は不思議そうに首を傾げる。

「まあ、なんとかなるでしょう」

「それは心強い。じゃあ皆さんそういうことなんで……来週までに台本、よろしくお願いします」

覆せないことを悟り、木戸を含め教師たちはげんなりと肩を落とした。その様子もどこ吹く風で、坂爪は「あ、それから」と別の話を始める。

「今日、吉報がありましてね。先日、忍川町全中学で行われた給食作文コンクール。なんと我が校から、金賞が出ました」

教師からも「おお」と歓声が上がる。坂爪は後ろに準備してあった賞状を取り出すと、読み上げる。

「……一年一組の丸本米子さん。甘利田先生、さすが一組」

坂爪が笑顔で発表するが、すでに甘利田は献立表磨きに戻っている。注目を集めていることに気づかない甘利田に対し、教師たちの間からパラパラ拍手が起こった。

始業時間となり、甘利田と比留川はホームルームのため一年一組に向かう。共に廊下を歩きながら、比留川が甘利田に話しかける。

「お芝居《しばい》の台本なんて、大変ですね」

「私がなんとかなると言ったのは、比留川先生が副担任だからです」

「はい？」

「だって比留川先生は、語学の人じゃないですか」

「あの……中学生に、英語を教えてるだけですよ」

比留川が苦笑すると、甘利田は足を止めた。

「立派な語学だ。言葉を扱える人なら、台本なんてお手のもんでしょ」

「まったくお手のもんじゃありません」

キッパリと言う比留川に、甘利田は意外そうに「え、そうなんですか」と返す。

「当然です」

「それは、困りましたね」

「え、本気で私をアテにしてたんですか」

「だって、英語教師だし」

「お芝居の台本ですよ」

必死に無理だと主張するような比留川の態度で、初めて自分が選択を間違えたことに甘利田は気づいた。

「アテが、外れました」

そう言う割りには困っているようにも見えない表情で、甘利田は再び廊下を歩きだした。

一年一組の、朝のホームルーム。丸本が給食作文コンクールで金賞を取ったことを発表し、その作文を丸本本人が朗読《ろうどく》することになった。

「私は給食委員として、皆がおいしく食べるにはどうしたらいいか、いつも考えています。それは、とにかく楽しく食べるということに尽きると思います。嫌いな献立も楽しく食べれば自然と食べられるようになったりします。苦手なことでも、楽しむことが大事だと、私は給食から教わりました」

比留川は丸本の近くで、甘利田は教室内を歩きながら聞いているが――当然、甘利田は聞いているフリをして、今日の給食について妄想していた。

（今日の四時間目終了間際に、職員室を出て教室前で待機。配膳準備と同時に先頭キープか。いや、さすがにそれでは給食を楽しみにしていることがバレバレになる。もっと、さりげなく、しかし確実に、先頭を押さえるためには。うーん、どうしたらいいのか……）

教室内を歩いていた甘利田は、配膳の際先頭になると思われる位置にたどり着くと、トレイを持っているような素振りをして、配膳される場面をシミュレートし始めた。配膳のとき同様、少しずつ横移動するうちに、作文を読む丸本のすぐ近くまで来た。

生徒たちが丸本の作文に集中する中、ふと甘利田は背中に視線を感じた。

振り返ると、粒来が甘利田を見ている。目が合うと、粒来はニコッと笑う。その笑みの意味を考えようとしたときだった。

「うちの犬は白いものが好きです。パンやご飯、ミルクも好きです」

「！」

丸本のその文言を聞いた瞬間、甘利田は衝撃を受けて動きを止めた。聞いているフリをして妄想しているときとも、どこか違う。何かに強制的に思考を奪われ、動けなくされているような。

（白いもの……だと……）

脳裏に浮かんだのは、白いご飯、白い牛乳を好きだという、自分の意思を貫き通していた、かつてのライバルの存在。

「それを見ていたら、給食に似ているなと思いました。白は何色にでも染まることができる色です。色々なおかずが、色とりどりな花を添えているんだなと思いました……終わりです」

瞬間、教室中に力強い拍手が巻き起こった。

甘利田は拍手をする代わりに、丸本の両手を取って握った。祝福の握手のように見える動きに、丸本は笑顔で涙をこぼしていた。普段から給食のことばかりで、それ以外の興味が薄いと認識されている甘利田からの反応が、嬉しかったのだろう。

しかし甘利田は、ただ純粋《じゅんすい》に丸本の作文に感動したわけではなかった。

（降りてきた……これが、創作意欲という奴か……）

他人が作ったものへの感動よりも、自分の中に湧き出した衝動に、甘利田の意識は向いていた。


（早く……早くこの脳内のすべてを、アウトプットしたい……）

頭の中に湧き出る何かを逃がさぬようにするためか、目を閉じて廊下を歩く甘利田。歩き慣れた場所だからかどこかにぶつかったりする様子はない。

配膳室の近くに差しかかると、チーズの焼ける香ばしい匂いが漂ってきた。いつもなら絶対に足を止める甘利田だが、今日はそのまま廊下を進む。

「先生！」

　すると、配膳室前でワゴンに積み込む作業をしていた牧野が声をかけてきた。

「この匂い、反応しちゃいますよねえ」

「特段、何も」

「ね、なんでチーズが焦げる匂いって、こんなにそそるんですかね」

　甘利田は「急ぎますんで」と通り過ぎようとする。牧野はいつもの「給食になど興味ないですアピール」だと思っているらしく、気にせず「あ、そういえば」と話を続ける。

「さっきあの子……粒来くんも来てましたよ」

「そうですか」

「先生、今はあの子と張り合ってるんでしょ。頑張らなきゃ」

「張り合ってません」

　応援するような牧野の言葉をすげなく受け流し、甘利田はさっさと配膳室前を立ち去る。今の甘利田の頭の中は完全に、創作意欲に占拠《せんきょ》されていた。

　職員室に戻った甘利田は、ノートを広げると、鉛筆で文字を書き殴《なぐ》り始めた。

　しばらく時間が経過し、比留川が職員室を出たのを見計らってか、木戸がこそこそやってきた。比留川の椅子に座り、甘利田の近くに寄る。

「甘利田先生は……」

手で口元を隠しながら、ヒソヒソと話しかけてくる。今の甘利田にとってノイズでしかない木戸の声に一瞬集中を乱されるが、すぐに書き物を再開する。その反応に戸惑いを見せたものの、木戸はそのまま話し続けた。

「比留川先生のこと、どう思っているんですか」

ノートに集中し、甘利田は答えない。

「……比留川先生は、いつも甘利田先生を見てます。気づいてますよね」

もどかしそうに言われても、甘利田の動きは変わらない。

「私のことも、少しは見てくれないかな……なんて」

木戸が少し寂しげに笑った瞬間、甘利田の握っていた鉛筆がボキッと折れた。替えの鉛筆を探すため、木戸を押しのけて引き出しを漁る。その勢いで木戸は突き飛ばされる。

自分の話を聞いていないのか、聞いた上で何かしようとしているのか。木戸から見れば、甘利田の行動は意味不明である。

「なんですか」

だから、木戸がそう返すのは当然なのだが——引き出しから小型のナイフを取り出して睨んでくる甘利田に、木戸はビクついた。今甘利田の引き出しにあるのは、新品の鉛筆だけだったため、その一本を削り始める。

木戸にとって今の甘利田には恐怖しかなく、恐る恐る立ち去るのみであった。

この日、ある休み時間の際、用務員の竹本が一年一組のストーブの点検に来ていた。普段見慣れない大人でも、顔はなんとなく知っているので、生徒たちはいつもと同じ時間を過ごしている。

そして粒来にとっての竹本は「友達」なので、近くで点検作業を眺めていてもおかしなことはなかった。

「……終わったよ」

そう言って立ち上がると、竹本は点検の際外してあった柵に手を伸ばす。粒来はその動きを制止するように「竹本さん」と声をかけた。

「ん？」

「これの火力って、もうちょっと上げることはできるんですか」

「できるよ」

「上げてもらってもいいですか？」

寒がりの印象がないからか、竹本は不思議そうに「寒いかい？」と問う。

「先生が、寒そうにしています」

答えを聞いて、竹本は「粒来くんは、甘利田先生が好きなんだねぇ」と穏やかに笑う。

「誰かのために、何かをやれるってのは、素敵《すてき》なことだよ」

褒められた瞬間、粒来は閃きによる衝撃を受けた。目を見開き、天を仰ぐ。竹本は一瞬戸惑いを見せるも、すぐに粒来に頼まれた火力を強めるための調整を始めた。

四時間目の授業中の職員室で、甘利田は一人、猛然《もうぜん》とノートに文字を書き殴っていた。一瞬でも気を抜けないとばかりに目を見開き、異様な空気を纏っている。

　一時間目から三時間目までは、受け持ちの授業があったのでまだ制御ができていた。しかし四時間目はたまたま数学がなく、普段なら他の作業や休憩に使っていた時間だった。そのことも、甘利田を創作の世界へ一気に引き込んでいた。

（これはなんだ。私にはこんな才能があったのか。これはまさにランナーズハイ。どんどん脳内から言葉が溢れてくる。私の中に眠っていた創作意欲が今、うなりを上げている）

　止まらない鉛筆が、ノートを黒く染めていく。染まり切ればページをめくり、白いページの上に鉛筆を走らせる。

　そのとき、四時間目終了のチャイムが鳴った。だが甘利田の耳にはその音も入らず、鉛筆を動かし続けていた。


　給食係が白衣を纏って配膳室へ急ぎ、教室ではグループ分けに机を動かす。いつもと変わらない光景のはずだが、教卓横の席に、甘利田の姿はない。

　自分の分の机を動かしていた比留川が、そのことに気づいた。給食の時間になって甘利田が現れないのは、どう考えてもおかしい。近くにいた女子生徒に「ごめん、これお願い」と自分の机と椅子を託し、比留川は教室を出た。

　比留川が最後に見たのは、休み時間に職員室で何かを書いている姿だ。その後授業もあったはずだが、まずはその記憶を頼りに職員室へ向かう。

　記憶通り、職員室の自席で甘利田を発見した。机に突《つ》っ伏《ぷ》し、イビキをかいて寝ていた。

比留川は近づいて声をかけるが、反応はない。

「甘利田先生！」

もう一度、今度は大声で呼ぶと、甘利田のイビキが止まり、目が開いた。

「給食、始まっちゃいますよ」

「あ！　しまった……カリカリちゃん！」

給食、という言葉を聞いた瞬間、飛ぶように起き上がる。「カリカリちゃん？」と不思議そうにくり返す比留川を押しのけ、全速力で職員室を出ていく。

一人残された比留川は、甘利田のデスクの上のノートに目を向けた。最後に甘利田の姿を見たとき、このノートにずっと何かを書いていたことを改めて思い出す。

左ページの三分の一ほど文字で埋まったその下に、特大の「完」が書かれていた。

今日の計画をようやく思い出した甘利田は、悲鳴を上げながらものすごい勢いで一年一組の教室に駆け込んだ。教師なのに廊下を走り、威厳も何もない声を上げていたわけだが、今の甘利田に気にする余裕はない。

すでに配膳は始まっており、列が出来上がっていた。当然の結果に、甘利田は愕然とした。しかも、先頭を陣取っているのは粒来である。

駆け込んできた甘利田に気づいたのか、粒来は振り返って微笑んでいる。甘利田にしてみれば、勝ち誇ったような表情に見えた。

（あんのやろう……ほくそ笑んでやがる）

甘利田はギリギリと歯を食いしばり、悔しさを隠すことができない。そんなことをしている間に、比留川も追いついてきた。同時に、配膳の列も動き始める。

チーズグラタンがどうなっているかが気になって仕方ない甘利田は、列の後方から配膳の様子をうかがっている。

給食係の磯貝が、給食缶にびっしり敷き詰められたグラタンをお玉で掬うのが見えた。

（少なめ……少なめでスタートしろ）

次の瞬間甘利田が見たのは――溢れんばかりにチーズのカリカリ部分が乗ったお玉だった。

（最初からそんなにいく奴があるか！）

磯貝は図体がでかく、天然気味のマイペースな生徒だ。自分が食べるわけでもないのに、大盛りだった。粒来の器に乗せてトレイに戻す。粒来が移動すると、次の生徒が磯貝の前に止まった。

「タテに、下に掘っていけ……」

甘利田の念が通じることはなく、磯貝は横の焦げ目を大胆に掬い上げた。

（ヨコ――！）

甘利田の心の悲鳴を尻目に、磯貝はそのまま次々と表面を掬っては器に盛っていく。

（なんでよりによって、バカの磯貝がグラタン担当なんだ。そしてそのトリッキーなよそい方はなんだ……やめろ、やめろ……やめてくれ……！）

トリッキーなよそい方とは、甘利田が求めるカリカリちゃん部分をとにかく狙ったようなよそい方。早い段階で、給食缶の中からカリカリちゃんは姿を消した。

（もはや、カリカリちゃんが残っていないではないか）

今日最大の楽しみだったカリカリちゃんゲットが絶望的だとわかり、甘利田は今日これまでの自分の行いを振り返る。

（なんたる不覚……人生初の創作意欲に我を忘れた）

絶望のまま少しずつ列は動き、だんだん甘利田の番が近づいてきた。

（……だが、たとえカリカリしていなくても、グラタンはグラタンだ。気持ちを切り替えて、チーズのクリーミーな旨味を、たっぷり味わうとして――）

ついに甘利田の番になったときだった。

（ぜんっぜん、残ってねー！）

グラタンの入っているはずの給食缶には、お玉で掬った跡と、端っこに掬いきれなかった一部が残されただけになっていた。

怒りでプルプルと震える甘利田に睨みつけられ、磯貝は声も出なくなっていた。

「どうしたの、なくなっちゃった？」

甘利田の横で配膳を受けていた比留川の問いに、磯貝は声もなくコクコクと頷いた。

「……こそげ」

甘利田は睨みつけたまま、低い声で促した。磯貝は慌てて給食缶の底面や壁面についたチーズグラタン――の最早残骸ともいえる状態のものをこそいでいく。その状況を見ていた比留川は「私の分はいいから」と優しい声で言い添える。

なんとかお玉半分ほど集めたチーズグラタンを、磯貝は甘利田の器に落とす。少し震えた手で、その器を甘利田のトレイに載せた。

あまりの量の少なさに、甘利田は震えたまま器を見つめていた。

校内放送で流れてくる校歌をいつも通り席について歌う生徒たちだが——甘利田は、歌っていなかった。トレイの上のチーズグラタンをぼんやり見つめたまま、動かない。校歌が流れているのにも、気づいていないかのようだった。

手を合わせ「いただきます」だけは辛うじて口にして、甘利田はメガネを外した。天井を仰ぎ、トレイをまともに見ることができなかった。

（プランは……すべて崩壊《ほうかい》した。プランどころか、まさかの残飯感。正直、萎える。萎えるがしかし、与えられた条件で精いっぱい楽しむのが給食道。萎えてなんていられない）

なんとか自分を奮い立たせるようにハンカチを広げると、改めてトレイを確認する。

（今日のメニューは、残念な有様になってしまったチーズグラタン。今となってはメインキャストに格上げされたインディアンサラダ。いつものコッペパンに瓶牛乳。そして嬉しいデザート、アップルシャーベット。この素敵な献立と、完璧な姿で相まみえたかった）

目を閉じて精神統一。改めて給食と向き合う準備を整えて——刮目。先割れスプーンを持ち、まずはインディアンサラダの入った器を手に取り、一口。

（私はかつて、インドというキーワードに翻弄された経験がある。だが今は、ハッキリしている。献立にインドとついたら、それはすなわちカレーであると。これもご多分に漏れずカレー風味のサラダだ）

先割れスプーンを、全体的に黄色がかったインディアンサラダに差し入れて動かしながら、具材を確認する。

（揚げたちくわ、大豆、ジャガイモ、キャベツなどを、カレー粉を練り込んだマヨネーズで和えている）

マヨネーズの酸味と甘みに、カレーのスパイシーさが加わり、食欲をそそる。今日のメインに格上げされたインディアンサラダを楽しんでいると、粒来が甘利田を見ていることに気づいた。

（なんだあの勝ち誇った顔は。ちょっとカリカリちゃんをゲットしたからって、いい気になるなよ。ああ、ちくしょうめ）

完全に僻《ひが》みである。甘利田から見たら勝ち誇った顔に見える粒来の表情は、どこか気遣わしげでもあったのだが——今の甘利田にそれを読み取る余裕などない。それどころかヤケになった甘利田は、「甘」印のシールのついたフィルムをむしるように外した。牛乳瓶のフタを取ろうして勢い余って中に落としてしまう。

（しまった！　焦っている……この私が、給食ビギナーのようなミスを……）

慌ててフタを取り出し、ミスを誤魔化すように牛乳を一口。瓶を置いて一息ついて落ち着くと、チーズグラタンの器を取る。マカロニ、ハム、ホウレン草、玉ねぎに、チーズ入りホワイトソースが絡んでいるが——圧倒的に、量が少ない。

（僅かではあるが、これは間違いなくチーズグラタン。しっかり味わおう）

先割れスプーンを手に、チーズグラタンをかき集める。そのまま口に運ぼうとして、甘利田は動きを止めた。

（待てよ。このまま一気に食べたら、二口でなくなってしまう。ここは、工夫するべきか）

器に残ったチーズグラタンと、先割れスプーンの上のチーズグラタンを見て、甘利田は、コッペパンに視線を落とした。

（これに挟むならちょうどいい量かもしれない。まあ、イージーな手法だが、逆境をプラス思考で乗り切る大人の姿としては、実に正しい）

言い聞かせるようにしながらコッペパンを手に取ったとき、粒来がすでにチーズグラタンをコッペパンに挟んで食べている姿が見えてしまった。

（また先を越された！　グラタンドッグ！）

頬張った瞬間、笑顔を見せる粒来。その姿に、甘利田の気持ちはささくれ立つ。「また」なのは、以前もコッペパンでサンドしようとしたときに、先を越されたことがあったためだ。我慢していたことをやろうとすると、いつも先を越されてしまう。

やるせなさや悔しさといったどす黒い気持ちが渦巻く今の甘利田からは、粒来と同じ食べ方をするなどという選択肢は消えていた。

（くそっくそっ）

自暴自棄となり、残りすべてのチーズグラタンを先割れスプーンで無理やり掬い上げる。

口に入れる直前、視界の端で粒来が動く気配を察し視線を動かすと、手を開いて甘利田を制止するような動きをしている。

（なんだ⁉）

意図がわからない甘利田が動きを止めると、粒来はおもむろに立ち上がり、ストーブへ向かう。鉄板の上にはアルミ箔が置かれていた。それをそっと持ち上げた粒来は、甘利田の席まで歩み寄って来た。

粒来が近づいてくる中――甘利田は、既視感《きしかん》を覚えていた。

粒来は甘利田のデスクの前までやってくると、トレイの前にアルミ箔を置く。

「おすそ分けです」

そう述べると、頭を下げて「失礼します」と付け加えて自席に戻った。立ち去ったあと、実は先割れスプーンを持って口を開けたままだった甘利田は、慌てて器と先割れスプーンを置き、メガネをかけると、粒来が置いたアルミ箔を覗き込む。

そこには――チーズグラタンの上の焦げ目が入っていた。

（カリカリちゃん！）

ストーブで温められたチーズグラタンの焦げ目からは、ホワイトソースと焼けたチーズの香りがした。諦《あきら》めていたカリカリちゃんに、思わず甘利田は立ち上がる。

（あいつ、あえて残しておいたのか……）

コッペパンに挟んで食べ、残りはストーブで温めておいた。なぜ、あえて残したのか。

そこまで考えたとき、甘利田は今朝のホームルームでのことを思い出した。配膳の先頭辺りになる位置をフラフラ歩き、シミュレーションしていたとき――甘利田は、粒来と目が合った。

（……もしかして、私のために、先頭に並んだのか……）

粒来を見れば、何食わぬ顔で残りの給食を食べ始めている。

（私は……こんなことを以前されたことがある）

ジャンケンに敗北し、手に入らなかった二つ目の冷凍ミカン。それをシャーベットにして、差し出してきた男子生徒――神野ゴウ。

今は冬で、ここは遠く離れた北の大地。あのときは冷凍ミカンが水道水で解けるような夏。季節も渡されたものも違うが――甘利田の胸に、懐かしさとぬくもりが広がった。

（あのときも、ありがたくいただいた）

改めてチーズグラタンを見る。やはり目を引くのは、チーズの焦げ目だ。

（いい焼き色じゃないか）

粒来が持って来たアルミ箔を持ち上げると、甘利田は粒来に向けてゆっくり頭を下げた。

甘利田がそんなことをしている一方で、チーズグラタンのない給食を食べている比留川に一人の女子生徒が歩み寄ってきて「先生」と声をかけてきた。

「ん？」

「私まだ食べてないので、半分あげます」

比留川が「えっ」と一瞬驚きで目を見開く間に、女子生徒はトレイにチーズグラタンの入った器を置いた。

「……ありがとう」

笑顔で、比留川は素直にお礼を言う。

比留川と同じように、チーズグラタンを分けてもらった甘利田は、冷めたアルミ箔の底面を持ちながら、先割れスプーンでカリカリ部分を掬う。

（図らずも、今日の給食が揃った）

　幸せそうな笑顔で、一口。カリッといい音が響いた。やわらかなマカロニとチーズ入りホワイトソースの滑らかでクリーミーな味わいに、チーズとパン粉のカリカリ食感と香ばしさが加わり、大満足の味わいだった。

（ああ、うまい。なんたる香ばしさ。これぞグラタン。グラタンとは、そもそもフランス語で、鍋にこびりついたおこげという意味だ）

　鍋に限らず、容器やフタの裏側に焼きついて焦げた部分をさし、失敗した焼き料理のおこげがおいしかったところから、始まっているという。

（転じて、素材が何であれ焼いて焦げ目をつけた料理をグラタンと呼ぶようになった。つまり、焦げ目のないグラタンは、グラタンではないのだ）

　おすそ分けのグラタンをじっくり味わい、飲み込む。もう一度、アルミ箔の上のグラタンを掬った。

（やはり、焼き色は……裏切らない）

　もう一口を食べ終えると、一度アルミ箔を置き、メガネを外した。給食に、再び向き合うために。

（では……いざ！）

　コッペパンの中央を裂いて、まずは自分の器にあったチーズグラタンを挟む。それからおすそ分けしてもらったカリカリ部分を載せる。

　準備を済ませると、グラタンドッグとなったコッペパンを両手で顔の正面まで持ち上げ、大口を開けて食らいつく。頬張った分を食べ終えると、今度は小刻《こきざ》みに口を動かして少しずつ食べる。時折牛乳で休憩を入れた。

次に、インディアンサラダを掬って頬張る。シャキシャキ食感を味わうと、再びグラタンドッグを食べる。コッペパンの端だけになると、自分のチーズグラタンが入っていた器に滑らせ、すべてのチーズグラタンを掬い取る。グラタンとコッペパンが終わると、残ったインディアンサラダを平らげる。

おかずが終わると、次はデザートであるアップルシャーベットを手に取る。アップルシャーベットとは、切ったリンゴに特製シロップを染み込ませ、急速冷凍したものだ。

個包装されているアップルシャーベットの封を、甘利田は勢いよく切った。シャクシャクとリズミカルに食べていくが、途中その冷たさで頭が痛くなる。それでもしっかり食べ切ると、最後に牛乳を一気に飲み干して、背もたれに倒れた。

（今日も仕上がった）

ふと、甘利田は身体を起こした。メガネをかけ、食べ終えた際に丸めたチーズグラタンが入っていたアルミ箔をつまみ上げる。

（敵に塩を送られて、しかも大の大人が子供に借りを作ってしまった。だがしかし……不思議と、悔いはない）

それは、以前おすそ分けをもらったときも同じだった。今までと違う感情が湧いていることに、このときの甘利田は気づいていなかった。充実した給食の時間を過ごすことができた満足感で、いっぱいだったのだ。

（ごちそうさまでした）

騒がしい教室の中、心から満たされた顔で甘利田は目を閉じた。

放課後。甘利田は生徒たちのいない一年一組の自席に座って、ノートを眺めていた。甘利田の脳内からカリカリちゃんを追い出した元凶《げんきょう》でもある、創作意欲を刻み込んだノートである。

そこに、廊下から比留川が姿を現した。

「お疲れさまです」

声をかけられた甘利田は、ちらりと比留川を見て「お疲れさまです」と返すと、すぐにノートに目を落とした。その様子が気になったのか、比留川は教室に入ってきて、甘利田の近くまで歩み寄る。

「ずいぶん熱心に書かれていましたね」

職員室で、取り憑《つ》かれたように鉛筆を走らせる姿を比留川も見ていたのだろう。

「それ、もしかして……学芸会用の台本ですか？」

「ええ」

「ホッとしました。甘利田先生、書けるんですね」

甘利田が台本を書いたのであれば、元々アテにされていた比留川にその役目が回ってくることはなくなった。どこかでやらねばとも思っていたのかもしれない。

「比留川先生は、誰かのために何かをしたいと思ったことはありますか？」

「なんですか、いきなり」

「自分の得になんかまったくならないのに、その人のためだけに頑張る。そんな瞬間が、今までの人生でありましたか」

甘利田は、そんなことができる人間を知っている。かつてのライバルである神野ゴウ。そして今日、甘利田におすそ分けをした粒来ケン。

そんな甘利田の心境など知る由もない比留川にとっては、意図がまったくわからない質問である。「どうでしょうか……」と言葉を濁《にご》して笑ったが、比留川の顔はどこかスッキリしている。心当たりはあるが、確信はないような。だからこそ、問いに答える言葉を返さなかったのかもしれない。

「あの、一つ聞いてもいいですか」

代わりにそう言った比留川に、甘利田は「はい」と答える。

「その台本のタイトル、どういう意味ですか？」

ノートの表紙には、「ホワイトマン」とタイトルが書かれていた。

白い瓶牛乳と白いご飯が好きな、かつてのライバルを表す言葉だ。

「読んでみますか」

甘利田はノートを差し出した。比留川は嬉しそうに「いいんですか？」と返しながら受け取る。読めばわかる、と言われたような気がしたのかもしれない。

だが、比留川が受け取ったノートを、甘利田は離さなかった。

「ついでに、清書をお願いします」

面倒な作業を押しつけられた形になっても、比留川は気にした様子もなく任せてくださいと言わんばかりに「わかりました」と頷いた。

本日の駄菓子屋では、テンガロンハットをかぶり、銀玉を装填《そうてん》して発射させる銀玉鉄砲《でっぽう》を構えたサキの姿があった。彼女がいるのは出入り口前ではなく、甘利田が座るベンチの近く。瓶ケースを逆さにして三つ積み上げ、その上に置かれた瓶型のフィギュアを狙っている。

瓶のフィギュアに向けて確かに発射しているが、なぜかその左側をすり抜けていた。

（今日のババアの脳内には、チャールズ・ブロンソンか、クリント・イーストウッドが宿っている）

甘利田は、その様子をベンチに座って見ていた。タバコを咥えて煙をくゆらせている——ように見えるが、実際は違う。

（私はそれに付き合って、イーストウッドばりの咥えタバコにした）

甘利田が持つのは、紺色をした手のひらサイズの小さな箱で、白の文字が書かれている。

（ココアシガレット。子供が大人の世界に浸れるアイテム。中身はハッカの香りとココアの風味が口中いっぱいに広がる砂糖菓子だ）

そこまで思ったとき、咥えていたココアシガレットを口に含み、砕いて咀嚼する。

その間も、サキが発射した銀玉は、フィギュアを捉えることはないが、諦めずに撃ち続けている。

（自分になんの得もないのに、奴はカリカリちゃんをくれた。人は自分の利だけではなく、自分以外のことを思いやれる生き物。そうやって、世の中は成り立っている）

今日だけではない。甘利田は何度か、そういった経験をしてきている。かつてのライバル、かつての同僚――意図的に忘れていたわけではなくても、人は日常の中で実感が薄れてしまうことはある。甘利田は今日、そのことを思い出せた気がした。

　いつまで経っても、的に銀玉を当てられないサキをずっと見ていた甘利田は、ある可能性に気づいた。新しいココアシガレットを口に咥えると、腰を上げる。

　逆さにした瓶ケースで作った台に歩み寄り、中央に置かれた瓶のフィギュアを左にずらす。元の場所には、咥えたココアシガレットを立ててみせた。

　サキが露骨に顔を顰め、視線で抗議してくる。だが甘利田は、立てたココアシガレットを指さし、ココアシガレットを撃てと促した。会話もないのになんとなく意図を察したサキは、再び銀玉鉄砲を構えた。瓶ケースの横で、甘利田はサキを見守る。

　発射した瞬間、瓶のフィギュアが倒れて転がり、瓶ケースから落ちた。サキは目を見開く。それを確認すると、甘利田は立てたココアシガレットを回収し、口に放り込んだ。躊躇いなく嚙み砕く。

　サキは銃口にフーッと息を吹きかけて勝利のポーズを決めると、甘利田に向け手を掲げ、敬礼した。感謝の意を込めているのだろう。

　いつも仏頂面、ほとんど口を利かないサキ。意外と面倒見が良かったり、イタズラ好きだったりする彼女が素直に感謝の意を表すのを見て、甘利田の胸の奥が少しだけ温かくなった。粒来も、こういった気持ちになっていたのかもしれない。

　もう一度銀玉鉄砲を構えるサキを制した甘利田は、落とした瓶のフィギュアを拾って先ほどと同じ場所に置くと、その場を立ち去った。

（私に友になってほしいと言ってきた生徒、粒来ケン。あり得ない申し出だと思っていた。だが、私は……いつの間にか奴とのつながりを、感じ始めている）

かつて、今はもういないライバルにも、同じような感覚を持ったことがあった。しばらく忘れていて、そして思い出したこの感覚は、粒来の言う「友達」とは違うものなのか――このときの甘利田には、わからなかった。

メニュー九

甲殻の大魔神

一二月も後半になった。本格的に寒さが厳しくなってきたが、この日の朝は曇っていた。今にも雪が降りそうではあるものの、今はまだ傘は必要なさそうだ。生徒たちの中にもマフラーだけでなくコートや手袋を着用した姿が見受けられるようになった。

それでも相変わらず、甘利田と木戸はジャケットとジャージ姿だ。教師の中では比留川だけが暖かそうな服装で、挨拶していた。

「おはよう。踵踏むな」

挨拶の合間に、厳しく身だしなみや眠そうにしている生徒を注意していく。

(私は給食が好きだ。給食のために学校に来ていると言っても過言ではない。そのことは、絶対周りに知られてはならない。だから私は毎日、心のパッキンを固く閉じ、厳格な教師を見せつけている)

実は給食好きがバレているなどとは夢にも思っていない甘利田を尻目に、校門の反対側では木戸、そして比留川も生徒たちにハイタッチをして出迎えている。つい最近までオドオドしていた比留川の表情は明るく、木戸に付き合っているからでもないらしい。それもあってか、木戸の態度は以前の気さくなものに戻っている。

ちょうど、甘利田の近くを通る生徒が途切れた。それを見計らったように、甘利田はニンマリと笑った。

(今日のメインは、まさかのカニメシ。いいのか給食センター。カニを子供に食わせて。舌が

肥《こ》えてしまうではないか）

比留川の変化よりも、今日の給食の変化である。函館の地ならではとも言えるカニメシに、甘利田は思わずムフッと笑ってしまうが、生徒たちの姿を見つけるとすぐに表情を引き締めた。

そこに、男子三人組が通り過ぎる。

「お前ら、上から下まで全部ダメだ！」

詰襟を全開にし、ズボンも腰穿き。類は友を呼ぶのか三人揃って同じような状態で、仲良く甘利田に注意される。三人は横に並ぶと、深々と頭を下げてから校舎に向かう。

「……」

そんな甘利田の様子を、遠くから見ている存在があったが——このときの甘利田は、気づいていなかった。

時間になり甘利田たちは校舎に戻って来た。昇降口で靴を履き替え、職員室に向かうその途中。

「！」

比留川は廊下の先を見た瞬間目を見開き、あとからやってきた甘利田の後ろに隠れて身を縮こまらせる。

「知り合いですか？」

「……父です」

二人のやり取りを見ていた木戸が、少し羨ましそうにしているが無視し、甘利田は廊下の先に視線を向けた。

廊下の向こうから、甘利田たちのほうに歩いてくる男性の姿が見える。

茶色のハットの下には老齢を思わせる後退した白髪が覗いているが、彫りの深い顔立ちと目に宿った力強さに威厳が感じられる。肌も白く、日本人男性の平均を超えた身長を見るに、欧《おう》米人《べいじん》だろう。

甘利田の前まで歩み寄ると、「Hi」と声をかけてきた男は、手を差し出してきた。

「You are excellent. You're doing just fine.（あなたは優秀だ。よくやってくれている）」

甘利田は教師でも数学専門なので、何を言われているかわからない。しかし握手を求められていることは理解できたので手を差し出すと、男は強く握り返してきた。

「It was a wonderful work. Then, See you again later.（素晴らしい仕事でした。それではまた後ほど、お会いしましょう）」

上機嫌そうな笑顔で廊下を引き返していく男の後ろ姿を見送りながら、甘利田は手を差し出した状態できょとんとしていた。隣に立つ木戸も同様である。

男性が遠ざかったのを見計らって比留川は立ち上がり、「先生」と甘利田の隣に並ぶ。

「はい？」

「大魔神って知ってますか」

「大魔神……あのハニワが変身するやつですか」

「大魔神」とは、一九六六年に公開された特撮映画である。

時代は戦国。圧制で民衆を虐《しいた》げ、彼らが祀《まつ》る武人像をも破壊《はかい》しようとした悪人たちを、武人像の破壊の力で成敗していくという内容だ。武人像は元々穏やかな面持ちだったが、動き出した際にその表情を憤怒《ふんぬ》に変えたという。

ハニワが変身するというのは語弊があるが、あながち間違いでもない。

「父は、あれです」

「言ってる意味がわかりません」

「心に鬼がいます。曲がったことを正すためだったら、なんだってする人です」

「鬼、ですか」

比留川が真剣な表情で言うと、黙って聞いていた木戸が突然「はい！」と元気よく挙手した。

「そのときは、私が……身を挺《てい》して先生を守ります」

いきなりのことで戸惑う表情の比留川を置いて、甘利田はさっさと職員室に向かうのだった。

職員室に戻ってすぐ朝礼が始まった。いつもと違うのは、坂爪の隣に先ほどの「比留川の父」だという男性がいることだ。普段は自席で行う朝礼だが、皆立って二人の近くに集まっていた。

「私の古くからの友人であり、比留川先生のお父上でもあるトーマス先生です。先生は現在アメリカオレゴン州のジュニアハイスクールで校長をされていますが、今回は日本の教育現場の視察で、うちにいらっしゃいました」

坂爪は続けて「じゃあ、先生一言お願いします」と男性――トーマスに告げると、彼は一歩前に進み出た。

「皆さん初めまして、トーマスです」

挨拶と同時に、甘利田と比留川以外の教師たちは会釈する。甘利田に握手を求めたときは英語で喋っていたが、日本語もお手の物らしい。

「子供たちには、謙虚《けんきょ》さ、素直さ、強調性の指導が必要です。私は改めて、この忍川中学校で、その姿勢を視察したいと思います」

自信たっぷりに語るトーマスに、坂爪が拍手を送る。遅れて、他の教師たちからも拍手が起きるが――甘利田は当然、関心など示さず妄想にふけっていた。

（カニメシ、という食べものを、私は一度も食べたことがない。ないにもかかわらず、うまいと確信している。なぜなら私は、カニカマが大好きだからだ）

今日のカニメシに脳内を占拠されている間も、トーマスの話は続いていた。

「今朝校門で早速、良い光景を目にしました。そちらの先生が、非常にいい指導をされていた」

トーマスの視線は甘利田に向いており、自然と他の教師たちからも注目を集めた。もちろん気づかないが、比留川の「甘利田先生」という声でようやく気づく。

「あなたのような厳格な指導者がいるというだけで、この学校が素晴らしいということを確信しました」

トーマスの言葉に、他の教師たちはそれぞれ目配せをして苦笑いを浮かべている。彼らも、甘利田が厳格な指導をするだけの教師ではないと知っているわけだが。

「ぜひ、先生のクラスを見学させてください」

　さらにトーマスが続けると、甘利田の隣にいる比留川は首を横に振った。必死な表情からも「拒否してくれ」というのがわかる。だが甘利田は「どうぞ」とあっけなく受け入れる。比留川が肩を落とす中、チャイムが鳴り響き、各自授業の準備を始めた。

　一年一組の今朝のホームルームでは、学芸会用の台本が配られた。比留川が最前列の生徒に渡して、一部ずつ取って後ろに回してもらう。配付を比留川に任せ、甘利田は自席に座っていた。その様子を教室の後方でトーマスが眺めている。

「今配っているのは、三学期に予定している学芸会用の台本です。明日から練習が始まるので、皆さん各自読んでおいてください」

　比留川が説明する中、「ホワイトマンってなんだよ」「ウルトラマンみたいなの？」と私語が起こる。

「あ、これはオリジナルの台本です。そして、書いたのは甘利田先生です」

　比留川が台本の表紙を開いて見せると、「作・演出　甘利田幸男」の文字が。瞬間、生徒たちから「えーっ」と驚きと歓声が上がり、皆手元の台本を確認する。

「みんな、静かにしてください」

　話はまだ終わっていないので、場を収めようとする比留川。だが意外性抜群な台本の作者の話題で盛り上がった生徒たちは、なかなか静かにならない。

　すると、「オホン」と一際大きな咳払《せきばら》いが響いた。トーマスである。普段いない人物に見られているという状況を思い出したからか、ピタッと静かになった。

落ち着きを取り戻した教室で、マルコが「先生」と声を上げて挙手する。比留川が「はい」と答えると、立ち上がった。

「中学生が劇をやるなんて、ちょっとおかしいと思います」

「どうしてそう思うの」

「こんなの、小学生がやることです」

切り捨てるようなマルコの言い方に、比留川は「えっと……」と言葉が続かない。先ほどまでハキハキ喋っていた比留川だったが、父親が見ているからか、視線を下げて緊張しているようでもあった。代わりに甘利田が口を開く。

「世間がどうであれ、我が校では伝統的に一年生に劇をやらせる。自らを表現する鍛錬《たんれん》になるからだ」

「でも、こんなことやって、将来なんの役に立つんですか？」

「こんなことも出来ないお前は、将来なんの役に立てる？」

先ほどの自分以上に切り捨てるような甘利田の言葉に、マルコは何も言えず座る。比留川が「ちょっとその言い方は……」と間に入ろうとするが、甘利田は無視した。

「明日から稽古だ。早速配役を発表する」

「普通こういうのって、立候補とかじゃないんですか」

「これは授業だ。皆で楽しんでやる主旨じゃない。配役はその者に与えられた課題だ」

溝渕の不満そうな声にも、甘利田はバッサリ正論で返す。それを見て、トーマスは満足そうに微笑んでいた。

「いいか、台本を開け。自分の名前を呼ばれたら書き込め。裁判長、国生。証人A、溝渕。証人B、世戸口。弁護士、丸本。検察官、磯貝。傍聴人A、浅葉」

言われた通り台本を開いた生徒たちは、呼ばれた者から名前を書き込んでいく。

「ホワイトマン……粒来」

最後に呼ばれた瞬間、生徒たちから「おおー」と歓声が上がった。浅葉が「主役じゃん」と言った直後、甘利田は釘を刺すように続けた。

「ちなみに……ホワイトマンは、主役ではない」

この発言で教室は騒然とする。「題名なのに？」「ホワイトマンが主役じゃないって、誰が主役なの？」と疑問の声も上がる。

「さっきも言ったが、これは授業だ。どんな役でも、中途半端にやる奴は容赦しないからそう思え」

それを聞いた粒来が挙手した。「なんだ」と甘利田が答えると立ち上がる。

「たとえどんな役だとしても、最善を尽くします」

堂々とした粒来の言葉に、再び生徒たちから「おー！」とか「ホワイトマン頑張れー！」といった歓声と拍手が起こった。


「あの甘利田という教師は、本当に素晴らしいね」

一年一組のホームルームを見学したあと、トーマスは校長室にいた。応接セットに、坂爪と向かい合って座り、コーヒーを飲んでいる。

「生徒に付け入る隙を与えない」

「いやあ、トーマスにそう言ってもらえると嬉しいですよ」

「正直、君に愛を預けることになったときは不安だったんだが」

「またまた」

「彼がついていれば大丈夫だ」

　上機嫌で甘利田を褒め続けるトーマスに相槌を打っていた坂爪は、チラと時計を見て口を開く。

「あ、そろそろランチの時間ですけど……どうです、近くにうまいカツ丼を出す店が……」

「この学校は給食でしたね」

　坂爪の言葉を遮《さえぎ》るトーマスに、坂爪は表情を曇らせ「……そうですけど」と答える。

「ぜひ、甘利田先生のクラスで食べてみたい」

「ああ……それは、どうかな」

「給食は日本の規律文化の結晶《けっしょう》だ。ぜひ味わって帰りたい」

　強く言うトーマスに、坂爪は「ああ……そう？」としか言えず、これ以上外でのランチを促すことはできなかった。


　一年一組の、英語の授業。最近は堂々と話せるようになってきた比留川だったが、この日は違った。大汗をかき、緊張状態で進める授業は要領を得ない。生徒たちは早々に飽きて、そこかしこで私語を交わしていた。

普段通りにできない最大の理由は、授業の様子を見ているトーマスの存在である。眉間に皺を寄せて腕を組む父親の姿に、比留川はプレッシャーを感じていた。

「ｂｅ動詞の現在形、過去形、未来形についてはわかりましたか？　次にいってもいいですか……？」

前列の女子は頷いてくれているが、大半の生徒はワイワイ騒がしい。その様子に、トーマスは呆れ顔で首を横に振った。このリアクションも、比留川の胸を突く。

トーマスが呆れた顔のまま教室を出ていこうとするのを見て、比留川は背を向けた。目の前には、今自分で書いた英語の文法が書かれた黒板があるだけだ。

比留川が教師になる、ずっと前から中学生に教えるべきと定められた内容だ。比留川自身も、教師の知識として頭に叩き込んできた。

だが今の比留川の目には、自分で書いた英文法の文字が、旧態依然の象徴のように見えていた。教えるべきと定められたことだから、ただ粛々と定められたように教える。それは本当に、生徒たちのためになるのか。

目を閉じると、比留川の瞼《まぶた》の裏に甘利田の姿が浮かんだ。

『教師に反駁したければ自ら仮説を立てろ』

生徒からの質問にうまく答えられなかった比留川の代わりに、甘利田が生徒にぶつけた言葉を思い出す。

自分で書いた英文法が旧態依然的で、生徒のためにならないと思うなら――それに反駁したいのなら、自分で考え、行動する必要がある。

そこまで思ったところで、比留川は「ふーっ」と深呼吸すると、何かを覚悟したかのように表情がスッキリした。その表情のまま、再び生徒たちのほうを向く。

「皆さんは、英語が喋れるようになりたいですか？」

凛《りん》とした比留川の声で、騒がしかった教室が静かになった。娘の変化に気づいたトーマスも、足を止める。

「これから皆さんは、進学したら高校まで六年間、英語の勉強をします。でも、その授業だけで話せるようになる人は、ほとんどいません」

毅然とした態度で言う比留川の言っていることは、授業で教える英語の価値を揺るがすものにも思える。それに不安を感じたのか、国生はその場で立って口を開く。

「それって、テストは関係ないってことですか？」

「英語で話せるのは楽しいんだって、知ってもらいたいんです」

国生の問いに比留川が答えると、「答えになってませーん」とヤジが飛ぶ。以前だったら萎縮して何も言えなくなっていたが、このときの比留川は笑っていた。

「ヒアリングから始めましょう。これから私が話す言葉の意味を、答えてください」

明確な答えを返さなかったが、比留川の言葉で教室中の注目が集まった。クイズが出題されるような感覚に近くなったのかもしれない。

「I look forward to speaking English with you all.（私は、みんなと英語で喋れるのを楽しみに

しています)」

比留川が優しい声で、流暢に語りかける。すると世戸口が挙手して答えた。

「私はすべて英語で話しています」

「惜しいです」

世戸口の言葉に、比留川は残念そうに返す。でもどこか、嬉しそうでもあった。すると今度は磯貝が挙手した。男子から笑いが起こるのは、普段寝ていることが多い磯貝が張り切っているように見えたからかもしれない。

「私は英語が得意です」

「違います」

あっさり不正解を突きつけられた磯貝だが、もう一度挙手して答える。

「私は、英語で怒鳴りたいです」

「違います」

比留川が苦笑して不正解を宣言すると、教室中で笑いが起こる。これを機に、次々と手が挙がった。挙手していない生徒たちの、近くの生徒たちと相談している姿も見える。

先ほどと違い、盛り上がりを見せる英語の授業だったが——その様子をトーマスは苦々しい表情で見ていた。

授業終了を知らせるチャイムが鳴ると、挨拶をして比留川は一年一組を出る。生徒たちに英語に興味を持たせることができた実感があり、確かに手応えを感じていた。

職員室に戻ろうと歩き出すと、教室の後方から出てきたトーマスが歩み寄って来た。

比留川の前で足を止めると、眉間に皺を寄せてトーマスは口を開く。

「教育には、生徒の未来を研究したカリキュラムがあり、教師はそれを最大限伝える義務がある。楽しく英語を話すなんて、カリキュラムにあるのか？」

「ない……です」

「ないものを強要したのか、生徒たちに」

言い切る前に遮るトーマスは、娘に非があると決めつけていた。比留川は「……はい」と弱々しい声で答えることしかできなかった。

「お前は未熟だ。甘利田先生を見習え」

切って捨てると、トーマスは廊下を進んでいく。先ほど得た自信を砕かれた比留川を残して。

次の授業の前に職員室に戻ろうと廊下を進む甘利田だったが、配膳室前まで来たところで足を止めた。その理由は、甘利田の鼻センサーが反応したからである。

（お……クンクン……これは、香ばしきカニ）

鼻を突き出し、以前怪しげに偵察をしていたときのように、牛乳瓶ケースや給食缶の乗った棚に身体ごと突っ込み、配膳室からの香りを楽しもうとした。

だが次の瞬間——鼻先でパンパンッと手を叩かれたことで驚き、後ろにひっくり返りそうになった。

手を叩いたのは、ＰＴＡ役員であり水産会社を経営している白根澤であった。配膳室出入り口から出てきて、甘利田のところまで歩み寄る。

「甘利田先生は、いつ見ても面白いね」

　給食がちらし寿司だった日に、牧野と一緒にイクラを運んで来たとき以来だ。そんな白根澤に「……なんのことやら」と甘利田は適当に誤魔化す。

「今日は、ものすごい奴、仕込んどいたから」

「ものすごい、とは？」

　自信満々に言う白根澤。以前のイクラのこともあって思わず聞き返すが、白根澤は「聞いといてよ」と配膳室の中を示した。わははと勝ち誇ったように笑って去って行く。白根澤の背中が遠くなるのを見計らって、牧野が配膳室から出てきた。

「先生、もう大変……あのタコ社長、急に言ってくるから」

「どうしました」

「カニ」

「カニ？」

「今日はスペシャルよ」

　最初は白根澤が気に入らないからか面倒くさそうにしていた牧野だったが、最後はニヤリと笑っていた。甘利田には状況がわからないので、オウム返しをすることくらいしかできない。

「スペシャル、といいますと？」

「すんごいカニメシ」

　そこまで聞いた瞬間、思わず甘利田の喉が「ゴクリ」と音を立てた。

「今ゴクリって言った？」

「言ってません」

確かに言ってはいない。喉が鳴っただけだから。そんな甘利田を見て、牧野はニヤリと笑った。甘利田がカニメシに大いに期待していることを、見抜いているのだろう。

四時間目が終了し、給食の時間となった。

一年一組の給食には、トーマスも参加していた。机を持ち込み、比留川と並んで生徒たちのグループに入る。甘利田の席の前だが、ちょうど背を向ける位置だ。父の隣となった比留川は、神妙な面持ちで机を並べる。

給食係が給食缶や寸胴鍋《ずんどうなべ》を運び終わる頃には、生徒たちの列ができていた。もちろんそこには、甘利田も並んでいる。

それぞれ所定の位置についた給食係たちが、給食缶や寸胴鍋のフタを開ける。甘利田が注目するのはもちろん、カニメシの入った給食缶である。

赤と白のカニの身が、給食缶にちりばめられていた。ご飯自体にも細かいカニが混ざっているが、大量に散るカニの身の塊の存在感がすごい。あまりの豪華さに、生徒たちからも「おおっ」と歓声が上がる。

（これは……カニ祭りだ！）

甘利田の頬も自然と緩んだ。その列の後ろで、比留川が祈るように手を合わせているのも知らずに。

配膳が滞りなく終わり、全員が席についた。日直が前に出てくる。その様子に、トーマスは怪訝そうに「これは？」と口を開いた。

「今から校歌を歌います。校歌のときは、まっすぐ前を向いて、です」

強調するように、両手を前に出しながら説明する比留川に、トーマスは「なるほど」と納得した様子で前を向いた。直後、校内放送で「忍川中学校校歌」が流れ始めた。

比留川とトーマスの背後では、カニメシを前にハイテンションで拳を振ったり、カニメシの器を持ち上げて香りを楽しんだり、笑顔で忙《せわ》しなく動き回る甘利田がいる。

ふと、扉の窓に人の気配を感じた比留川が目を向けると、坂爪が立っていた。心配そうに甘利田、そしてトーマスを見ている。

比留川の視線に気づいた坂爪は、甘利田を指さしてから手を横に振り、最後に拝《おが》むように手を合わせた。それを見て、比留川は力強く頷く。

比留川が視線を戻すと、トーマスが教室を見渡していることに気づいた。

「前を向いてです！」

比留川は素早く耳打ちすると、「ああ、そうだった」とトーマスは身体を正面に戻した。

なんとか踊りまくる甘利田の姿を見られることなく、校歌が終わろうとしたとき——ガンッという音が教室に響いた。いつもの通り、勢いよく踊って振り回していた甘利田の拳が、デスクにぶつかったのだ。さすがに驚いて振り向くトーマス。

だが甘利田は、そのまま手を合わせた。音の原因は甘利田で間違いないが、トーマスには何が起こっていたのかまではわからない。

比留川と坂爪は、こっそり安堵のため息をついた。

「手を合わせてください」

教室中で勢いよく手を合わせる音が聞こえ、トーマスも倣《なら》う。

「いただきます」

日直の声に合わせ、教室中に「いただきます」の声が響くのだった。

比留川（と坂爪）の心配をよそに、甘利田は笑顔で給食に向き合っていた。メガネを外してハンカチを準備すると、トレイをじっと見つめる。

（これは、もう……信じられん）

その視線は、カニの身がこれでもかと乗ったカニメシの器に吸い寄せられていた。

（あのタコ社長の横暴もこうなるとありがたい。改めて確認しておく。これはカニカマではない。正真正銘、甲殻類《こうかくるい》の帝王だ）

函館の地にやってきて一年以上経つ甘利田だが、カニメシと相対するのは初めてだった。未だ出会えていないイカメシ同様、頻繁に出るものでもないらしい。

大興奮《だいこうふん》を今は抑えながら、改めてトレイの上を見渡す。

（今日のメニューは、イカと並んでこの地の金角銀角、カニを贅の限りにあしらったカニメシ。味噌汁はなんとなんと、石狩《いしかり》汁だ。さらにサイドメニューは茶碗《ちゃわん》蒸《む》し。デザートに杏仁豆腐《あんにんどうふ》。いつもの安心瓶牛乳。もはやこれは給食ではない。超・給食だ！）

目を閉じて精神統一――そして、刮目。準備しておいた箸箱から、ゆっくりマイ箸を取り出す。

（久々に登場する伝家の宝刀。今日は北の強敵と切り結ぶ。さあ行こうぜ相棒）

豪勢なカニメシを前に、甘利田のテンションはすでに最高潮であった。いきなりカニメシの器を取って箸を突っ込み、口いっぱいに頬張る。

（これが……カニか。違う。カニカマとは、違う。カニって、甘い……）

カニの身の塊を噛むと、切れた繊維からカニのエキスが口内に広がる。だが、一緒に食べた米の存在感もすごかった。

（カニだけじゃない。米にもカニの出汁が染み込んでいる……そうか、カニ肉を一緒に炊き込んでいるのか。旨味だらけじゃないか。もう、止まらん！）

甘利田が輝く笑顔で、ウキウキしながらカニメシを食べていく――その姿を、比留川がチラチラ気にしているが、当然そんなことに甘利田が気づくはずもない。

トーマスは、比留川の隣で上品に箸を動かして給食を食べている。前の席の生徒から話を聞いているので、彼もまた、甘利田の奇行に気づいていない。

カニメシを食べる度に身体が跳ねる甘利田だったが、ふと我に返った。

（いかんいかん。こんな上等なものをかっこんで終わらせてはいかん）

カニメシから逃れるように器を放り出すと、今度は石狩汁の器を取った。

（じっくり攻めようではないか。ひとまず、次……石狩汁。鮭《さけ》と野菜を煮込んで、味噌で味をつけた具沢山の汁物。名前の由来は、鮭漁が盛んだった石狩川河口にある、石狩町から生まれ

たとされている)

そんなことを考えながら見つめる石狩汁には、火が通って鮮やかなピンク色をした鮭の身に、ニンジン、玉ねぎ、こんにゃく、豆腐などがゴロゴロ入っている。バターも入っているため、通常の味噌汁よりも少し黄色く見える。野菜のエキスも出た石狩汁を、甘利田はズズっと啜った。

(ああ……うまい。仕上げに入れる風味づけのバターが香ると、途端に通常の味噌汁とは別物になる)

鮭と野菜、そして味噌の甘みに、バターならではの濃厚な甘さと旨味が広がる。鮭の身を口に入れると、ホロホロと崩れる。皮の脂も濃厚で、そこにバターと味噌の味が加わる。じっくり噛んで、味わった。鮭が口の中から消えると、ふと茶碗蒸しの器に目がいく。

(茶碗蒸しといったら、なんと言っても銀杏《ぎんなん》だ)

石狩汁の器と箸を置き、代わりに茶碗蒸しの器と先割れスプーンを手に取った。まずは掬った一口を楽しむ。固まって滑らかな口当たりの卵液と出汁が、ミツバとエビに絡んで素材のおいしさをさらに引き出す。もう一口食べようと先割れスプーンを入れたとき。

(ん……あれ……ない……ない……)

あるはずのものが見つからず、忙しなく先割れスプーンを動かした。あまりに見つからないので、食べながら探し続ける。そして気づいたら、食べ切ってしまっていた。

(銀杏、入ってないじゃないか!)

甘利田は、ショックでハンカチを噛み締めながら地団駄を踏んでしまう。ふと「銀杏入ってた」という声が聞こえて動きを止める。声の主は浅葉で、「うまっ！」と目を丸くしている。向かいに座る国生も「私もあった！」とスプーンに乗せて見せると、次々「あったあった」と銀杏の存在を確認する生徒たちの声。

（猛烈に悔しい。なぜよりによって、私にだけ入ってないんだ！）

　思わず立ち上がり、ハンカチを抱えて身体をくねらせて悔しさを爆発させるが——トレイが視界に入ったとき、残しておいたカニメシの器に意識が引き寄せられた。素直に席に座り直す。

（そうだ……私は何を贅沢なことを言っている。こんなカニメシを提供されているのに、銀杏一つで毒づくなどもってのほかじゃないか。イージーミスは大目に見よう……では、いざ）

　腕を締めて気合いを入れると同時に、石狩汁に手をつける。汁、鮭、野菜と頬張り、次にカニメシ。食べるほどにカニの存在感に圧倒され、踊らずにいられない。口の中がカニで満たされている間、嬉しくて指をチョキチョキとカニの手のように動かし、身体を揺らす。

（うまい。今日は私にとって、カニメシ記念日だ！）

「おおっ……ああ……」

　おいしさでテンションが最高潮となり、甘利田はカニメシの匂いを嗅いで笑っていた。しかも、声に出して。

　——その瞬間、トーマスの動きがピタリと止まった。甘利田の声が届いてしまったのだ。

　隣では、比留川がハッと息を呑《の》む。ずっと廊下から甘利田を見守っていた坂爪も、「やばい」というセリフが聞こえそうな表情で口を覆う。

　比留川が手を伸ばしたときには、もうトーマスは振り返っていた。隠そうとする比留川の手をどかし、トーマスはギョッとした表情で固まっていた。

――カニメシの器を掲げて踊り、歌う、甘利田の姿を。

トーマスは呆然として何かを呟きながら、不審な目で甘利田を眺め続ける。廊下で見ていた坂爪も手で顔を覆い「終わった」という声が聞こえてきそうであった。

一通り満足したのか、笑顔のまま声が少しずつフェードアウトしていく頃には、甘利田は自席に戻っていた。

その姿を見送ったトーマスの顔に、すでに驚きはない。眉間に皺を寄せ、失望と怒りを含んだ目で、甘利田を睨みつけていた。

そんなことなど露知らず、甘利田は再び箸を取ってカニメシ、石狩汁と食べ進める。

（ああ、うまい。幸せだぁ……私は三国一の果報者だ。私は今、充実している……）

満たされながら最後の杏仁豆腐を食べ切ると、牛乳を一気に飲み干す。マイ箸を箸箱にしっかり収めると、椅子の背もたれに背を預け、目を閉じる。

（今日も仕上がった……ごちそうさまでした）

甘利田の動きが落ち着いたところで、トーマスが比留川に何事か話しかけていたが、比留川は俯いて答えない。甘利田の与《あずか》り知らぬところで事態が動いているが、本人は恍惚とした表情で余韻に浸っていた。

だがそのとき、甘利田の鼻が反応した。目を開けて身体を起こすと、メガネをかける。

視線の先には、粒来。ストーブの上には、アルミ箔で作った皿が乗っていた。

（ん？　あいつ……だからそこは、お前の焼き場じゃないと言ってんだろうが！）

怒りを抑えつつ、アルミ箔の皿の上を見た甘利田は思わず立ち上がった。カニメシから抜き出したカニの身を焼いているのが見えたからだ。

（焼きガニ！）

粒来はアルミ箔の皿を丁寧にストーブから降ろし、自席に戻っていく。

（それを……やってしまうのか、お前。もう、うまそげすぎるだろ！）

急に立ち上がった甘利田が口をあんぐりと開けている姿を見ていたトーマスは、視線の先のストーブに気づいた。「Is cooking on the stove!?（ストーブで調理しているのか!?）」と苛立ちと驚愕の声を上げている。だが、甘利田には聞こえていないらしい。

その間に、粒来は箸でつまんだ大きな焼きガニを、甘利田に見せつけてくる。

（奴の背後に、北海の大海原も広がっている……むくつけき漁師たちが豪快にカニを食らう。「おい、マヨネーズなどつけるとうめぇんだよ」とか、誰かが言う。食ってみると、「こりゃあうめぇ！」と膝を打つ）

頭の中を妄想でいっぱいにしながらも、現実では自分も食べたいとばかりに大口を開けて粒来を見る甘利田。そんな視線を受けながら、粒来も口を大きく開けて焼きガニを頬張った。幸せそうに頬を緩めて、もう一つカニをつまむ。

（そんな……そんな光景が……み、見えてきた！）

妄想が頂点に達した瞬間、甘利田の視界に変化が起きた。ついさっきまで詰襟姿だった粒来が、タオルを細く折って頭に巻き、水場での作業が多い漁師が着る防水性の高い作業着姿に変わったのだ。

　メガネを外して目をこすり、もう一度メガネをかけて見る。粒来は作業着姿はそのままで、その手に持っていた箸とカニの身が、大ぶりのカニの脚になっていることに気づくだけだった。

（なんだ、なんだその……カニ脚ぃ！）

　大ぶりなカニの脚の殻の部分をつかみ、突き出た身の部分を口の上に持ってきて、下からかぶりつく。

　——そんなビジョンが、甘利田の視界では再生されていた。妄想力炸裂である。

　次の一口は、いつの間にか器に用意していたマヨネーズをつけて食べる粒来。

（おまけに、焼きガニマヨネー！）

　内心で叫びながら、甘利田は怒りに震える。

（そんなのうまいに決まってんだろうがよ、この野郎）

　顔を真っ赤にしながら、デスクから乗り出すように粒来を睨む甘利田。その姿を、トーマスも睨みつけているのだが——当然気づかない。

（焼いただけで……風景が変わる。恐るべし、カニパワー）

　カニがすごいのか、妄想力逞しい甘利田がすごいのかはともかく——ふと、粒来の机にもう一つアルミ箔があるのが見えた。中を開けると、串に刺した三つの銀杏が現れた。ちなみにこのときには、甘利田の視界の粒来は、元の詰襟姿に戻っていた。

（あ、焼き銀杏！　しかもトリプル！）

　一つも入ってなかった甘利田の運が悪いのか、粒来の運がよすぎるのか。熱くなった銀杏を、息を吹きかけながら食べる粒来。その姿に、甘利田は無力感に苛まれる。

（……私にとって、今日の給食はマックスだった。これ以上ない特別食に圧倒され、飛びつくように食らった。だが奴は……マックスのその先を目指した。冷静に、より最高の給食にするため、自分の道を全うした）

敗北感で脱力した甘利田は、床に倒れ込んだ——よりによって、トーマスの足元に。

（負けた……今日も、負けた……）

そのまま動かなくなる甘利田を失望の目で見降ろしながら、トーマスはゆっくり首を横に振っていた。

給食が終わり、掃除の時間。生徒たちに交じって、甘利田は雑巾を手に、比留川は箒を手に廊下の掃除をしていた。窓の縁を拭き始めた甘利田は、箒を持ったまま動かない比留川に対し「どうしました？」と声をかけた。

「父に、お前は未熟だって言われました」

なんと声をかければいいかわからずにいると、比留川は続けた。

「私は、先生みたいになれません」

「とんだ買い被りです。私はいつも負けてばかりですよ」

元々自分の真似をしようとする比留川を窘めていたが、何より今日の給食でも粒来に圧倒されていた。甘利田の言葉は本心しかない。ちょうどそんなときだった。

「甘利田先生は、給食の時間になると、どうかしてしまいますね」

廊下の向こうからトーマスがそんなことを言いながら、甘利田に歩み寄って来た。その表情は険しく、友好的だった今朝とはかけ離れていた。

「あなたの厳格さには偽りがある」

トーマスの言葉で、甘利田は自身の給食好きがバレていることを悟った。あれだけのオーバーリアクションであれば当然なのだが、直接指摘してくる人間は少ない。

「あの、そうじゃないんです」

比留川が口を挟むが、トーマスは実の娘を無視して続ける。

「教師は常に、子供の手本であるべきなんです。確たる指導を行ってこそ、子供たちは謙虚さ、素直さ、協調性を身につける。仮初《かりそめ》の厳格さでは、何も伝わらない」

甘利田は反論しなかった。トーマスが有無を言わせない、高圧的な態度だったから――ではない。

「明日、坂爪校長に申し入れて、愛を別の先生につけてもらうよう要請する」

「ちょっと待ってください」

「そうしなければ、愛にも悪い影響が及ぶ」

食い下がる比留川を一切見ようとしないトーマスを、甘利田はまっすぐ見据える。

「悪い影響は、及ぼすかもしれません」

給食はいつだって、甘利田の中心だ。隙があれば、給食をおいしく食べるためにはどうすればいいかということばかり考えている。それが充分わかっているからこそ、比留川にも「買い被りだ」としか言えなかった。

だがそれはそれとして、甘利田も黙って受け入れるだけでは済まさない。

「ただ、比留川先生はもう大人です。人にはそれぞれ、その人らしさというものがある。誰もそれを阻害することはできない」

北の地に来てから、「郷に入っては郷に従うべき」と考えたり、「地元民の流儀があるはず」と思い込んだり――その末に「給食は自由に食べていい」ということを思い出したり。給食を通して空回りしてきたからこそ見えたことがあると、甘利田は実感していた。

おいしいと思う食べ方で、給食を食べる。そのために試行錯誤すること――それが、いつしか甘利田が見失っていた、「自分らしさ」だ。それを取り戻させてくれたのは、粒来の存在があったからだった。

甘利田が「自分らしさ」を「取り戻した」一方で、比留川には「自分らしさ」が「芽生《めば》えて」きているのだ。最初は自主性がなく、甘利田の挙動を真似して、ちょっと強く言われただけで泣きそうになっていた比留川。だが今では、英語の力を借りて生徒を静かにさせ、自分の判断でプライベートレッスンを行い、甘利田に自分の意見を言えるようになった。

高圧的で反論を許さないトーマスの態度は、そんな比留川の「自分らしさ」を潰そうとしている。だから、黙ったままではいられなかった。

「――たとえ、実の親であっても」

真っ向から自分の言葉を否定され、トーマスは「なんだと」と明らかに怒りを見せる。だが甘利田は引かない。

「それと、子供の指導についてもあなたの話には違和感がある。あなたは、ただ従順なことが謙虚さで、単に追従することが素直さ、同調を強《し》いることが協調性だと言っているようだ。そんな人間、それこそ社会に出てもなんの役にも立たない」

今度は、トーマスが黙った。その視線が、比留川に向く。まっすぐ口を引き結んだ比留川はトーマスを見ることはないものの、毅然とした表情をしていた。甘利田の言葉に無言の賛同を示すように。

「比留川先生のことを未熟《みじゅく》と評したらしいですが、もしかしたら……あなたのほうが未熟なのかもしれません」

目をまっすぐ見て言い切る甘利田を睨みつけると、トーマスは娘を顧《かえり》みることなく足早にその場を去って行った。

今日も、甘利田は帰りに駄菓子屋に寄ろうとした。生徒たちの姿が多くしばらく物陰に隠れていたが、姿が消えた隙を狙って、足早に入店する。この日もサキは、店の出入り口の前で太極拳のような動きをしていたが、いつも通りすり抜けた。

トーマスに給食好きを知られ、ひと悶着あったあとではあるが、甘利田の頭からはすでにそのことは追い出されていた。過去に教育委員の男に目をつけられていた経験もあって、深く考えすぎないようにしていたのだ。こうなってしまった以上、なるようにしかならない。

何より、そんな気持ちのままでは、好きなものを楽しめない。

(誰にも言えない私の密かな楽しみ、駄菓子)

迷わずとある棚まで進んで、商品を手にする。プラスチックの薄い直方体の容器に、子供の小指の爪ほどの小さな円柱型のチョコレートがぎっしり入っている。

（今日はこれに決めていた。みんな大好きチョコベビー）

支払いを済ませ、誰もいない店先のベンチに移動する。

（かつてはこれを食べるとき、一粒ずつチマチマ食べて長時間楽しんだものだ。しかし、今や私は大人。大人はこれを、こう食べる！）

容器の上部にある小さな窓を開け、持ち上げる。傾けて滑り出てくるチョコベビーを、甘利田は大口を開けて受け止めた。箱を叩いて滑り落ちてくるスピードを速めるのを忘れない。ものの数秒で、口の中がチョコまみれになる。

モグモグと咀嚼する甘利田は、笑顔だった。

（これだ。これぞ大人の証《あかし》。こんなこと子供にはもったいなくて、できまい！）

幸福感に満ちる甘利田だったが、ふと背後に人の気配を感じて振り返った。

そこではサキが、見慣れた太極拳の動きをしている。見慣れないのは、その隣にまったく同じ動きをしている粒来がいることだった。慌てた甘利田は、咄嗟にベンチの下に隠れた。身体は一切隠れていないが、気持ちの問題である。そこから、粒来とサキを観察する。

（あいつ、何をしている）

様子をうかがっていると、しばらくして二人の動きが同時に止まる。瞬間、サキから「うまいうまい！」と絶賛の声が上がり、笑顔で二人はハイタッチを交わしていた。

（ババアと意気投合してる）

普段は仏頂面のサキだが、「そうだ、これあげよう」、とタラシートを串に刺した駄菓子の入った箱を差し出す。嬉しそうに「やったー」と一本取る粒来に「筋がいいねぇ」と先ほどの太極拳についてサキはさらに褒める。

瞬間、粒来は目を光らせ「もう一本いいですか」と図太い要求をする。一瞬躊躇うサキだったが、「甘えるのがうまいねぇアンタ」と笑ってもう一度箱を差し出した。

その様子を、ベンチの下から見ていた甘利田は驚愕する。

（あいつ、とんでもない大人たらしなんじゃないのか……）

用務員の竹本と一緒にいることも多く、そして甘利田にも「友達になってほしい」と言っていた。そう言われたときよりも、今の甘利田は粒来を近くに感じていることを思えば、当然の推測だった。

そんなことを思っている間に、粒来は「ありがとう!」、サキは「またなー!」と手を振り合う。二本の串を持って帰っていく粒来をサキが見送ると、甘利田はベンチから這い出してサキの隣に並び、圧の強い顔を近づける。

「あいつ、よく来るんですか?」

「いや」

「え、だって今」

「太極拳教えてくれって言うからさぁ」

予想外の展開に戸惑いつつも、甘利田は「……そうですか」と返した。サキは近すぎる甘利田の顔に怯《ひる》むことなく続ける。

「子供は素直でいいねぇ……あんたも見習ったらどうだい」

「私は、大人です」

そう言った瞬間、サキは吹き出した。だがすぐにいつもの仏頂面に戻ると、甘利田を見据えて「どうだか」と言い捨てて店内に入っていった。

(私は給食と駄菓子を愛する教師。その思いに一点の曇りもない。大人と一瞬で距離を詰める達人、粒来ケン。奴は、常に何事にも最善を尽くす)

甘利田は誰もいなくなった店先のベンチで、残りのチョコベビーを食べる。もちろん、甘利田の言う「大人の食べ方」でだ。

今の自分がおいしいと思う食べ方で、駄菓子を食べる。給食もまた然り。それが甘利田の「自分らしさ」だ。

トーマスに「その人らしさ」を説いたとき、頭に浮かんだのは粒来だった。粒来が食の冒険を始めた当初よりも、忌々しさが減っていることに甘利田は気づいていた。

(今日、奴と私の距離も、また縮まった……気がする)

そんなことを思っていた甘利田は、知らなかった。粒来がなぜ、タラシートの串の二本目を要求したのかを。

缶ポックリをしていると、甘利田とたまに出会う、海辺の堤防にあるテラスで今日も会えると思っていた粒来が、二本のタラシート串を持って甘利田の姿を探していたことを。

甘利田一人では見えない世界を見せてくれる、粒来ケン。彼もまた、甘利田に絆《きずな》のようなものを感じている――のかもしれない。

ラストメニュー

すする人

粉雪が舞い散る、冬の函館。まだ積もるほどになっていないのは、寒がりな甘利田にとって幸いだった。

翌日の一年一組は、全ての机と椅子が教室の後ろへ押しやられていた。生徒たちは教卓の近くに横並びになり、膝を抱えて座っている。教室内はストーブで暖められているため、床に座るのも問題ない。誰も口を開かず、ただ一点を見ていた。

押しやられた机や椅子の前にスペースを作った仮の舞台では、学芸会の練習が行われていた。黒板の前には、段ボール紙に「裁判長」と書かれた札を下げた国生が立ち、中央には「ホワイトマン」と書かれた粒来が黒板を背にして立つ。

粒来の右手側には「検察官」の札を下げた磯貝が立ち、左手側の椅子には、「弁護士」の丸本が座る。そこから少し離れたところでは「傍聴人Ａ」の札を下げた浅葉が立っていた。

「『カレーは、通常、醤油をかける派とソースをかける派に分かれます。でも彼はどちらでもなかった。それが罪です』」

台本を淡々と読む磯貝の声を聴きながら、甘利田は正面から彼らの演技と台本を見ながら確認している。隣には、同じように台本を開いた比留川の姿もある。

磯貝がセリフを言い終えると、丸本はゆっくり立ち上がりながら「『なぜですか』」とのんびりとセリフを言った。すると甘利田は、「待て、一旦そこまでだ」と言って立ち上がる。

直後、練習を見ていた生徒たちの間で笑いが起きた。

本来なら緊迫しそうな裁判の場面だが、内容が内容なので、真面目に変なことをしているようなおかしさがあった。

だがそれ以上に——演じている側にも、「真面目に変なことをやらされている」という意識が滲《にじ》んでいたことも、無関係ではないだろう。

甘利田は、中央まで歩み寄りながら全体に向けて口を開く。

「お前ら何をニヤニヤやってる。言ったはずだぞ、これは授業だ」

すると、国生が「先生」と声をかけた。彼女の背中の黒板には、「ホワイトマン」「朝練八時三〇分～八時五〇分」と書かれている。

「これはコントですか？」

国生が質問すると、甘利田は「ジャンルなど知らん」と切って捨てて続けた。

「ただどんなものであろうと、本気で真面目にやれば、必ず人の心を打つ」

断言すると、甘利田は「丸本」と弁護士役に声をかける。

「自分に置き換えてみろ。お前の大事な人が困っていたら、もっと本気にならないか？」

「そのときは、そうしますけど……」

「お前の依頼人は本気で困っている。それをなんとか助けたい。その思いを、込めろ」

暗に「今はそのときじゃない」と言っている丸本だが、甘利田はそれを無視して「磯貝のセリフからだ」と練習の再開を告げると、持っていた台本で磯貝を促した。座っていた磯貝が、再び立ち上がる。

「『カレーには通常、醤油をかける派とソースをかける派がいます。でも彼はどちらでもなかった。それが罪です』」

先ほどより、磯貝は堂々とセリフを口にしていた。粒来に手を向ける動きを加えたり、進行に問題ない範囲でアレンジしたりしている。磯貝が言い終わると、丸本は先ほどより勢いよく立ち上がった。

「なぜですかー！」

先ほどより大きな声で丸本が言うが――甘利田は持っていた台本を床に叩きつけた。

「ダメだ！　まったくなってない！」

威圧的な声と台本を叩きつける音で、丸本がビクつく。他人事《ひとごと》のように見ていた生徒たちからのニヤつきも消えた。

「それでは小学生のお遊戯《ゆうぎ》と変わらない。お前らは中学生だ。中学生の実力を見せつけろ」

直接ダメ出しを受けた丸本は、肩を落とした。泣き出さないのが不思議なくらいだ。叩きつけた台本を拾いながら、次に甘利田は「それと……」と続けて、ニコニコ周囲を見回している粒来を見た。

「おい、ホワイトマン！」

クラスメイトたちから笑みが消える中、振り返った粒来は「はい」と平然としている。

「なぜさっきからニヤニヤしている。お前は被告だぞ」

「なんか、楽しいなって思いまして」

そんなことを言ってのけた。彼の笑みは、この状況を楽しんでいるからだったらしい。

他の生徒たちとは違う反応に、甘利田が顔を近づけて何か言いかけたとき――チャイムが鳴った。

「今日の朝練はここまでだ。机を元に戻せ」

圧の強い顔を寄せられても、「はい」と笑顔で答える粒来。それを合図に、各々机と椅子を元に戻すため動き始めた。


授業が始まり、校内が静かになった頃の——校長室。応接セットのソファには、坂爪の隣に比留川が座り、その向かいにはトーマスが座っている。その空気は緊迫していた。

「——いつも、ああなんですか」

三人が腰を下ろすとすぐ、トーマスがそう言った。前振りもなく突然の言葉に坂爪は「ああ……とは？」と聞き返す。

「甘利田先生はいつも給食の時間に、ああやってバカみたいにはしゃぐんですかと聞いている」

坂爪が答える前に、毅然とした顔つきで比留川が口を開いた。

「いつもはちゃんと……給食を食べています」

嘘である。同じ教室で給食を食べるようになった比留川は、甘利田が毎回給食で大はしゃぎしていることを知っている。だが、堂々と嘘をついた。そうしなければ、甘利田を責めるトーマスを止めることはできない。

「じゃあ昨日のあのザマはなんだったんだ？」

「カニだったからです」

比留川があまりに堂々と言うので、坂爪は驚いて彼女の顔を見る。トーマスもふざけるなとでも言いたげな声で「はあ？」と声を上げる。だが比留川は怯まず続けた。

「昨日は、年に一度のカニメシの日だったんです。それでわざと、はしゃいだんです」

「なぜわざとはしゃぐ必要がある？」

カニメシが年に一度というのも、嘘だ。昨日のカニメシは、転勤して一年以上経った甘利田も初めて食べたのである。比留川はそのことを知らないが、そもそも教師になって半年の比留川が、毎年カニメシが出ているかどうかなど把握しているはずもないのだ。

ここまで隙なく嘘を言っていた比留川だったが、そこまでは考えていなかった。ついに言葉に詰まるが、何か閃いたらしい坂爪が「それは、あの」と引き継いだ。

「我が校の校訓を、生徒に見せつけるためです」

トーマスが「校訓？」と首を捻《ひね》るのを見て坂爪は立ち上がると、壁にかけてある額縁を手で示す。比留川も、同意するように立ち上がった。

「我が校の校訓は、無我夢中です。我を忘れて物事に熱中する精神のことです。年に一度のごちそうは、大いに感謝して熱中するんだと、自らパフォーマンスしたんです」

坂爪が堂々と説明できるのは、甘利田が校訓そのものであると実際にも考えている節があるからだ。給食が好きすぎる中学教師を、坂爪は認めている。

それもあって、トーマスは考え込んだ。その間に坂爪は、比留川に目配せをして腰を下ろしてから続けた。

「甘利田先生はいつも、真面目で必死です。トーマス、君だってその姿勢を買ってたはずだ」

追い打ちとばかりに、坂爪は最初に甘利田を見たときのトーマスの様子を指摘する。普段の甘利田は、確かに坂爪の言った通りの人物なのだ。

「……彼は、私を未熟者だと罵《ののし》った」

だがトーマスから出たのは、感情的な言葉だった。教育者として正しいことよりも、個人的な恨みからのように思える。予想外の反応だったのか、坂爪は「え？」と戸惑いの声を上げることしかできなかった。

「私は彼を教育者として認めるわけにはいかない。場合によっては、教育委員会に彼の転勤を要請するつもりだ」

「な……ちょっとちょっと」

「今日の給食で、最終判断をする」

坂爪が落ち着かせようとするが、トーマスは聞く耳を持たなかった。そのまま立ち上がると、大股《おおまた》で校長室を出て行く。

「……」

トーマスが去ったあと、比留川はソファに座って静かに考えた。

少し前の比留川なら、トーマスの言葉をすべて受け入れて従っていただろう。だがそれは正しいと思っていたからではなく、父の圧力に屈していただけだ。

『子供の指導についてもあなたの話には違和感がある。あなたは、ただ従順なことが謙虚さで、単に追従することが素直さ、同調を強いることが協調性だと言っているようだ』

自分がかつて、思っていても口にできなかった言葉を、甘利田が面と向かって父に突きつけてくれた。だからこそ、先ほどのトーマスの言動が「正しいかどうか」ではなく、「自分を否定した」という「個人的な怒り」によるものであると、冷静に受け止めることができた。

「――やれやれですね」

そんなことを考えているうちに、坂爪はコーヒーを淹れてくれていた。比留川の前にコーヒーカップを置く。

「本当に申し訳ありません」

頑固な父親に代わって頭を下げる比留川を気にする様子もなく、坂爪は「今日の給食は、なんでしたっけ」と自分のデスクに歩み寄る。デスクに出ていた献立表を手に取り、メニューを確認する。瞬間、献立表を落として額に手を置くと比留川を見た。

「……味噌ラーメンですよ」

坂爪から聞いた瞬間、比留川は絶望感で天を仰いだ。料理の名前だけでここまで以心伝心《いしんでんしん》できるのは、二人が甘利田という人間をよく理解しているからだ。

坂爪に手招きされた比留川は、半開きにした職員室につながる扉から一緒に中を覗く。

自席にいる甘利田は、献立表を抱きしめ、満面の笑みでその場で飛び跳ねていた。

「……ダメだこりゃ」

そう呟くと、坂爪はそっと扉を閉めた。

「校長先生、あのくらいのことで転勤処分なんてできるんですか？」

「先生も知ってると思いますが……トーマスの性格ならやりかねんでしょう」

坂爪の答えを聞く前から、比留川にもなんとなくわかっていた。父、トーマスは、やると言ったらやる。その姿を、幼い頃から見てきたのだ。それでも、一縷《いちる》の望みにかけたつもりだったが、父の友人である坂爪も同意見だった。

「甘利田先生を、説得してみますか。今日の給食は……その、我慢してください、って」

諦めたような弱気な声で言う坂爪に、比留川は「あの……」と口を挟む。

「じゃあ、私に話させてください」

「大丈夫ですか？」

心配そうに言う坂爪だったが、比留川は笑って続けた。

「自分の言葉で話せって、甘利田先生に教わりました。私が、話します」

仕方ないから。誰かがやらなきゃならないから。そんな後ろ向きの気持ちではなかった。このままではいけない。どうにかしなくちゃいけない——比留川は自分の意思で、「そうしたい」と思っていた。


一年一組の、数学の時間。小テストを行っているので、教室からは鉛筆を動かす音、消しゴムで紙をこする音が聞こえる。立ってテストの監督をしていた甘利田は、窓のほうを向いてストーブに当たっていた。

（今日のメインは、お待たせしました味噌ラーメン。この地の味噌ラーメンは具沢山の味噌スープと、袋入りの中華《ちゅうか》麺が別々に出る）

楽しみな味噌ラーメンに思いを馳せる中、甘利田は粒来がストーブをじっと見ていることに気づいた。

（こいつ……また何か考えてやがる。くそ。妨害してやる）

　さりげなくゆっくり歩くと、ストーブと粒来の間に立った。

（思いつくな。思いつくな。なーんにも思いつくな）

　ストーブを隠す壁となり、背にした粒来の様子を気にしていると——チャイムが鳴った。

「やめ！　後ろから答案を回せ」

　言いながら、教卓に移動する。指示と同時に、最後列の生徒たちが前の席の生徒に答案を渡し、順に最前列に回していく。

　結局、甘利田が教室を出る頃になっても、粒来の閃き顔を見ることはなかった。

　数学の授業を終えた甘利田は、職員室に戻る前に配膳室に寄った。中で作業をする牧野や他のスタッフを眺めながら、腕を組んで考える。

（奴のことだ、またしても禁じ手のストーブで何かを焼くか、温めてくる。普通に考えれば、スープをアツアツにしての火傷《やけど》スレスレ激熱ラーメンか）

　甘利田の脳内では、ストーブの上に乗った土鍋が再生されていた。ストーブの熱でスープがグラグラ煮えたぎって湯気を上げ、そこに中華麺を投入している粒来の姿が浮かぶ。

（待てよ。その前に、麺を焼いたらどうだろう。カリカリのおこげ麺で味わう）

　次に浮かんだのは、こんがり焼いた中華麺を、先ほど登場した土鍋に投入する粒来の姿だ。

アツアツカリカリの中華麺がスープに入った瞬間、ジュッと音を立てた。

(……いやいや、やはり、麺はちゅるるんと食べてこそラーメン。麺を適量入れた上で、フタをして煮込んだらどうなる)

土鍋のフタを開けると、汁を吸って太くなった中華麺が眩しい煮込みラーメンが登場するが――イメージの中でフタを開けたのは、甘利田だった。

(そうか、味噌煮込みラーメンか……それだ。それでいくべきだ!)

渾身のイメージに、甘利田はガッツポーズをくり出す。しかしすぐに、「はっ」と何かに気づいた。

(あ、いつの間にか、私がストーブを使う前提になっているじゃないか!)

脳内のイメージ映像の変化に、ここに来て気づくのだった。

「――喜んだり怒ったり、忙しいわね」

そう声をかけたのは、配膳室の中で作業をしているはずの牧野だった。甘利田が妄想にふけっている間に、その姿を見つけて出てきたらしい。「別段、何も」と取り繕う甘利田。

「そうだ、今日はね、先生にお得情報を教えちゃう」

「なんですか。一応、聞くだけ聞きますが」

そんな態度などまったく意に介さず、牧野はニヤリと笑って「そう? あのねぇ……」と牛乳瓶ケースや給食缶が乗った棚のほうを振り返る。甘利田は興味がないフリを続けながらも、しっかり聞こうとしていた。

すると、甘利田の後ろから丸本がやってきて「牛乳お願いしまーす」と声をかけてきた。牧野は「あ、丸本さん！　はいはい」と、棚から一組用の牛乳瓶ケースを持ってくると、丸本に渡す。それから「ちょっと待ってね」と丸本を呼び止めると、配膳室の職員に声をかけ、何かを持ってきてもらっていた。

「二組で欠席が出たんで、一組で食べて。内緒よ」

そう言って丸本に見せたのは、二袋の中華麺だ。牧野が牛乳瓶ケースの上に乗せると、「ありがとうございます」と、丸本は明るく礼を言った。

（替え玉！）

甘利田が中華麺を見ていると、牧野が「ね、お得情報」と甘利田を見る。その間に、丸本は中華麺が乗った牛乳瓶ケースを持って立ち去った。

（絶対、ジャンケンで勝ってやる）

教室に戻る丸本の後ろを早足で追う甘利田だったが――

「先生」

声が聞こえ、振り返る。そこにいたのは比留川だった。どこか緊張した面持ちだ。

「……ちょっと、いいですか」

だがそこに怯えや恐怖といったものはなく――まるで、一大決心したことを告げようとしているように見えた。

比留川に連れられ、甘利田は校舎を出た。時折甘利田たちも掃除を行う外階段を、比留川と共に下る。粉雪が舞う外は、かなり寒い。生徒たちの休憩時間ではないこと以前に、校庭に生徒の姿がないのは当然であり、甘利田たちもそう長くはいられないだろう。

「今日の給食に、また父が来るそうです」

比留川の言葉に、甘利田は「そうですか」と特に興味もなさそうに返す。

「それでその、また……甘利田先生がああだったら、マズイことになりそうで」

「ああだったら、とはなんです？」

不思議そうにしている甘利田の言葉を聞いて、比留川は足を止めて振り返った。ちょうど、鉄棒の前だ。

言葉を選んでしまったが故に、甘利田には伝わらない。給食ではしゃいでいることを隠しているつもりなのだから、当然ではある。だから比留川は、覚悟を決めた。

「甘利田先生の、踊りです！」

「……踊り？」

「踊らずに、静かにしていただければ、父は納得します」

比留川が真面目に言い切った瞬間、甘利田も真面目に「私は踊ったりしてませんよ」と言い切る。

「……自覚ないんですか？」

「おかしなことを仰《おっしゃ》る」

甘利田自身は、自分が給食好きであることを隠している「つもり」なのである。しかも今まで誰かに「給食を食べているときの様子」を指摘されたこともない。

つまり甘利田は、比留川が言った通り、給食を食べているときに「はしゃいでいる」という自覚がないのである。給食を楽しみにしているのは事実だとしても、それはあくまで「心の中で愛している」のであり、踊ってはしゃいでいるわけではない——本人はそのつもりなのだ。だから、甘利田にとっては比留川の言動がおかしいのだった。

　校舎に戻ろうとする甘利田の前に回り込み、比留川は頭を下げる。

「なんとか、ご協力お願いします」

「協力したいのは山々ですが、協力の仕方がわかりません」

　今度こそ引き返そうとする甘利田に、「ですから、踊りを」と比留川が引き留める。

「私は、踊ってなど、いない」

　それを遮るように比留川の顔に自分の顔を近づけると、甘利田は力強く否定した。

　比留川から見て「踊っている」ように見えても、甘利田にとっては「踊っていない」のなら、どんなに言っても平行線のままだ。比留川にとってどう見えるかではなく、甘利田が受け入れられる言い方にする必要がある。

　そのことに気づいた比留川は、甘利田を見据えたまま続けた。

「……では、給食中は絶対席を立たないでください。校歌は控えめに。ジェスチャーもなしです。あと、食事中は、なるべく静かに、音を立てないようにお願いします」

　次から次へと、具体的な「協力」の内容を伝える比留川。甘利田は顔を近づけたまま動かず、反応もしなかった。しばしの沈黙のあと、比留川は表情を曇らせた。

「父は、場合によっては……甘利田先生を転勤させるみたいです」

　その言葉で納得したのか、甘利田は短く「そうですか」と返す。

「すみません。でも、ここを乗り切れば……父は大人しく帰ります」

ハッキリ言う比留川を見つめながら、甘利田は少し顔を離した。

「……その考えは、どうですかね」

そのまま比留川に背を向け、ゆっくり歩き出す。

「自分の気持ちを誤魔化して、衝突さえ避ければ問題なし。これでは、何も解決していない」

甘利田が口にした言葉は、正論だった。いつもの甘利田らしい。

「好きなものは好き。嫌いなものは嫌いと言えばいい」

「――その通りです！」

甘利田の言葉に賛同した比留川の声は――悲痛なものだった。同意の言葉なのにそんな声を出す比留川を、甘利田は振り返る。

「その通りだけど……みんな、先生みたいに強くないんです。誤魔化したり、やり過ごしたりしないと、やっていけないんです」

甘利田は、いつも正論で生徒を黙らせてきた。甘利田自身、生徒を導くために必要なことだと思っての行動だろう――比留川は、横で見ながらそう思ってきた。甘利田の言うことは正しい。父親を感情的にさせることができるくらいに。

　でもだからこそ、自分のような「同じようにできない存在」のことも、知ってほしかった。

甘利田は、父のようにそれを切り捨てるような人間ではないと、今の比留川には思えるから。

「そんな自分は嫌だけど、いつかちゃんとするつもりで……今だけ乗り切ろうとすることって、そんなにいけないことですか」

「……」

現に甘利田は、こうして比留川の言葉を否定せず、静かに聞いてくれていた。比留川自身が考えて伝えた言葉を、受け止めてくれている。いつの間にか甘利田の足が止まり、比留川はゆっくり歩み寄る。

「私……甘利田先生の近くにいたい」

だから――今はまだ、いなくなってほしくない。

わがままなのは、比留川にもわかっていた。それでも、願わずにはいられなかった。こうして自分の願いを口にできるようになったのは、他ならぬ甘利田のおかげだったからだ。

比留川の切なる願いに対し、甘利田は見つめ返すだけだった。そこに言葉はなかったが――ほんの少しだけでも、自分の気持ちが伝わったように比留川には思えた。

静かに見つめ合う二人の間に、四時間目終了のチャイムの音が響き渡った。

一年一組の配膳が始まった頃、トーマスが教室に入って来た。

「ちょっといいですか、皆さん」

教室の中央にまで進み出て声をかけると、給食係や配膳を受ける生徒たちは動きを止めて、トーマスに注目する。

「今日も私は、みんなと一緒に給食を食べます。給食は、大事な日本の食文化です。礼儀正しく、静粛にいただきましょう」

優しく語りかけるような言葉ではあるが、暗に「騒ぐな」と言っているトーマスに、生徒たちは戸惑った様子で配膳台の列にいる甘利田を見る。甘利田は、無表情だった。

なんとなく配膳自体も静かに終えると、皆席に着く。昨日と同じグループに入った比留川とトーマスだが、甘利田の席の様子がよく見える配置になっていた。

生徒たちが校歌を歌う中、甘利田は口を閉じ、じっとしていた。

「……」

結局、甘利田は比留川の要求を呑むことにしたのだ。

少し強く言えばオドオドして泣きそうになっていた、新人英語教師の比留川愛。彼女は甘利田のように強くなれないと言いながらも、彼女なりに考えて、自分の言葉で甘利田に向き合ってきた。

甘利田の近くにいたい。それがどういった意味であったとしても、比留川が甘利田のことを案じてくれていることは間違いない。そんな彼女の言葉に、応えたいと甘利田は思ってしまった。

「……」

そんな心情など知る由もない粒来は、自席から甘利田を心配そうに見つめていた。坂爪も、昨日に引き続き廊下から様子を見守る。

校歌が終わり、日直が「手を合わせてください」と声をかける。今日の日直は、丸本と磯貝だった。手を合わせるのを確認して、二人が「いただきます」と口にする。

「いただきます」

教室が一体になって挨拶を済ませた直後、丸本は配膳台からあるものを手に取って再び前に立った。

「二組で欠席が出たので、中華麺が余りました。希望者はジャンケンしてください」

二つの中華麺を見た生徒たちからどよめきが起きると、希望者が配膳台の前に六人ほど集まる。そこには浅葉、丸本、そして粒来の姿もある。

甘利田は動かなかった。牧野に中華麺の余りがあると知らされたときは、ジャンケンに勝つ気満々だったが——状況が変わったのだ。

しかしジャンケンが始まると、甘利田は無表情のまま、机の下に隠した手でジャンケンに参加していた。掛け声に合わせて手の形を変えているだけなので、もちろん勝っても負けても関係ない。それでも「参加したつもりになる」ことで、甘利田は今の状況に耐えた。

何回目かの掛け声で、勝敗がついた。ジャンケンに参加していた浅葉が悔しそうに「グー出せばよかった」と言って自席に戻っていく。甘利田が最後に出したのは、グー。甘利田が参加していたら、決勝戦が行われたことだろう。

結果、一つは粒来が手に入れた。戦利品である中華麺を持って席に戻る粒来を視界に入れながら、甘利田は改めて自分の給食に向き合った。

(今日のテーマは無心。心を動かさず、ただひたすら食べる)

甘利田はメガネを外すと、トレイを見つめた。

(今日のメニューは、北の麺類キング、味噌ラーメン。あっさり酸味の効いた中華サラダ、バンサンスー。こちらも爽やかところてん。デザートは素敵に黒光るチョコケーキ)

中央に味噌ラーメンの具材とスープの入った器、その左に中華麺の袋が置かれ、その上の位置に春雨《はるさめ》、ニンジン、錦糸卵にキュウリが鮮やかなバンサンスー。味噌ラーメンの右には、酢醤油の茶色に染まったところてんが並ぶ。春雨とところてんで似た食べものが出ているように見えるが、前者の原材料はでんぷん、後者は海藻なので、給食的には別物扱いなのだろう。

最後に、右上にある牛乳の隣には、ドーム状の容器に入ったチョコケーキがあった。

（本来だったら、この時点でアドレナリンが噴出している見事な献立）

こういった状況でも――むしろこういう状況だからこそ、目を閉じていつもの精神統一。心を落ち着かせ、刮目。

はじめに、中華麺の袋を開封すると、ほぐして四分の一ほどをスープに投入。鮮やかな茶色のスープに、黄色の中華麺が映える。器と箸を取ると、具材を確認する。

（豚肉、コーン、ニンジン、もやし、白菜、たくさんの具材からエキスが出て、深々とした味わいを醸《かも》し出す。まずは一口）

たっぷりスープを纏わせて、麺を口に運ぶ。ズズズッとすすりそうになったところを、寸前で止まる。

（いかん。音出し禁止だった……慎重《しんちょう》にいこう）

すすることなく、ゆっくり、静かに麺を口に入れる。味噌と肉、野菜のエキスがモチモチの麺と一体化し、噛む度に幸せな気持ちが溢れた。

（うまーい。出汁がいい。麺にスープが絡まって、悪魔的な旨味を運んでくる）

もう一口分麺をつまみ上げ、食べる。だがすすれないため、勢いよく食べられない。少しずつ口の中に入れる動きが、もどかしい。

　もっと食べたい。味噌ラーメンの味を楽しみたい。勢いよく食べたい。ゆっくり食を進めるごとにその欲望が強まり――ついに、ズズズッと音が出てしまった。

　ハッとして甘利田が顔を上げると、トーマスは鬼の形相になっていた。その気配に気づいてか、トーマスの隣に座る比留川も目を見開く。

（いかーん……一旦ラーメンから離脱しよう。続いて、バンサンスー）

　口に運んだ中華麺をなんとかゆっくり食べて器を置くと、バンサンスーの入った器を持つ。少量口に含むと、ほんのり感じられる酸味が口内をスッキリさせる。

（ああ……優しい味だ。細切りにしたニンジンや春雨などを、酢で和えた逸品。こってりしたラーメンスープと対を成す、穏やかな味）

　穏やかに微笑むと、ゴクリと飲み込む。もう一口食べようと箸を動かすと、直前より倍くらいつまみ上げていた。

（さっぱりつるっと食べられる。もうちょっとだけ豪快に……）

　ほんの出来心でそのまま吸い上げると――ズズズッとまた音が鳴った。その音に気づき、甘利田は食べるのをやめる。トーマスと比留川の視線を感じた。

（いかーん……まただ。しかしこれ、今日はすすりものが多すぎないか。ラーメンに春雨に、ところてんだぞ。こんな日に限ってなんてことだ。すすりものをすすれないなんて、ガムを噛まないで食えと言われているようなものだ）

　やるせなさに打ちひしがれ、甘利田の手は完全に止まってしまった。

（食と一喜一憂してこその給食道なんだと……骨の髄《ずい》から染みた。もう、これ以上……先へは進めない……）

そこまで思ったところで、ズルズルと大きな音が聞こえてきた。音に引き寄せられた視線の先には、粒来が味噌ラーメンをすすっている姿があった。

（あんの野郎。人の気も知らずに……）

豪快にラーメンをすする音には迷いがなく、おいしく食べていることを堂々と示していく。

ふと粒来が甘利田を見た。ただ笑うでも、自慢するのでもなく――その目は、「一緒にやろう」と訴えかけているようだった。

（お前……わざとなのか。ラーメンはすするものだと、私に……伝えているのか）

甘利田の内心での問いに答えるように、粒来がラーメンを勢いよくすする。

視界の端でトーマスが粒来を睨んでいることにも気づいたが――トーマスのことなど、甘利田はもうどうでもよくなっていた。

（奴は、ストーブ近くの席になってから、食の冒険を始めた。缶ポックリや逆上がりを練習して、今と違う世界を見ようとした。自分を変えたいと……そう思っているからだ）

缶ポックリで上手《うま》く歩ければ、逆上がりができれば――世界が変わる。他人には理解されないことでも、「自分がそう思う」のであれば、粒来は実行に移した。

それを「くだらない」と切り捨てられなかったのは、そのことにとっくに気づいていたからなのかもしれない。

（自分の思いを完遂するために、奴は……ブレない。どんなくだらない行為でも、ブレたら、行為そのものを否定することになる。私の今やっている行為は……ブレている）

比留川の「協力要請」を受けることにしたのは、甘利田の意思だ。彼女が自分の言葉で伝えてくれた気持ちに応えたいと思ったのは、本当だったからだ。

だが、ブレた自分を受け入れた甘利田幸男という存在は、比留川が「一緒にいたい」と言ってくれた甘利田幸男なのだろうか。

そんなことを思ったとき――粒来とはまた別の場所から、ラーメンをすする音が聞こえてきた。顔を上げると、浅葉と国生のいるグループだった。見せつけるように器を持ち、ズルズルッとラーメンをすする。

そしてその数は、どんどん増えていく。

甘利田を見る生徒たちは皆、笑顔でラーメンをすすっていた。

学校に出てくるようになってからも、給食を残していたマルコまでも、なぜかこのときは他の生徒たちと同じように食べ、笑顔で甘利田を見ている。どういった心境の変化なのか、今の甘利田が知る由もなかったが、汁を飛ばし、時には顔に汁がついても気にせず、ズルズルズルと音を立ててすする。

教室がすする音に包まれた。一瞬で起きた異常事態に、トーマスは驚愕して生徒たちを見渡す。

いつも楽しそうに、はしゃぎながら給食を食べている甘利田を、「自然なもの」として受け入れていた生徒たち。甘利田は隠していたつもりでも、生徒たちにとっては「普通」のことだった。その甘利田がいつもと違う。粒来をはじめとして、そのことに皆が気づいた。

ラーメンをすする音――これは、生徒たち全員からのエールだった。

見守っていた比留川も、改めて箸を取る。箸いっぱいに麺を取り、ズルズルッと勢いよくすすった。隣の席のトーマスが「why?」と険しい表情で詰め寄っても、比留川は毅然としていた。静かに食べるよう頼んだ比留川も、本人の意思で、生徒たちのエールに加わったのだ。

教室が一体になった瞬間を目の当たりにした甘利田は——不覚にも、涙が浮かんだ。

(たとえ一瞬でも、他人の間尺に合わせたのは間違いだった。私は、私の道を行くべし)

甘利田は、両方の拳を握り、腋を締める——いつもの、給食を食べるときのように。

(……いざ!)

手始めに、残りの中華麺をスープに投入して、味噌ラーメンをすする。ズズズと勢いよく音を立て、頬いっぱいのラーメンや具材を咀嚼する。

(前へ、前へ……ただただ、ひたすら前へ。私の給食道は、前進あるのみ)

甘利田の誓いが聞こえているかのように、生徒たちも同じように勢いよく食べている。シンクロしているかのような動きに、トーマスは呆気《あっけ》に取られていた。

ラーメンがなくなればバンサンスーを、バンサンスーがなくなればところてんを。そうして、慌ただしく動いていた手と口が、デザートのチョコケーキを頬張り、咀嚼し、牛乳を飲み干すと——箸を、納刀するかの如《ごと》く箸箱に収める。

ふと顔を上げると、粒来が甘利田を見ていた。自分の知る甘利田が帰ってきたとでも言いたげな——ホッとしたような笑顔で。

(おかげさまで……今日も仕上がった。ごちそうさまでした)

背もたれにゆっくり背中を預けると、甘利田は噛み締めるように目を閉じた。

これで、トーマスの行動は決まったようなものだが——廊下で教室の様子を見守っていた坂爪は、スッキリした顔で廊下を歩み去っていく。

ここでトーマスが立ち上がった。笑顔が戻り、皆各々楽しそうに給食を食べる教室を見渡すと、そのまま教室を出て行く。トーマスの怒りを感じ取った比留川の顔が強張った。

「——ごちそうさまでした！」

だが普段は皆バラバラに食べ終わる一年一組が、皆手を合わせ、声を揃えた。「うまかったー」「おなかいっぱーい」と満足げな生徒たち。そして、幸福そうに目を閉じている甘利田を見て、比留川は自然と笑顔になっていた。直前に抱いたトーマスに対する緊張が、解けていくようだった。

その日の放課後、会議室では職員会議が行われていた。長机がコの字型に並べられ、教員たちは皆着席している。黒板前には坂爪とトーマスが、トーマス側には木戸、その向かいに甘利田と比留川が並んで座っていた。

この職員会議は、トーマスの視察の結果を報告することを目的に開かれた。準備が整ったのを見計らって、トーマスが立ち上がる。

「この二日間、非常に充実した時間を過ごさせていただきました」

木戸たち教員が会釈する中、「……ですが」とトーマスは続けた。

「一つだけ、大変残念なことがありました。ある教員の、給食のときの態度です」

甘利田と比留川は、トーマスを見ることなく、無表情で話を聞いていた。

「給食は日本が誇る食文化です。それを、その教員は冒瀆《ぼうとく》していた」

その言葉に、比留川は俯き、教員たちは皆甘利田を見た。トーマスが見学したのは甘利田のクラスだからというだけでなく、給食といえば甘利田だからだろう。

「今日の給食も、酷《ひど》いものだった。生徒は教師を真似るんです。あんなマナーの悪い食事を、私は見たことがない」

今でも信じられない、とばかりに首を振りながら、トーマスは憤《いきどお》りのこもった声で言う。すると、甘利田がゆっくり立ち上がった。予想外だったのか、比留川は目を見開いて「甘利田先生」と声をかける。トーマスが甘利田に気づき、顔を向けて続けた。

「教師には二種類いる。生徒を徹底的に指導する者と、生徒に翻弄されてしまう者。私が見る限り、あなたはどっちかわからん。よくわからない教師は、それ自体が罪だ」

――奇しくも、このセリフは甘利田が書いた「ホワイトマン」に出てくるセリフに似ていた。

『カレーは、通常、醤油をかける派とソースをかける派に分かれます。でも彼はどちらでもなかった。それが罪です』

磯貝扮する、検察官のセリフ。内容はふざけているように思えるのに、この言葉は、今トーマスが口にした言葉と、本質的には同じだった。だから、このあとの甘利田の言葉は決まっていた。

「――なぜですか」

落ち着いた声音でありながら、毅然とした姿勢で問い返す。

「なぜあなたは、極端なレッテルを貼りたがるんですか？」

「食事のマナーも指導できない教師は、ダメだと言っているだけだ！」

淡々と言う甘利田の言葉にかぶせるように断言するトーマス。自分の言葉に少しも疑いを持っていないことが伝わってくる。

「マナーとは、人と人のかかわりの中で、その場面でしかるべきとされる行為や作法のことを言う」

淡々と述べる甘利田の言葉が場違いに思えたのか、「何を言っている？」とトーマスは鼻で笑う。

「ラーメンをすするのがマナー違反なら、ラーメン屋なんて誰も行かない。確かに、給食は日本が誇る食文化だが、ここは高級レストランでも軍隊でもない——学校だ。皆で楽しくおいしく食べる。が、故に……給食は尊い」

冷静に、でもだからこそ、甘利田の言葉には熱があった。隣で甘利田を見上げる比留川は、目を潤ませていた。

甘利田の言う「皆で楽しくおいしく食べる」は、トーマスが比留川を未熟と評した「楽しく英語を喋る」と根本は同じだ。それを甘利田は知らないが、比留川にとっては自分を認めてくれたように感じていた。

「そんな考えだから生徒が真似をして……」

「——生徒は真似をしていません！」

トーマスの言葉を遮ったのは、勢いよく立ち上がった比留川だった。その拍子に、比留川の目から涙がこぼれ落ちる。それなのに、強く言われて泣かずにいたときよりも精悍《せいかん》な顔つきになっていた。

実の娘の反論に、トーマスは不快感と怒りを隠そうともせず「なんだと？」と威圧する。比留川は怯まず続けた。

「生徒たちは、自主的においしい食べ方をしただけです。誰も強制してないし、指導もしていません。子供たちは自分で考えて、自分の判断ができるんです」

「そんな甘いことで、教師が務まると思っているのか！」

声を荒らげ、睨みつけてくるトーマスを、比留川はじっと見据えた。今の父の言葉のどこに、正しさがあるだろうか。自分を否定された、反論されたという事態に対し、防衛本能が働いただけなのではないか。そしてその防衛本能の正体は何か。比留川は自分が思ったことを口にした。

「私も、自分で考えて、自分で判断しています。あなたの言う指導というものは、支配という意味に近いと思います」

自分の教育を受けてきた娘が、面と向かって自分自身の意見を口にした。トーマスはさらに苛立ちを見せ、「お前なぁ！」とつかみかかりそうな勢いで、比留川のところまで歩み寄る。すると、木戸がトーマスの肩を押さえると、回り込んで立ち塞がった。そして、さらに比留川に詰め寄ろうとするトーマスを、両手を広げて阻む。

「なんだ君は！」

「み、身を挺してます」

木戸は昨日、比留川が甘利田に厳格な父への不安を吐露したときに言っていた、「私が身を挺して先生を守ります」という言葉を守ったのだ。

少しビビっているようではあったが、確かに自分の言葉を実行している。構わずトーマスは木戸を押しのけようとするが、木戸は必死に押さえ込む。

「愛、お前はまだ世間を知らない。井の中の蛙《かわず》だ。そんなお前に何がわかる」

吐き捨てるように自分の娘を否定し、自分が正しいように言うトーマス。その勢いを遮るように、椅子から立ち上がる音がした。

「――井の中の蛙、大海を知らず」

言葉の主は、坂爪だった。トーマスはその声に押し留められたように口を閉じると、木戸を突き飛ばして坂爪を見る。

「されど、空の青さを知る」

本来のことわざは「井の中の蛙大海を知らず」であり、続く言葉は存在しない。中国の古典を元に作られていて、その古典に続く文言は存在しないからだ。だが後世になって、このことわざに続く言葉が、日本で作られた。

「未熟者にも……見えている風景が、あるはずですよ」

いつものように穏やかな坂爪は、諭すようにトーマスを見る。

たとえ今、見えていないものがたくさんあったとしても――それは、何も見えていないわけではない。目の前に見えているものと向き合うことで、わかることはあるはずだ。

坂爪が続けた「本来はなかった言葉」は、その可能性を認めることだった。

トーマスから視線を外した坂爪は、宣言するように前を向いた。

「ラーメンは、すするものです」

ついでに、日本で食べるラーメンの常識にまで触れる坂爪。真面目な流れだっただけに、その一言でトーマスは憤然《ふんぜん》とした様子で会議室を出て行った。

再び静かになった会議室だが、緊張感は消えていた。

「甘利田先生」

そんな中、坂爪から声をかけられた甘利田は「はい」と返して坂爪を見る。

「彼は、悪い人じゃないが……味噌ラーメンの良さがわかっていない」

「……はい」

「今日の味噌ラーメンは、うまかったですか」

穏やかな口調の坂爪に対し、甘利田はすぐに答えられなかった。

給食好きであることを、ずっと隠しているつもりだった甘利田。周りにそれが知られていても、それを密かに見守られていても、こうして直接「うまかったか」と聞かれたことはなかった。坂爪の問いは、給食を好きな自分を受け入れてくれる言葉でもあった。

今までになかった気持ちが溢れそうになるのを必死にこらえながら、甘利田はなんとか口を開いた。

「——はい」

坂爪が嬉しそうに頷き、近くで見ていた木戸、比留川、そしてずっと成り行きを見守っていた教員たちも、つられるように皆――笑顔になっていた。

海風の冷たさに震え、波の音を心地よく感じながら、甘利田は海辺の道を歩く。今日はずっと雪がちらついていたが、学校を出た頃には止んでいた。一時的かもしれないが。

ハプニングはあったものの、なんとか切り抜けることができた。甘利田は、清々しい気持ちで今この瞬間を過ごしている。

テラスへの階段を上がると、粒来を見つけた。マフラーと手袋姿だが、さして寒そうにしていない。もうだいぶ見慣れた缶ポックリに乗る姿に、甘利田は少し呆れを混ぜた笑みを浮かべながら歩み寄る。

「……よく飽きないな、それ」

甘利田の声に気づいた粒来は笑顔で缶ポックリから降りると、急にカバンを漁り始めた。何かを取り出すが、手袋で隠れて見えない。甘利田の前まで歩み寄ると、手を差し出す。

甘利田が手袋に注目する中、粒来は手品でもするような動きで、手袋で隠していた片手を開いてみせた。

中から現れたのは、給食に出たチョコケーキだ。チョコレートが練り込まれた半球形の濃い茶色のスポンジ。そのてっぺんには絞ったホイップクリーム、上にさくらんぼが乗っている。ドーム状の容器に入れられているので、カバンの中にあっても型崩れしていない。

豪快に、食べたいように食べることを目的として、勢いよく食べ切った給食。そのデザートであるチョコケーキもしっかり味わって食べていたつもりだった甘利田だが、いざそれが目の前に再び現れると、胸が高鳴った。受け取った甘利田は、急《せ》くようにフタを外す。

「二組で中華麺が余ったんなら、これもあるんじゃないかと思いまして」

「中華麺は確か二つ……」

そこまで甘利田が言うと、もう一度カバンに手を突っ込んだ粒来は、チョコケーキをもう一つ取り出していた。ちゃっかり、自分の分も確保していたのだ。

粒来と共に、甘利田は堤防の柵のない位置まで移動した。

並んで座ると、足を投げ出す。手袋を外すと寒気が肌を刺すが、チョコケーキを前に怯むことなく容器を外した。寒さよりも目の前のチョコケーキである。

この寒さのせいか、チョコケーキは持ったときの感触が給食で食べたときより硬い。それでも気にせず甘利田、そして粒来はチョコケーキにかぶりついた。

やはりスポンジの食感も硬くなっていたが、チョコレートの甘くてほんのり苦い味わいが口に広がる。ケーキだが、チョコレートそのものを食べているような食感が、むしろ面白い。同じものを二度食べているのに、違うものを食べているようなお得感すらある。

上のクリームとサクランボの甘さと酸味も楽しみつつ、静かに響く波の音に包まれながら黙々と食べる。

甘利田と同じように、粒来も笑顔だった。言葉を交わしていないのに、チョコケーキを楽しんでいるのが一目でわかる。

「先生」

「なんだ」

「これ、一度やってみてください」

食べ終わった頃、粒来は缶ポックリを甘利田に手渡した。受け取った甘利田は、早速立ち上がって缶ポックリを地面に置いて、上に乗った。

視界が高くなり、缶ポックリという足場はあるものの――どこか、フワッと浮いたように甘利田は感じた。

以前没収した際にも、缶ポックリに乗ったことがあった。楽しくなってしばらく缶ポックリで遊んでいた甘利田だったが――そのときと、また違う風景に見えていた。

それはたぶん――隣に粒来がいるから。

そのまま紐を繰りながら歩き出す。難なく歩を進める甘利田を見て、粒来は「先生、上手ですよ！」と称賛の声を上げながら、拍手する。

「僕、先生と友達になれましたか？」

その言葉に、甘利田は足を止めた。じっと粒来を見据えてから、答えずに再び缶ポックリで歩き始める。

(私は給食をこよなく愛する教師。そして、そのことに誇りを持っている。給食を愛することは……孤独な一人旅だと思っていた)

かつては、そうだっただろう。たとえ給食好きが周囲に知られていたとしても、あくまで心の中で愛するだけ。それを共有することはなかったのだから。

だが、給食道を歩むライバルと出会い、競うことで見えるものが増えた甘利田は、自分が案外孤独ではなかったことを知った。ライバルと別れたあとも、その事実は変わらない。

だから、函館に来てからも、その事実が消えることはないのだが——それでも、かつてのライバルと別れたことで、一人に戻っていたのは確かだった。

(だが今日、クラス全員が給食で一つになったとき……私は初めて、給食のなんたるかに気づかされたのかもしれない)

生徒たち全員が、甘利田と同じように豪快に麺をすすり、勢いよく食べていた。皆笑顔で、満ち足りたような姿で。

『僕が給食を好きな理由は、みんな一緒に、みんなと同じごはんを食べるからなんだって』

かつてのライバル・神野ゴウの給食への思い。彼の存在が、給食道が孤独の道ではないと示してくれていた——だが甘利田はずっと、そのことを忘れていた。

人は、忘れる生き物だ。いいことも嫌なことも、すべて覚えておくことはできない。環境が変われば、どれだけ強い記憶も感覚も薄れていく。薄れれば、同じ過ちをくり返す。現に、大人としての常識は、甘利田を縛りつけていた。

だがそれも、未知への冒険を続ける粒来によって、またも気づかされた。たとえ敗北感によるストレスが伴うものであっても、また思い出すことができて感謝すらしている。

そこまでの気持ちを抱いてなお——「友達になれた」とまでは言えないまま、甘利田は缶ポックリに乗って歩く。返答がないことを不満に思う様子もなく、粒来は楽しそうに隣に並んで歩いていた。

一九八九年──冬。年が明けても、甘利田は変わらず大海原を前にしてから学校へ向かおうとしていた。この日は晴れていたが冷え込んでおり、首元が起毛した暖かいコートを羽織っている。

遠くに見える山々や船舶を見渡しながら、甘利田はつい先日、内閣官房長官が新しい元号を発表したニュースを思い出していた。

(昭和が終わり、平成が……幕を開けた)

元号が変わっても、甘利田が過ごす日々は変わらない。生徒たちには厳しく指導をしながらも、給食を楽しみにする毎日だ。

普段と違うことがあるとすれば、三学期は学芸会が控えていた。練習は都度行っているが、本番が近くなったらさらに増やす必要があるだろう。給食以外のことでここまで気合いを入れるのは甘利田には珍しいが──それほど、思い入れのある台本に仕上がったのも事実だった。

そこに、北風が吹き込んできて、思わずブルッと震える。これからもっと寒くなることを予感し、波立つ海を見つめながら、そんなことを思う。

甘利田は今日も忍川中学校へ向かうのだった。

あとがき

初めまして、もしくはお久しぶりでございます。紙吹みつ葉です。この度は本書「おいしい給食 チリコンカンと北の友達」をお手に取っていただき、ありがとうございます。

この作品は、二〇二三年一〇月から放映されているドラマ「おいしい給食　ＳＥＡＳＯＮ３」の内容になります。

前作「おいしい給食 卒業」では、神野《かみの》くんが中学校を卒業、甘利田《あまりだ》先生も函館《はこだて》に転勤というラストで締めくくられましたが……今回の舞台は、その函館です。

二回目の転勤で遠い北の地までやってきた甘利田先生は、そこでも密かに（?）給食を愛する日々を送っていました。しかしその穏やかな日々は突如、あるモノが、ある人物と接近したことをきっかけに、終わりを告げる――以降は、ぜひ本編をご覧ください。

……などと、書きつつ。

ネタバレはなるべく避けつつ、でも読み終わると「アレ?」となるのではないか、という部分についてちょっと触れておこうと思います。

本書が発売される頃には発表になっていますが、今回も「劇場版」が決定しております。それに伴い、小説版も本書の続きが出る予定です。

今作で「甘利田先生が取り憑かれたみたいに頑張ってたアレ、どうなったの？」とか「とあるアニメキャラと同じ名前のあの子は、その後どうなったの？」といった、まだハッキリしていない内容については、劇場版で明らかになります。
気になっている方は、劇場版、もしくは劇場版の小説もご覧いただけますと幸いです。可能であれば、両方をご覧いただいて「媒体の違い」を楽しんでもらえると嬉しい、などと思っております。

前作が発売されてから、一年。続きを熱望されている方の声もちらほら見かけていたのですが、こうして続きを書かせていただけて、大変ありがたいです。
いつまで続けられるかはわかりませんが、まずは次作で、またお会いできるのを楽しみにしております。

紙吹みつ葉

本作品は書き下ろしです。

またこの物語はフィクションです。実在する人物、団体等とは一切関係ありません。

本文扉イラスト
第一～四話　夢鳥《ゆめどり》八重《やえ》
第五～七話　脱兎《だっと》
第八～十話　優羽《ゆうは》

協力　アミューズメントメディア総合学院　ＡＭＧ出版

中公文庫

おいしい給食《きゅうしょく》

──チリコンカンと北《きた》の友達《ともだち》

2023年10月25日　初版発行

著　者　紙吹《かみぶき》みつ葉《ば》

発行者　安 部 順 一

発行所　中央公論新社

〒100-8152　東京都千代田区大手町1-7-1
電話　販売 03-5299-1730　編集 03-5299-1890
URL https://www.chuko.co.jp/

ＤＴＰ　ハンズ・ミケ
印　刷　大日本印刷
製　本　大日本印刷

Published by CHUOKORON-SHINSHA, INC.
Printed in Japan　ISBN978-4-12-207428-6 C1193